英美文学经典作品
主题与特色研究

卢玉娜　著

吉林大学出版社

图书在版编目(CIP)数据

英美文学经典作品主题与特色研究／卢玉娜著. 一
长春：吉林大学出版社，2018.6
ISBN 978 - 7 - 5692 - 2561 - 7

Ⅰ. ①英… Ⅱ. ①卢… Ⅲ. ①英国文学 - 文学研究②
文学研究 - 美国 Ⅳ. ①I561.06②I712.06

中国版本图书馆 CIP 数据核字(2018)第 154579 号

书　　名　英美文学经典作品主题与特色研究
　　　　　YING - MEI WENXUE JINGDIAN ZUOPIN ZHUTI YU TESE YANJIU

作　　者　卢玉娜　著
策划编辑　朱　进
责任编辑　朱　进
责任校对　冯莉娜
装帧设计　美印图文
出版发行　吉林大学出版社
社　　址　长春市人民大街 4059 号
邮政编码　130021
发行电话　0431 - 89580028/29/21
网　　址　http://www.jlup.com.cn
电子邮箱　jdcbs@ jlu.edu.cn
印　　刷　北京市金星印务有限公司
开　　本　787mm×1092mm　1/16
印　　张　13
字　　数　206 千字
版　　次　2018 年 8 月第 1 版
印　　次　2018 年 8 月第 1 次
书　　号　ISBN 978 - 7 - 5692 - 2561 - 7
定　　价　46.00 元

目　录

上篇　英美文学要略

中篇　从中国文化视角看英美文学

下篇　英美文学经典作品的主题与特色

上　篇
英美文学要略

第一章　英国文学

第一节　英国文学的历史

一、古英语到文艺复兴时期的文学

（一）中古英语诗歌与古英语

1. 英雄般的史诗《贝奥武甫》

一位在 8 世纪的英格兰生活的佚名诗人创作了这部长 3182 行的史诗，将北欧斯堪的纳维亚民族历史和异教神话与基督教色彩完美地融合在一起。

《贝奥武甫》这个故事的场景发生在丹麦和瑞典。第一部分讲述高特人的王子贝奥武甫的历险故事。丹麦国王赫罗斯加新建造的设宴餐厅被一只名为格兰德尔的妖怪所破坏。这个消息被贝奥武甫得知后，他便带领十四名勇士去与格兰德尔进行搏斗，最后大获全胜。妖怪格兰德尔的母亲掳走了一位丹麦贵族，贝奥武甫奋力追捕，最后贝奥武甫将妖怪格兰德尔的母亲也杀死了，若干年后贝奥武甫继承了王位。第二部分讲述有一条火龙闯入贝奥武甫的王国，火龙残害生灵。在年轻贵族威格拉夫的帮助下，贝奥武甫成功地制服火龙。但是不幸的是，贝奥武甫身负重伤，不久便死去，王位便由威格拉夫继承。全诗以贝奥武甫的葬礼为结尾，描述的场面十分宏大。

尽管整部史诗是以英雄的壮举为主要情节的，可是大量的篇幅并不是讲述故事的。不过,《贝奥武甫》中那些似乎不着边际的内容为诗中英雄的行为提供了阐释的语境。诗中所包含的历史信息和对仪式的描写,以及随处可见的英雄颂歌,这些都在很大程度上展示了史诗所处的世界。

2. 民间歌谣、浪漫传奇

民间歌谣最大的特点之一就是直奔主题,用简单而朴素的语言讲故事,通过人物对话来发展情节。民间歌谣的题材大多来自当地或民族历史和传说中的生活,通常讲述冒险、战争、爱情和死亡等方面的故事。

在英国文学中,民间歌谣分为三类:(1)罗宾汉的故事和罗宾汉的传说——《罗宾汉歌谣集》。(2)反映英格兰与苏格兰之间战争的"边区歌谣"。(3)表现家庭悲剧和情人背叛的生活歌谣。

浪漫传奇是指中世纪早期在地中海西海岸用诺曼语讲述的一种故事。浪漫传奇一直是以爱情为主要题材描写骑士对国王、妻子和上帝的忠诚,以及他们援救受苦受难百姓的经历,它与民间歌谣一同成为中世纪早期英国文学中的两种重要表现形式。在欧洲文学的视野下,最有名的浪漫传奇作品是《亚瑟王》。

(二)文艺复兴时期的作家

1. 莫尔与培根

托马斯·莫尔(St. Thmas More,1478—1535),最有名的英国文艺复兴早期人文主义者。他从小便接受了良好的教育,他十三岁的时候就在坎特伯雷听差,直到1492年他被送到牛津大学学习古典文学。1496年,他到伦敦的法学院专攻法律。但是随后他凭借自己的智慧得到了迅速发展,他在26岁时被选进国会。在他作为会议员的时候,莫尔激怒了国王亨利七世,被迫暂时引退。国王亨利七世死后,莫尔重回政治舞台,凭借他的资质很快被亨利八世重用,被任命为枢密大臣,之后他却因为国王婚姻一事而冒犯亨利八世。1532年,在亨利八世成为教会领袖之后,莫尔辞去了枢密大臣的职位。1535年,莫尔被指控为"叛国罪",并且被处以绞刑。

莫尔的杰作《乌托邦》最开始是用拉丁文写成的。《乌托邦》是在16世纪英国政治动荡的年代写成的,描绘了一幅美好盛世的景象。莫尔创造了这个词,并将其用于一个虚构的社会中,《乌托邦》创造了第一个英国幻想哲学小说。

弗朗西斯·培根(Francis Bacon,1561—1626)是英国文艺复兴时期的优秀散文家,他出生于伦敦的一个贵族家庭。弗朗西斯·培根在剑桥大学进行学习,毕业后成为一名律师。在詹姆士一世时期,培根是掌玺大臣、大法官。培根学富五车,细心关注着社会生活和周边事物。1597 年,他发表了十篇文章,名为《随笔集》。1626 年,当他在尝试用冷冻的方式去为肉类保鲜的试验时,不幸感染上肺炎,为科学实验献出了自己宝贵的生命。

2. 斯宾塞与锡德尼

埃德蒙·斯宾塞(Edmund Spenser,1552—1599)出生在伦敦一个商人家庭,年少时期受过当时著名的进步教育家玛尔卡斯特经营的学校的教育。1569 年,斯宾塞发表了最早的诗歌,并在剑桥彭布罗克学院进行学习。1579 年在莱斯特伯爵的手下工作,并遇到了名为诗人锡德尼的莱斯特伯爵的外甥。1580 年,他被派往爱尔兰并且被任命为爱尔兰总督的秘书,之后一直生活和居住在爱尔兰,直到 1598 年才再次回到伦敦,一年之后死去,被埋葬在威斯敏斯特大教堂的诗人之角。

《牧人月历》是由十二首诗组成的,每首诗都以一个月份的名字命名。诗的押韵形式各异,大量的古代文字和杜撰的表达形式使诗歌看起来十分的古朴典雅。这首诗是建立在乡村生活基础上的,但诗歌的目的不是要真实地描绘乡村,而是要以理想的乡村为背景来诠释生活。

斯宾塞作为诗人最重要的成就是他未完成的名为《仙后》的"传奇史诗"。按照这个计划,《仙后》总共有十二卷,每卷都写一个骑士的故事,每个骑士都代表一种美德,但最后他只完成了前六卷和第七卷的一部分。在这首诗中,仙后葛洛丽亚娜是伊丽莎白女王的化身。这首赞美女王的诗歌很大程度上反映了诗人的生活和理想。

菲利普·锡德尼(Philip Sidney,1554—1586)出身于贵族之家。从 1568 年到 1571 年,他在牛津和剑桥两所大学接受教育,然后前往欧洲学习三年。1575 年回国后,锡德尼开始在宫中工作,在经历过政治生涯的起起落落后,他于 1581 年成为议会议员。1586 年,锡德尼随军队被派往荷兰,参加对西班牙的战争,不幸的是锡德尼在战争中身负重伤,不久就去世,享年仅 32 岁。

《诗辩》是锡德尼为回应斯蒂芬·高森对诗歌和戏剧的指责而作的。锡德尼驳斥了高森的言论,指出诗人的伟大之处在于他不受自然或历史的局限。他还认为,诗歌语言不仅模仿现实,而且通过快乐来提升人们的道德水平。

3. 本·琼生

本·琼生(Ben Jonson,1573—1637)出生在伦敦威斯敏斯特。在威斯敏斯特,琼生接受着文学、历史以及古典语言方向的教育。在毕业之前,他不得不跟随他的继父做砖砌工作。1592 年,他开始学习改写剧本并且成为菲利普·亨斯洛剧团的一名演员。本·琼生在世时就有超越莎士比亚的名声,死后被葬在"诗人之角"。

琼生与他同时代的剧作家有所不同,他主要的思想是:戏剧要遵从古典戏剧的"三一律"。他自己在戏剧创作中也是这样做的。琼生并不像莎士比亚对伊丽莎白时代的伦敦视而不见,而是一心在生活中寻找可以创作的素材,以至于他的喜剧主题与背景一直都是与他生活的那个时代相关联的。

二、17、18 世纪的文学

(一)资产阶级革命和王政复辟时期的作家

17 世纪初英国出现了一批诗人,他们喜欢使用"玄学奇喻",所以又被称之为"玄学派诗人"。玄学奇喻指的是一种悖论性的隐喻说法,通过喻体和喻指之间的非相似性给读者的心灵带来震撼。玄学派诗歌的特点是形象新颖,想象力丰富,形式巧妙,内容丰富。

1. 约翰·弥尔顿

约翰·弥尔顿(John Milton,1608—1674)是 17 世纪英国诗坛中比较瞩目的人物。弥尔顿写下了《欢乐的人》《圣诞晨歌》《黎西达斯》和《沉思的人》等篇幅比较短的诗作以及假面剧《科马斯》;1640—1660 年,这是他从事政治活动的阶段。1660 年,弥尔顿开始了他的第三个创作时期,也就是最后一个创作时期。先后完成著名的《失乐园》《复乐园》和《力士参孙》这三部题材均来源于《圣经》的长篇诗作。

弥尔顿对英国文学做出了杰出的贡献。他不仅继承和发扬了古典文学和文艺复兴文学的传统,而且复兴了无韵体诗歌的形式。随着时代的更迭,人们对玄学派诗歌的评价越来越高,出现的有才华的作家也越来越多,所以弥尔顿现已不再被视为17世纪英国唯一的代表性诗人。

2. 约翰·班扬

约翰·班扬(John Bunyan,1628—1688)出生于一个虔诚的浸礼教徒家庭。班扬年幼时在家受到过一些启蒙教育,后来便继承了父业。1660到1672年,他因无证传教的罪名两度被捕入狱,在出狱后不久,出任教堂牧师,不久又被抓入监狱。班扬在狱中度过了十二年的时间,他坚持撰写宣传清教主张的著作。

在17、18世纪的英国流行着一部寓言性文学作品,其普及程度仅次于《圣经》,它就是班扬的代表作《天路历程》,全书分为上、下两部。上部讲述一个基督徒逃离所在的混沌的地狱之城最终在上帝的指引下到达"天国之城"的历程;下部描写他的妻子和孩子们的类似经历,不过下部的影响力并不及上部那样大。

3. 约翰·德莱顿

约翰·德莱顿(John Dryden,1631—1700)出生于一个清教徒家庭,他长大后在威斯敏斯特学校和剑桥大学三一学院受过教育。他来到伦敦在护国公克伦威尔的政府中任职的那一年大约是在1657年。1660年王政复辟后,德莱顿转而变成保皇党人,为查理二世的归来欢呼作诗。在整个王政复辟时期,他先后被选为皇家学会会员,受封为"桂冠诗人",被任命为皇家撰史官。"光荣革命"后,德莱顿失去公职,去世后被安葬在威斯敏斯特教堂的诗人之角。

德莱顿最早从美学的角度对乔叟、斯宾塞、琼生等人做出合理的评价,这得益于他是英国文学批评的创始人。他曾认为戏剧的终极目的是给予人类以欢乐和教育意义,他还对法国和英国戏剧各自的短长进行了深刻比较和探讨。

(二)启蒙时代的散文作家和小说家

1. 乔纳森·斯威夫特

乔纳森·斯威夫特(Jonathan Swift,1667—1745)的父亲是英国约克郡的律师,但是不幸的是在他出生前三个月去世了,他的母亲在他三岁后只身返回英国。在 1694 年,斯威夫特返回爱尔兰任教职,在邓波尔去世之前也就是1699 年之前,他一直在邓波尔家任职。斯威夫特往来于伦敦和爱尔兰之间,时而支持辉格党,时而又为托利党服务。他的后半生定居在了爱尔兰,成为受人爱戴的民族英雄,因为他为捍卫爱尔兰人民的权利、反抗英国人的剥削与压迫而斗争。尽管这样,斯威夫特的晚年还是十分凄凉的,他重病缠身,几乎是在极度痛苦中走完生命的最后阶段。

斯威夫特的主要作品有:《布商信札》《书之战》《一只木桶的故事》《格利佛游记》和《一个小小的建议》等,他是英国文学史上最著名的讽刺作家之一。

《格利佛游记》是一本具有深刻寓意的作品。虽然有些人声称把它归类为小说,但是大多数人倾向于把它定义为讽刺寓言,因为这本书的独特想象与笛福现实主义的艺术主张是背道而驰的。当现实和虚构的概念发生变化时,这样的论点似乎是不必要的。斯威夫特的语言是特定的和优雅的。

2. 丹尼尔·笛福

丹尼尔·笛福(Daniel Defoe,1660—1731)出生在伦敦。在王政复辟期间,由于清教徒家庭背景的影响,他无法进入大学。后来由于投资出现失误,导致失败,于是他放弃了经商,转向了文学写作,后来他写了一篇攻击政治的文章。1702 年,他因发表《对待非国教徒的最简便办法》一文讽刺当局,因而被关进监狱。笛福被释放后,继续主持他在狱中创办的杂志《评论》,而他的个性经常受到批评。

笛福最受欢迎的小说《鲁滨孙漂流记》是基于水手亚历山大·塞尔科克的实际经历而进行创作的。表面上,小说是关于旅行和冒险的,写一个人试图在恶劣的环境中生存的故事。在深层次上,小说可以从两个不同的方面来看:一个是它可以被理解为一个寓言,与人的心灵从精神疏离到精神救赎的历程有关系;另外也可以被理解为英国乐观主义、功利主义、殖民主义的辩解在 18 世纪的英国中的表现。笛福对英国文学的主要贡献在于他的小说文本将引导读者认为他们不是在面对一个虚构的作品,而是他们生活的实际记录。

3. 塞缪尔·理查逊

塞缪尔·理查逊(Samuel Richardson,1689—1761)是德贝郡一名工匠的儿子。从小便机智过人的理查逊本来可以成为很好的神职人员,他在十六岁时开始做学徒。他努力工作,在1721年自行开办了印刷厂。塞缪尔·理查逊直到五十岁时都从来没有想过要成为一名作家。直到1738年,一位出版商要求他为一位年轻女性写一部书信范例。这触及了他把字母和字符联系在一起的欲望,结果就写成了他的第一部书信体小说《帕米拉——美德有报》。

理查逊的作品在18世纪英国小说的发展史中具有里程碑式的意义。有人曾将理查逊誉为"英国心理分析小说的始祖"。

(三)18世纪的英国诗歌

1. 亚历山大·蒲柏

18世纪初期英国文学的主要代表人物是亚历山大·蒲柏(Alexander Pope,1688—1744),他出生在伦敦一个天主教徒家庭。这种家庭背景对他的教育以及经济和社会地位产生很大影响。蒲柏由于宗教信仰的原因未能上大学,但他坚持自学,阅读了大量的英国文学作品和欧洲经典著作。从1717年直到他去世之时,他一直在离伦敦不远的泰晤士河畔的一座别墅里度过了余生,死后被埋葬于威斯敏斯特教堂诗人之角。

蒲柏被誉为英国诗史上艺术造诣最高的诗人之一。1709年以《田园诗集》首次引起公众的注意。蒲柏的创作深受弥尔顿和德莱顿的影响。蒲柏《批评论》是用典型的18世纪"沙龙式"诗体写成的。全诗七百多行,分三个部分:第一部分着重展示当代文学批评的混乱局面;第二部分阐释他模拟自然的主要原则;第三部分告诉人们应该从贺拉斯和维吉尔等经典作家的作品中学习创作所应遵循的原则。蒲柏对英国文学的贡献主要在于使德莱顿倡导的英雄双韵体更臻于完善,成为18世纪上半叶英国诗坛的主导形式。不过到了19世纪初,随着浪漫主义诗风的兴起,蒲柏及其追随者因为他们过分注重技巧上的"完美"而在人们眼中就显得过于沉闷、缺乏生气。

2. 感伤主义诗歌

詹姆斯·汤姆逊(James Thomson,1700—1748)和威廉·柯林斯(William Collins,1721—1759)是两位不属于墓地学派的感伤主义诗人。前者的长诗

《四季歌》和后者的《黄昏颂》均以大自然作为写作对象,表达对纯朴的田园生活的向往,堪称18世纪田园诗的典范之作。值得注意的是,这两位诗人的作品虽然在意境和题材上具有浪漫主义倾向,但在形式上仍未摆脱古典主义的羁绊。

3. 威廉·古珀与罗伯特·彭斯

威廉·古珀(William Cowper,1731—1800)出生在一个小牧师家庭,从小父母双亡。十六岁时,他开始进入伦敦律师事务所学习法律,但从未真正上过法庭。不久之后,就因抑郁症发作而被送入精神病院。此后,他与福音教会牧师莫利·恩温夫妇在一起生活。后来,威廉·古珀开始渐渐康复,并且在恩温太太的鼓励下,古珀开始写诗。1796年,恩温太太去世,他陷入极度的精神恍惚之中,没几年便离开人世。

罗伯特·彭斯(Robert Burns,1759—1796)生于苏格兰艾尔郡的一个农民家庭。彭斯利用一切可用的时间广泛阅读了斯特恩、莎士比亚、德莱顿、蒲柏、斯摩莱特等人的作品。1786年,彭斯出版第一部诗集《主要用苏格兰方言写成的诗歌》。虽然诗集只印发了六百多册,而且是在基尔马诺克的一个小城镇出版的,但是却使彭斯一举成名,在读者中引起强烈反响。1788年,他获得纳税官的职位后与妻子定居在邓弗里斯郡附近的一个农场。1791年,他移居邓弗里斯,直到去世。

彭斯的讽刺诗在幽默之中蕴含着尖锐的讽刺,多半是对权贵和宗教的嘲弄,比如《威利长老的祈祷》《快乐的乞丐》和《两只狗》等,都是名篇佳作。彭斯的诗作深深扎根于苏格兰民间文化的沃土。彭斯的诗以农民诗歌为源泉,给18世纪末的英国诗坛吹来一股新风。他的诗无论在内容或形式上都具有人民诗歌的特征,毫无刻意雕琢的痕迹,自然天成,简单之中见其深邃,朴素之中透出高雅。正是由于彭斯对苏格兰民歌韵律的敏锐感受力,他的抒情诗不仅声韵优美绵长,而且能产生震撼读者心魄的力量,引起读者的无限遐想。

三、浪漫主义时期的文学

（一）浪漫主义诗人

1. 威廉·布莱克

威廉·布莱克（William Blake，1757—1827）的诗歌在内容和风格上变化非常大，从少年时代对斯宾塞诗作的模仿，到青年时代充满孩童般天真的惊愕，直到晚年内容晦涩的神秘主义，其主要作品有《天真之歌》《亚美利加：一个预言》《经验之歌》《法国大革命》《欧罗巴：一个预言》《耶路撒冷》《弥尔顿》和《四巨力》等。

布莱克在世时靠铜版雕绘为生，自己设计作品、创作诗歌、雕绘插图、印刷发行。《经验之歌》和《天真之歌》两本诗集不仅对于读者理解诗歌文本极为有益，而且配有诗人自己用非凡的想象力刻绘的插图，即布莱克的所谓"经验"与"天真"。后来，布莱克将两本诗集合在一起以《天真与经验之歌》为名出版。

2. 威廉·华兹华斯

威廉·华兹华斯（William Wordsworth，1770—1850）出生于坎伯兰湖区的一个中下阶层的家庭。1787年他中学毕业后进入剑桥大学圣·约翰学院。在大学三年级的假期里，华兹华斯与同学游历巴黎。大学毕业后，怀着对法国大革命的萦怀于心，他重返巴黎。1792年他回到英国筹钱，准备与法国姑娘安妮特·沃伦结婚。但不久爆发的英法两国之间的战争阻断了他重返法国之路，以致华兹华斯只能留在国内，于是他便加入聚集在葛德汝周围的青年自由思想家当中。1795年，华兹华斯幸运地获得一笔遗产，和妹妹多萝茜一起定居在多塞特郡的雷斯顿，在那里结识柯勒律治，随后他们一起移居萨默塞特郡。华兹华斯到了晚年，仍致力于修改他在四十年前就基本定型的自传体长诗《序曲》，这篇巨著在他去世三个月后出版。

《抒情歌谣集》的出版，既标志着华兹华斯正式登上文坛，也开创了英国诗歌的一场革命。该诗集出自柯勒律治之手的只有4首。1800年出版的《抒情歌谣集》第二版扩充为两卷本，华兹华斯在前面添加了一篇很长的《序言》。对于他的评价，主要是围绕他对法国大革命态度的变化而展开的，国内外批评界曾有过不同看法与争论。

3. 塞缪尔·泰勒·柯勒律治

塞缪尔·泰勒·柯勒律治(Samuel Taylor Coleridge,1772—1834)出生于德文郡的一个牧师家庭。1794 年,他结识当时在牛津学习的骚塞。柯勒律治和骚塞都是思想激进的年轻人,两人一见如故并且策划在美国的萨斯奎哈纳河畔建立一个不受英国政治制度影响的"理想社会"。1796 年,他的处女作《杂题诗》出版,次年他与华兹华斯相识。《抒情歌谣集》出版后,他在与华兹华斯兄妹的一次德国之行中对德国文学与哲学产生浓厚兴趣,并且在返回英国后翻译出版了席勒的《华伦斯坦》,1802 年,柯勒律治因病往马耳他疗养,回国后便离开家人独居,去世时只有几个朋友陪伴。

作为诗人,柯勒律治早年写了不少短诗,其主要作品都写于《抒情歌谣集》出版前后的几年间,包括一些"交谈诗"和三首叙事诗,其中的叙事诗《克里斯特贝尔》《忽必烈汗》和《古舟子咏》以其具有神秘主义和超自然色彩的象征著称,这种以某个特定对象为听者的类似于自言自语的诗歌在过去较少受到重视,如今却有人认为是他对诗歌的主要贡献。

(二)浪漫主义时期的小说家

瓦尔特·司各特(Scott,Walter,1771—1832)生于苏格兰首府爱丁堡一个律师家庭,1783 年进入爱丁堡大学学习,毕业后一直在父亲的律师事务所研读法律,1799 年被任命为塞尔科克郡的代理法官。不过,司各特的志趣并不在法律上,他利用业余时间搜集并整理苏格兰民间文学,《苏格兰边区歌谣集》是司各特出版的第一本书。司各特以《最末一位行吟诗人之歌》开始在文坛上得到认可。司各特之所以转向小说,据说是与当时拜伦的名声太大,他自叹弗如有关。这就使英国文学史上多了一位著名的历史小说家。司各特的作品比较多,从 1814 年到他去世的十八年间,共创作三十二部中长篇小说,四部戏剧,四首长诗,八卷本的《拿破仑传》,还有包括翻译在内的大量其他文类的作品。

从《艾凡赫》开始,司各特的小说出现某种值得注意的变化。他似乎突然将视角转向遥远的中世纪寻找创作的题材,而对最近的历史失去了兴趣。在这部小说中,作者以 12 世纪末英国封建社会全盛时期复杂的社会矛盾为背景,围绕狮心王查理与他弟弟约翰的权力之争,刻画了艾凡赫这个罗宾汉式的绿林好汉形象。

司各特是英国文学史上第一位享有国际声誉的历史小说家。他的作品展示了从中世纪到18世纪的英格兰、苏格兰和欧洲历史的画卷。虽然他小说故事情节的构思有一些草率,他笔下的人物有些矫揉造作,但在营造史诗气势、把握人的本性和烘托历史氛围等方面仍然为人称道。司各特对社会潮流与个体人物之间的互动关系的全景图式的描写曾经影响过许多后世作家。西方浪漫主义时期兴起的"中世纪热",在很大程度上应归功于司各特。

四、20世纪的文学

(一)20世纪初的小说家

1. 本涅特、威尔斯、高尔斯华绥

阿诺德·本涅特(Aronld Bennett,1867—1931)出生于斯塔福郡的一个中产阶级家庭。年轻时到伦敦谋生,在一家法律事务所工作,同时就读于伦敦大学,1893年开始在《妇女》杂志从事编辑工作。他是著名的多产作家,他的处女作《来自北方的人》出版于1898年,从那时开始直到去世,他每年写一部长篇小说。

本涅特的代表作《老妇谭》的主题是哀叹岁月的无情。《老妇谭》写的是性格迥异的姊妹俩完全不同的命运。虽然故事中的两位女性走的是截然不同的生活道路,但最终的结局却惊人地相似。作者的意图在于表明,姊妹俩都缺乏想象力,但却具有岩石一般的稳定性,这使得她们在面临不同生活环境时始终保持着中产阶级的自主精神。这首先是因为早在童年时代就已经深入她们灵魂的道德力量。本涅特在创作中对人物穿戴、家具摆设、日常琐事作冷静观察和精确描写,追求照相一般的真实。他认为,所有的文学都是对情感的表达,发现生活中潜在的美是文学的根本目的。

在威尔斯(H. G. Wells,1866—1946)的社会讽刺小说中,幻想的成分被维多利亚时代的现实主义传统所取代。大起大落的情节结构是此类小说的一大特色。比如在《托诺-邦盖》中,乔治和他的叔父爱德华靠推销一种叫"托诺-邦盖"的廉价补药成为暴发户,可是没过多久他们又因与同行竞争失败而破产,凸现出小说的社会批判意义,讽喻性地暴露了生活本身的荒谬。

约翰·高尔斯华绥(John Galsworthy,1867—1933)出身于德文郡一个律师家庭。1890 年开始出庭辩护,并没有对文学产生出特殊的兴趣。1895 年,他开始写作,著有长篇小说约二十部、戏剧近三十部以及数量不少的其他文类作品。由于伍尔夫等人的批评,本涅特、威尔斯和高尔斯华绥在文学史上的地位不高。客观地说,本涅特、威尔斯和高尔斯华绥的小说技艺相当精湛,人物形象逼真,刻画细腻,其作品有着独特的艺术魅力。

2. 吉卜林

约瑟夫·拉迪亚德·吉卜林(Joseph Rudyard Kipling,1865—1936)出生于印度孟买。吉卜林出版的第一本著作是诗集《分类歌谣集》,出版后并没有什么过高的反响。他在《民政与军事报》上连续发表了数十篇有地方特色的故事,这些故事影响极广,后被收入《山中平凡的故事》。之后,吉卜林经常前往世界其他地方旅行。他既有长篇小说,也有短篇小说、儿童故事集等。1907 年,瑞典皇家学院授予他诺贝尔文学奖,吉卜林因此成为第一个获此殊荣的英国作家。

吉卜林的两本《丛林故事》描绘印度热带丛林神秘莫测的风景,展示一个似真似幻的世界。吉卜林的小说虽然表现了东西方文化的矛盾与融合,但由于帝国主义思想的束缚,他无法从更深的层面上进行分析和批判。吉卜林深受他所生长的殖民地国家印度的影响,作品中表现出明显的帝国主义和东方色彩,这两者在交锋与融合中不断发展。

康拉德作为一个波兰裔移民,他把自己不同寻常的生活经历写进小说,丰富了英国小说的题材。康拉德的叙事手法也极富新意,打破了现实主义小说惯用的单一固定和时空构架的叙述角度。《吉姆爷》和《黑暗的心》中的核心事件被包裹在多层叙述之中,读者从马洛向书中其他人物的讲述中了解到事实的真相。他的小说充满了视觉上的对比,如黑色与白色的反差,黑暗和光亮的对比,景物描写具有象征意义。

(二)现代主义小说家与诗人

1. 劳伦斯

D. H. 劳伦斯(David Herbert Lawrence,1885—1930)出生于英国诺丁汉

郡,十二岁时,劳伦斯获得诺丁汉中学的奖学金。毕业后,他做了三年初等学校代课教师,接着进入诺丁汉大学就读。在大学期间他就开始写作诗歌和小说。1912 年,劳伦斯与诺丁汉大学一位教授的夫人弗里达私奔到德国,两年后与其结婚。

在二十年的写作生涯中,他撰写了大量短篇小说、诗歌、戏剧和散文随笔。与以前的作品一样,劳伦斯在他的最后一部重要小说《查特莱夫人的情人》中再一次回到通过性爱实现个体再生的主题。小说中对性爱场面的描写展示了女主人公康妮走向更加完满人生的过程。在这个世界里,性仅仅被看作是一种原始欲望。因此,当她丈夫克利福德爵士从战场上归来因下肢瘫痪而丧失性功能时,她并没有感到自己的婚姻受到太大冲击。由于康妮的活力逐渐被耗尽,她便转向看林人梅勒斯寻求爱与再生的源泉。梅勒斯也许是作者本人所欣赏的一位劳伦斯式英雄。该书直到 1960 年才以删节本的形式在英国出版。

与福斯特不同,劳伦斯对资本主义工商文化和工业文明持全盘否定态度。在他看来,传统道德和工业文明扼杀人性,摆脱文明枯萎困境、现代人精神空虚的出路在于恢复人的自然本性。不难看出,劳伦斯在指责资本主义工业文明的罪恶时,把社会的复杂性过分简单化了,他提出的解决问题的设想并非是真正切实可行的救世良方。

2. 詹姆斯·乔伊斯

詹姆斯·乔伊斯(James Joyce,1882—1941)生于都柏林的一个小职员家庭,1902 年他大学毕业,前往巴黎学习医学,次年因母亲病重返回都柏林。1904 年,他与诺娜·巴纳克尔相识并相爱,两人一起离开爱尔兰前往欧陆。

乔伊斯的代表作《尤利西斯》试图重新捕捉特定时间和地点的完整生活。这部以西方现代社会生活为表现对象的作品,绝对不像它所记录的这个平淡无奇的日子那么简单。一方面是叙事角度、意识流手法、象征和神话结构方面的复杂实验;另一方面是对细节描写的极端现实主义。作者不仅向读者描述他笔下人物的所作所为,而且将他们的所思所想生动地呈现出来。因为除了小说的标题取自荷马史诗《奥德赛》以外,两部作品在人物、情节和结构等方面存在着诸多对应关系。奥德赛们的伟大是因为他们生活在一个造就英雄的时代,布卢姆们的平庸则是因为他们所生活的现代社会难以再造出"英雄"来。由此看来,乔伊斯所抨击的是现代西方社会的沉沦和堕落。乔伊斯被誉为莎士比亚以来英语国家文学史上最伟大的作家。

3. 弗吉尼亚·伍尔夫

弗吉尼亚·伍尔夫(Adeline Virginia Woolf,1882—1941)出身于书香门第。1912 年,她与批评家兼经济学家伦纳德·伍尔夫结婚。1915 年,伍尔夫的处女作《远航》出版。两次世界大战期间,她是伦敦文学界的核心人物,同时也是由著名文人学士组成的布卢姆茨伯里派的成员之一,这个团体的成员包括凯瑟琳·曼斯菲尔德、伊丽莎白·鲍温、罗杰·福莱和福斯特等人。第二次世界大战期间,德军炸毁了伍尔夫在伦敦的住所,致使她的精神全面崩溃,最后投河自尽。

伍尔夫作为一名女性作家,关注妇女的社会地位和生存状况。除去专门讨论女性问题的论文《妇女的职业》《一间自己的屋子》和《三个旧金币》等之外,在她的小说创作中,女权主义的观点也巧妙地隐含其中。

20 世纪 70 年代以来,伍尔夫被公认为现代文学中主要的创新者之一,同时也是女性主义批评史上的先驱式人物。她的实验不仅使小说的叙述从情节的束缚下解放出来,而且鼓励其他小说家循着她的路子进行探索。

第二节　英国女性文学

一、19 世纪女作家群的兴起

英国文学史上有一个独特的现象,那就是在 19 世纪英国女作家的创作达到了历史上的第一个高峰,简·奥斯汀、勃朗特姐妹、盖斯凯尔夫人、乔治·艾略特等 30 多位女作家相继登上文坛。她们打破了以男性为主导地位的英国文学桎梏。她们向往自由、抵制受压迫的父权社会、追求与男性平等的生活。

女性作家群崛起的现象为什么只出现在 19 世纪的英国文坛? 第一,17

世纪,英国确立了君主立宪制,资产阶级革命结束。第二,英国的民主意识因为英国选举制度和两党执政制度深入人心。英国的男女平等是民主文化所促进的,19世纪的英国女性拥有自信、独立、坚强的性格。第三,经济的不断发展是英国资本主义制度所促进的。由于英国中产阶级的不断壮大,特别是中产阶级英国妇女,她们的命运也发生了很大的变化。

19世纪中产阶级地位的象征便是妻女不外出工作。丈夫事业成功的象征就是妻子闲居家中,当时的时代对中产阶级妇女的呼唤就是让她们做一位"家庭天使"。中产阶级妇女从繁重的体力劳动中解放出来。当阅读了大量的书籍之时,妇女不仅普及了教育还让她们摆脱了愚昧状态,顺着人的本性去品味现实和憧憬理想。

女性作家采用了一种在当时人们普遍认为是不成熟的体裁——小说,这是男作家们不屑于采用的方式。在他们看来,它的形式和书信相似,文学的高雅不能更好地表现出来。但这样的文学体裁却天然地适应于女性。就所有的文学类型而言,小说不管是从本质抑或处境来看,都是妇女最能适应的体裁,是体现妇女学问最适当的形式。

二、女性小说的辉煌

19世纪以前的英国文学,女性作家不过是一个点缀。尽管在17世纪,英国女性就开始写作,但一直到18世纪末,一些女性作家才在文坛上产生了一定的影响。到了19世纪,作家的人数之多达到史无前例,英国小说的种类也为之丰富。然而在众多的小说家当中,女性写作蔚成风气,经典作家的行列中开始慢慢有了女性作家的身影。在18世纪末19世纪初的小说家简·奥斯汀之后,勃朗特姐妹、乔治·艾略特等优秀女作家一次次震撼了英国文坛,她们进入了"辉煌的一代"作家的行列。19世纪,在深刻的社会历史背景下,英国工业化、改变城市化发展和社会生活方式都是英国女性文学蓬勃发展的坚实基础。

伴随着从18世纪60年代开始到19世纪中期基本结束的工业革命,英国在机械化和工业化进程上大步前进,大英帝国成为最富有的世界加工厂国家之一。英国成为世界头号的资本主义帝国,他们对外扩张,抢占殖民地。在《曼斯菲尔德庄园》当中的奢华生活便是以庄园主在西印度群岛的产业为支柱的。简·爱在后来之所以经济得以独立,可以扬眉吐气地重返桑菲尔德庄园,是因为简·爱的叔叔爱尔先生在马地拉岛经营酒业而发财。维多利亚时代看上去像是一个充满了机会的时代,整个社会充满积极进取的乐观精神,看似人人都有远大的前程。

随着产业革命的深入,原本局限在家庭的女性也开始走向社会,她们的社会交往范围变大了,视野也开阔了。一场声势浩大的女权主义运动在 19 世纪上半叶爆发了,为反对制定针对女性歧视的《传染病法》的英国国会,女权主义者发表了《告英格兰女性书》,并成立了"全国妇女协会",保护一个国家的公民权就是维护女权,终于英国国会在 1886 年废除了这一歧视女性的法案。1875 年《婚姻和离婚法》规定女性不再是丈夫的附属品,她们有权利主动提出离婚。

19 世纪的英国是女性写作及女性文学繁荣的基础。在 19 世纪早期浪漫主义文学占主流地位的英国文坛,诗歌领域是男人们竞技的舞台,他们从小接受了高等教育,懂得拉丁文、希腊文,具有丰富的古典文化修养。

但是不管怎样,19 世纪的英国还是一个传统的男权至上的国家,女性的职业选择面有限。在维多利亚的执政初期,男女婚姻中女性的地位和角色也是受到极大限制的。对于女性来说,她们的性别角色一直被规定于家庭中,女性接受教育的目的也是为了以后找到一个理想的丈夫,当时流行的钢琴、刺绣以及语言技能,其目的是实现传统社会中男性对女性的角色期待。经济的发展和小说的繁荣为女性作家提供了固定的读者群和独立的经济收入。

狄更斯在报刊连载的小说一经出版便被抢购一空,人们还蜂拥而至听他朗读自己的小说选段。19 世纪英国女性作家拥有的是以家庭为基础的女性读者群。当时中产阶级女性的活动范围就是从一个客厅到另一个客厅,从这个舞厅到那个舞厅,而小说文本正是她们茶余饭后的主要谈资和精神消遣。

三、女作家的艺术追求

19世纪英国所有的女作家都认为，通过艰辛的努力是可以找到理想婚姻的，也就是找到一个同一个阶级的自己爱又爱自己的男人，男子要有风度、修养、财产，各方面都要优于女性，女性则"对自己的丈夫必须怀着类乎崇拜的感情"，在女性意识中渗透出的对男性的这种崇拜，是传统习俗和男性意识的影响。

随着女性读者群的发展与兴起，女性创作已经成了当时女性抒发自己内心情感和记录日常生活的必要手段，并且女性创作也在文学领域中获得了成功。

四、意识的萌芽

从17世纪第一位以写作谋生的女作家贝恩到19世纪女性创作的辉煌，英国女作家走过了200年的艰难创作历程，在一个男人统治的世界里，她们可操作的文学样式少得可怜，但毕竟她们用小说这种"唯一的她们对其贡献可以与男人相匹敌的文学形式"证明了自己不逊于男性的才华。

作为一个终身未婚，没有独立经济地位的女子，奥斯汀对于当时女性的附属地位有直接的深切的体验。她的小说均以女性为绝对的中心人物，几乎奥斯汀的所有小说都是围绕英国外省乡间中产阶级圈子里青年男女的爱情与婚姻来展开的。奥斯汀在作品中着意表现女性的性格魅力，伊丽莎白、安妮、埃莉诺都富有理性、美德和智慧，甚至比男性更具有敏锐的观察力和判断力。

对于书中的男性形象，不管简·爱童年时期的表哥约翰·里德、桑菲尔德庄园的主人罗切斯特、罗沃德慈善学校校长布洛克尔赫斯特，还是传教士圣约翰，无不是男权的化身。简·爱先后拒绝了罗切斯特和圣约翰的求婚，因为罗切斯特试图说服简·爱安于情人地位；圣约翰则试图说服简·爱随他去环境恶劣的印度传教，这种自私的宗教狂热能毁灭简·爱作为一个女人的激情。因为她深深知道只有经济独立才是人格独立的保障，这是简·爱的人生信条，她不会让狂热的爱情毁掉自己的自尊。

乔治·艾略特笔下的女性大多以对抗男性社会性别角色开始，这些胸怀理想的优秀女性最终都为妻为母，以认同男性社会角色安排而告终。乔治·艾略特与当时尚未离婚的刘易斯公开同居，相濡以沫长达20多年，直到刘易斯去世。但是他们的爱情并不能被社会所容，艾略特因此而声名狼藉，他们被维多利亚的上流社会放逐，种种强烈的敌意和诽谤直到多年后才逐渐平息。艾略特笔下那些智慧超群的女性，最终还是回归了传统的女性角色，这些优秀女性对主流意识的叛逆与妥协正是作者本人在现实生活中的切身体悟和挣扎。简·爱的出走并没有超越自我，而麦琪的牺牲则是出于道德自律。

19世纪英国的女性作家，当她们开始创作的时候，18世纪大量的女作家为她们提供了可资借鉴的范本，她们汲取了前代女作家的创作特色，她们在作品中的苦闷和追求，也为开始发展的女性主义批评贡献了极好的研究文本。她们把长期处于边缘地位的女性提升到引人注目的中心位置，塑造了与男性作品中模式化的"妖妇"或"天使"迥然相异的女性形象，自觉地从女性的视角观照男权传统束缚下的女性意识，以及女性在冲破男权对自身种种束缚的同时对自身价值的思考。她们试图利用男性身份隐藏自己的性别特征，这体现出19世纪女性创作的性别困境以及当时文学界对女性创作的歧视和非难。

第三节　英国生态文学

一、英国生态文学的历史

英国文艺复兴运动开始的时间相对于西欧各地稍晚了一些。文艺复兴从15世纪末开始，延续了一个多世纪，到17世纪初结束。以人为本、人是自然的主宰的思想大行其道，也有不少人文学者对这一思想体系提出了质疑与批判。切萨尔皮诺就提出要尊重自然万物，因为自然界中即使是最渺小的生物也有自己的神圣的价值。

（一）诗歌中的生态思想和生态联系

威廉·考珀（William Cowper，1731—1800）是英国著名诗人。考珀于1731年11月15日出生于英国圣公会一位牧师家庭，6岁时其母去世，考珀被送往寄宿学校学习。1748年，他去学习法律，不久后爱上了自己的表妹。考珀为此写了一组诗歌，名为《迪莉娅》，但这些诗歌直到1825年才得以出版。1754年，他开始担任律师，负责调查商业的破产案件。1763年，考珀报考上议院秘书，但内部的竞争使他大受打击。生性敏感并患有抑郁症的他终于精神失常，并有了轻生的念头。

1765年，他在亨廷顿的牧师莫利·昂温家寄宿。莫利死后，他和莫利的遗孀玛丽迁居奥尔尼。牛顿牧师为他准备了房间，使他能从事写作。他们一起合作写下了《奥尔尼赞美诗集》，并于1779年发表。1773年，考珀和玛丽订婚，可这时考珀精神却再次失常。他梦魇不断，认为上帝遗弃了他，并再次试图自杀。这期间，他在牛顿家住了一年，然后才搬回去跟玛丽住在一起。康复之后，他接受玛丽的建议，写了很多讽刺诗。这些诗歌于1782年发表。1786年，他和玛丽迁居威斯顿安德伍德。1796年，玛丽去世。考珀再次精神抑郁，自此再也没有完全康复。1800年4月25日，考珀死于水肿。

考珀虽然没有明确表明他的生态观。但是，在他的诗中，他对树木被砍伐是持反对态度的，因为树木被砍伐并不是只关乎树木本身，而是影响了周围的一切，包括鸟类的栖息、环境的优美。

夏洛特·史密斯（Charlotte Smith，1749—1806）是英国诗人和小说家。她的作品对哥特作品的形成起了一定的促进作用，她还对浪漫主义的形成也起过一定的作用。但没有多少人知道这一点。史密斯与生态结下不解之缘是因为她的作品中包含了诸多高贵如画的山水风景。

夏洛特·史密斯于1749年5月4日出生在伦敦圣詹姆斯广场的国王大街，是尼古拉斯·特纳和安娜·托尔斯·特纳的第一个孩子。夏洛特出身于富裕的上流社会，父亲在萨里和萨西克斯郡都有地产。在她年仅3岁时，母亲就去世了。8岁时，夏洛特在学校就显露出舞蹈、表演和画画等多方面的才能。12岁时，夏洛特进入社交社会。不到16岁，夏洛特被父亲嫁给一个富裕的商人本杰明·史密斯。在夏洛特看来，夫家人缺乏教养，不喜欢她读书、写作和画画的消遣方式。全家人中只有她的公公理解她、支持她。为了给自己的儿媳经济支持,她公公去世后把自己的财产遗留给她。

在夏洛特长达22年的创作生涯中,她一共写了10部小说,翻译了两部作品,出版了3部诗集,还有6部儿童文学作品。她还对当时的政治和社会问题表示关注,是英国第一批对法国大革命表示同情而后转至保守的英国小说家。

夏洛特·史密斯写过一首《画眉颂》。在诗中,她对画眉的歌声、喜好的食物等做了描述。在一张便条中,她甚至对吉尔伯特·怀特的《塞尔彭自然史》中有关画眉的叙述提出质疑。可史密斯指出,怀特在其书中把画眉列入那些仲夏时节就停止歌唱的鸟类中,这其实是错的。画眉从一月的第二个星期就开始歌唱。每当刮风或是天气变化的时候,画眉都会发出各种不同的叫声。

史密斯和生态文学的关系,主要是基于她作品中的风景描写。在她的《移民》一诗中,她描写了一批为了安全而移居到萨西克斯郡乡间生活的法国神职人员和贵族,指出他们过去对穷人的不公正行为,但也对革命采取的暴力行为予以谴责。

塞缪尔·罗杰斯(Samuel Rogers,1763—1855)是个银行家的儿子。1792年,他出版了《记忆的快乐》,描述了他童年时代的乡村生活。该书出版后第一年就再版了四次,到1816年已经卖出23000本。1810年,他又出版了史诗《哥伦布》的片段。1814年,出版了《杰奎琳》。连拜伦都很欣赏他的作品。

浪漫主义者常常经由自我的方式回归自然。美国生态文学的奠基人大卫·梭罗便是通过这种方式回归大自然的。英国浪漫主义诗人当中,其实也有人崇尚这种方式,只不过他们没有像梭罗那样付诸实施,而只是动过这个念头而已。

(二)小说中的生态思想和生态意识

乔纳森·斯威夫特(Jonathan Swift,1667—1745)是英国18世纪杰出的政论家和讽刺小说家。作为政论家,斯威夫特写了一系列政治小册子,对英国宗教和社会生活做了无情的批判。他的作品讽刺意味非常浓,主要作品有《书籍的战争》《木桶的故事》等。

斯威夫特最有名的作品就是发表于 1726 年的讽刺小说《格列佛游记》。小说分四个部分。第一部分讲述外科医生格列佛由于船只失事流落到一个叫利立浦特的小人国的见闻。第二部分则是在布罗卜丁奈格大人国的见闻。第三部分是在勒皮他的游记。第四部分则是格列佛在慧骃国的奇遇。

格列佛发现,慧骃国的马比人类更有美德,于是他努力学会了马的语言,希望能与马永远生活在一起,度过自己的余生。在这里,斯威夫特通过这一部分的故事表达了他的生态观。在 18 世纪,"伟大的生命链"是十分常见的术语。

托比亚斯·乔治·斯摩莱特(Tobias George Smollett, 1721—1771)出生于苏格兰一个地主家庭。可他一生都生活在贫困当中,即使在娶了有点资产的安妮·拉塞尔斯后也还是如此。1739 年,他写了剧本《弑君者》,并把它带到伦敦试图上演,但未被接受。受到推崇的倒是 1746 年发表的处女作——诗歌《苏格兰的眼泪》。1748 年,斯摩莱特的成功之作——小说《罗德里克·兰德姆历险记》出版。

斯摩莱特曾到欧洲大陆游历,并把亲历写进作品中,包括《佩里格林·皮克尔传》《具可信度和娱乐性的游记概略》及《旅法国、意大利游记》等。他的其他小说包括《蓝登传》和《朗夫洛特·格里夫斯爵士的生活和历险》《汉弗莱·克林克历险记》一般被认为是斯摩莱特最成功的作品。

由于布兰布尔一家的游历不但包括乡村,同时也包括城市,所以,斯摩莱特也就借由这家人之口,特别是布兰布尔之口道出了乡村和城市的诸多不同。在着墨不多的关于乡间的描写中,布兰布尔总是强调乡间景色的宜人和空气的清新。

(三)19 世纪诗歌中的生态思想和生态意识

历史进入 19 世纪,生态思想在这一阶段有了长足的进展。"生态学"这一术语第一次就是在 19 世纪由德国科学家恩斯特·赫克尔提出来的。达尔文的进化论进一步推动了人与动物本同源的意识,认为人与动植物同为宇宙中的生灵,他们是平等的。于是,在 19 世纪很多诗人和作家的作品中,作者对人的关怀扩展到动物和植物身上。这些生态思想在英国 19 世纪浪漫主义诗歌中得到了充分体现。

　　浪漫主义者认为,文明远离了自然,所以,他们讴歌儿童时代,想象回到过去与地球和谐共处的各种方式。浪漫主义探讨了三种回归自然的可能途径:一是通过推翻使社会和自然对立起来的专制体制,这种方式其实就是所谓的"社会生态学"。浪漫主义者还对启蒙时代战胜自然的欲望和一切为人类商业行为服务的做法提出了尖锐的批评。浪漫主义追求的是人的思想和自然以及人类和非人类生物之间的相互依存关系。

　　浪漫主义者回归自然的第二种方式是通过小团体的方式。一些拥有自由权利的人在一起组合成为一个群体,一起居住在大自然当中,逐步形成一个理想当中的小社会。浪漫主义者或许就有了"生态诗学"的概念。正因为浪漫主义诗人需要可供散步、想象、寻找孤独的场所,所以,潜意识里,他们就有保护公园、保护荒野的欲望。在他们讴歌大自然的作品中,多少蕴涵了生态意识和生态思想。

　　塞缪尔·泰勒·柯勒律治(Samuel Taylor Coleridege,1772—1834)是英国抒情诗人、评论家和哲学家。他和威廉·华兹华斯合写的《抒情歌谣集》是英国浪漫主义诗歌的开山之作。父亲去世后,柯勒律治被送到伦敦去读书。在剑桥,他遇到未来的激进桂冠诗人罗伯特·骚塞。1795年,他和骚塞未婚妻的妹妹萨拉·弗里克结婚。但他并不是真的爱她。

　　由于受神经痛和风湿病的折磨,柯勒律治抽上了鸦片。他住在伦敦,几乎到了自杀的地步。1816年,未完成的诗歌《克里斯特贝尔》和《忽必烈汗》问世,第二年发表了《神秘的树叶》。据诗人说,"忽必烈汗"是他在睡梦中得到的灵感。1824年,他被选为皇家文学协会会员。1834年7月25日,他在伦敦附近去世。

　　柯勒律治是著名的"湖畔三诗人"之一。他的诗歌中描写景物的诗篇为数不少。1797的一天,柯勒律治盼望已久的几位友人来到他的乡间住所造访。他们到达的那个上午,柯勒律治刚好伤了腿。友人们停留的日子里,他一直不能走动。诗人虽然没有与友人一同行动,不能在大自然中与友人一同游乐,可他却想象着友人的行踪,在想象中描述沿途的景物。

（四）19 世纪小说中的生态思想和生态意识

瓦尔特·司各特（Scott, Walter, 1771—1832）爵士于 1771 年 8 月 15 日出生于苏格兰的爱丁堡。司各特创作了一系列被称为"威弗利小说"的作品，使历史小说题材大为流行。不论是伟人还是凡人，读者都可以跟着他们体验不同历史时期的急剧变化。

司各特的作品明显受到 18 世纪感伤派小说的影响。他认为，不论属于什么阶层，信仰什么宗教，政治背景和家庭背景如何，人在本质上都是好人。在他的历史小说中，忍耐是主要的主题。威弗利小说系列表明了他对社会必须进步的信念，但并不排斥过去的传统。

对苏格兰高地的描写，司各特在其小说创作之前的诗歌创作中已经有所体现。在他的《湖畔夫人》第一篇中，充满了对山、湖和森林的描写。但最有名的还是他的第一首成功的诗作《最后一个吟游诗人的叙事诗》第六篇中所写到的山地和洪水等。

乔治·艾略特（George Eliot, 原名 Mary Ann Evans, 1819—1880）。宗教信仰中的爱和义务等概念对艾略特的影响很大。1850 年，她开始给《威斯敏斯特评论》写稿，后来还成了助理编辑。大约在 1854 年，有过不成功的情感经历的艾略特认识了 G. H. 刘易斯。刘易斯一直是艾略特工作和生活上强有力的支持者。他们的关系一直持续到刘易斯去世。此时，艾略特已开始发表一些短篇小说，引起文坛的注意。1858 年，小说《亚当·比德》（Adam Bede）出版。艾略特一举成名，成了小说界的领军人物之一。

乔治·艾略特和她的情人 G. H. 刘易斯都是业余生物学家。刘易斯写畅销的科普读物，同时也写小说和哲学著作。但她的作品对自然的态度是模棱两可的。理性和道德自制力和自然中的毫不在意及自大自负相对立。同情是乔治·艾略特的主旨，经常是本能的，突发性的，是涌动在社会惯例和自我表层的自然情感。

在艾略特的大多数作品中，都有一股逃离偏狭的乡村的冲动。这种偏狭常常是无法忍受的，显露了某种缺乏远见，就像动物一样。但是，一旦逃离，这个理性、自由、都市的感觉又会把注意力拉回到原来离开的地方，既是因为怀旧，也是因为理想主义的同情。

（五）20 世纪诗歌中的生态思想和生态意识

进入 20 世纪，随着自然科学的迅猛发展，生态学越来越受到人们的关注。人们不再把生物与非生物割裂开来，而是把整个大自然都纳入同一个生态系统中。属于同一个生态系统的所有物体，不管是生物还是非生物，都是相互联系、相互依存的。为了满足自己的欲望，人类对自然无止境地掠夺，从而造成对自然的无情破坏。生态学家对这种欲望动力论作了批判，认为人类应该保护地球上的所有生物，保护地球本身，应该以保护生态系统为己任。

20 世纪又是社会变迁最巨大的时期。两次世界大战的爆发，经济萧条的出现，女权主义运动的再次掀起等，给文学创作提供了很好的背景。虽然没有很典型的生态小说，但是，在很多诗人和作家的作品中，生态意识和生态思想的端倪可见。

巴兹尔·邦廷（Basil Bunting，1900—1985）出生于英国东北部。他游历甚广，诗歌中体现了不少来自异国的影响。邦廷上过很多学校，但上大学时却没申请到剑桥大学的奖学金。1918 年，他因拒绝服兵役而被判入狱。1919 年出狱后继续求学，同时也开始进入伦敦文学界。

《布里格弗莱特斯》是邦廷的代表作。这是一首描写诺森伯兰郡的诗歌。叙述者离开她等于是离开北方到南方去，同时也是抛弃了一块耕耘比较艰苦的土地，到另一片比较易于耕作的土地去。但诗中也描述了回北方的经历，描述了一个互相关联的网络。

菲利普·拉金（Philip Larkin，1922—1985）是二战后英国的主要诗人，他写的诗歌深受读者欢迎，被誉为英国"非官方的桂冠诗人"。他去世后发表的《诗集》成了英国的畅销书，广受评论界和读者界赞誉。他的诗歌集自贬、愤世嫉俗、沉思、幽默于一身，有一种很痛苦很凄美的声音夹杂在其间。

拉金于 1922 年 8 月 9 日出生在英格兰的康文特里。虽然他在康文特里亨利八世国王学校读书时成绩平平，但却在那里开始展露他的才华。他正式开始写作源于一次诗歌作业，很快写诗就成了他晚上固定的事情。他于1985 年去世，死于喉癌。

拉金的第一部诗集发表于 1945 年，名为《北方船》。这部诗集说明他对爱尔兰诗人叶芝很感兴趣。1955 年发表的《少受欺骗者》是拉金第一部比较成熟的诗集,受到评论界广泛的赞誉。对老去和死亡的预见和不可回避、与群体和婚姻相对应的孤独感、城市化产生的影响及与宗教和社会有关的问题都是这部诗集的主题。

拉金的文风朴实,直截了当。他从来就不喜欢现代的东西。其实,拉金受劳伦斯的影响很大。年轻的时候,拉金经常阅读劳伦斯的作品,和劳伦斯一样,他认为资本主义道德观念毫无用处,对之持鄙视的态度。从某种意义上说,拉金对资本主义制度持批判态度,其来源就是劳伦斯对他的影响。诗歌《离去,离去》写于1972年1月。20世纪70年代,随着工业化的进一步发展,人们的生态意识越来越强。

(六)20世纪小说中的生态思想和生态意识

爱德华·摩根·福斯特(Edward Morgan Forster,1879—1970),英国小说家、散文家。其作品包括六部小说,两部短篇小说集,几部传记和一些评论文章。福斯特在其姨婆玛丽安娜·桑顿的影响下长大。1887年,姨婆去世,给他留下了八千英镑遗产。少年时代,福斯特就读肯特郡唐布利奇学校,给他留下了一段不愉快的经历。

在福斯特的小说中,大自然是远离现代文明的一种象征。小说《霍华兹别墅》就是如此。该小说描写了来自不同社会层次的三个家庭之间的纠葛。

福斯特还把大自然描绘成人类逃离世俗社会,获得精神安慰的地方。《最长的旅行》描写了一个敏感的残疾青年里基·艾略特的故事。为了躲避城市郊区的生活和在公立学校中的受人欺凌,他进了剑桥大学,努力实现自己的作家梦,并和杂货商儿子安塞尔成了好朋友。最后,为了救他那位酗酒、富有且被当作异教徒的同父异母兄弟,里基付出了自己的生命。

《印度之行》是福斯特最重要的作品。小说共分三个部分:清真寺、山洞和寺庙。阿齐兹是个年轻的穆斯林医生,他对英国人友好有加、热情相待。阿德拉在惊恐中产生了幻觉后指控阿齐兹试图强奸她。阿齐兹因此入狱受审。虽然阿德拉后来撤销了诉讼,但阿齐兹从此再也不与英国人为友。

二、生态女权主义

(一)渊源与理路

1. 生态主义话语的发生

西方文明在经历了古希腊柏拉图和亚里士多德式的纯然理性的时期后,历史还没来得及给柏拉图和亚里士多德思考出世界的本真到底是何物的机会,人们对上帝的狂热的崇拜早已压过理性的思辨。意大利人发起了诉诸古典时期而实质上是推动了社会前进的文艺复兴:历史背后的真相是理性即将复苏。发轫于意大利的文艺复兴开启了整个欧洲尤其是英国人的科学理性的头脑。文艺复兴和紧随其后的启蒙运动为近代科学的产生和繁荣提供了历史契机。人类开始了科学理性地思考世界。

2. 生态女权主义的渊源

20 世纪 90 年代,生态女权主义作为一种文学理论流派和文化被人所瞩目。可是其理论根基却要追溯到 20 世纪 70 年代的法国女性作品当中。现如今的大多数的生态女权主义理论家喜欢引用由法国女权主义者弗朗西斯娃·德奥博妮提出的"生态女权主义"这个术语。

(二)女权主义与生态女权主义

1. 生态主义话语与生态女权主义

人类的科学技术总结出一个畸形的果实:一面是科学技术的飞速发展;另一面却是生态环境的恶化。天堂与地狱、上帝与世人、灵魂与肉体、生存与死亡、男人与女人、真理与谬误、人类与自然等两元对立无处不在,父权制的文化思维模式发生了危机。

2. 共同的阵地

20 世纪六七十年代是女权主义的鼎盛期,而 20 世纪 90 年代生态女权主义真正地"热"了起来,这就是为什么有些生态女权主义学者说生态女权主义是女权主义的第三次浪潮。

女权主义解构的是西方男女二元对立或男性中心的文化传统,对于解构主义来说,女权主义和生态女权主义都是比较具有代表性的,这两个观念唯一不同的是:生态女权主义解构的是人与自然二元对立的文化传统。一直以来,由于以男性为主导地位的社会文化传统和思想方式压迫着那个时代的女性,并且女性对自然和社会又有十分统一的信念。所以,女权主义和生态女权主义自然而然地就联合在了一起,一起向以男性为主导的社会和时代进行攻击。

生态女权主义令很多的学者称其为"女权主义的第三个高潮",生态女权主义仍然是一个比较新颖和还在不断地进步与发展之中的理论,生态女权主义的开放性一方面使它充满着无限的生机与活力,另一方面又让它有着不可把握的理论困境。最后,有些学者对它依旧持有敌对态度,并且对它深表怀疑。

第二章　美国文学

第一节　美国文学的历史

一、殖民地时期文学

（一）探险者文学

1. 哥伦布与卡萨斯

1492 年,哥伦布(chris topher columbus,1451—1506)发现了新大陆,第一次揭开美洲与世界各地之间的联系。哥伦布出生在一个羊毛工人之家(意大利地中海港口热那亚),梦想出海去探险,后来打算寻找一条从大西洋到亚洲的商业航线。1492 年他开始了开发到印度等地的航海之路。他第一次航行就发现了美洲新大陆,轰动了欧洲。1492 年,他发现了巴哈马、萨尔瓦多、海地和古巴,与当地印第安人建立了友好关系。他的书信体《日记》叙述了第一次航海的全过程,里面精彩的描述吸引了无数读者,在欧洲引起极大的轰动。有的文学史家将哥伦布的《日记》作为早期美国文学的重要文献。

巴托洛梅·德拉斯·卡萨斯(Bartlome de las Casas,1474—1566)是西班牙塞尔维亚人。1493 年,他看到了哥伦布第一次航海归来,进入西班牙某城市的盛况。1502 年,他开始了在美洲西班牙属地的工作,很快就加入了对当地土著人的剥削行动。后来,在他当上牧师后发觉这种剥削行为违背了基督的教诲,便开始呼吁所有的庄园主去谴责奴隶制度。他做了许多社会调查,最终写成了影响很大的《印第安人史》。1515 年,他广泛宣传废除奴隶制,取得了显著效果。卡萨斯为美洲殖民地的奴隶做了一件大好事,成为最早的废奴主义者。

2. 哈里奥特与史密斯

托马斯·哈里奥特(Thomas Harriot,1560—1621)是个牛津大学毕业生,通过了培训之后就和一行人一起去美洲实践航海技术。1585 年,托马斯·哈里奥特与画家约翰·怀特结伴,共同去了美洲旅行。后来,他写了《关于新发现的弗吉尼亚真实而简要的报告》,这本书的全书和插图都被做成了雕刻画广泛出版。许多英国人真正地了解外界都是从这些雕刻画中开始的。

约翰·史密斯(John Smith,1580—1631)是英国将北美弗吉尼亚殖民化的代表式人物。1614 年,史密斯到新英格兰进行探险,了解当地的民俗文化。实际上,"新英格兰"不是印第安人叫的,而是史密斯命名的。因为史密斯为了让更多的人了解到当地的风土人情,出过《新英格兰介绍》《新英格兰的考验》和《为新英格兰等地没经验的种植者做广告》等书。史密斯不仅将弗吉尼亚的自然景观和社会习俗了解透彻并记录下来,同时采取相应措施,使弗吉尼亚成了英国的永久殖民地。

史密斯区别于哈里奥特的是他如实地描述了他到美洲新大陆的见闻,能够运用大量的真实的细节,将其自身的冒险故事加以润饰,将事实与想象结合起来。。史密斯用英国人的目光看待众多的印第安人,看待美洲新大陆的一草一木,不仅仅为英国殖民者的决策方向提供了参考,更为英美文学的发展提供了有益的启迪。

(二)清教主义文学

1. 威廉·布拉德福德

威廉·布拉德福德(William Bradford,1590—1657)生于英国约克郡,1609 年,他为了寻求信教自由,净化基督教教义,他在莱顿住了十一年。1620 年,他协助组织"五月花号"航海至美洲新大陆,订立《五月花契约》并建立了种植园,形成一个独立的政治单位。1621—1656 年,他被一致推选为总督,后来一直连任三十多年。他为人忠厚,管理能力强,帮助移民克服了许多天灾人祸的难题。他提出了自治和宗教自由的原则,后来英国政府将这些原则和政策推广到了其他美洲英国殖民地。

布拉德福德在《普利茅斯种植园史》里记录了殖民地自治政府在新大陆的第一个文件——《五月花契约》。这个契约主张人人平等,相互尊重。尊重教徒的自由和权利,不区分世俗与信教。这些朴素的民主思想成了一百五十年后美国《独立宣言》的先驱。

清教徒不喜欢世俗的娱乐,他们从心里认为这些活动与贵族奢侈的生活和不道德的享乐有关。他们经常写些日记或沉思录,向上帝倾诉自己的内心活动。清教徒集中精力写些非小说或宣扬上帝恩惠的诗歌、祈祷词等。布拉德福德成了美洲新大陆第一位殖民地的史学家和清教徒文学家。

2. 约翰·温思罗普

约翰·温思罗普(John Winthrop,1588—1649)与布拉德福德不同,他不是分离教派成员,但他希望从英国国教内部进行宗教改革。1630年,他率领七百多移民在新英格兰登陆,成为第一任总督,在不懈的努力下将登陆地发展成波士顿。据说,温思罗普在他乘坐的"阿贝拉号"船上发表了题为《基督教博爱的典范》的祈祷词,宣布此行赴美洲新大陆的目的是建立崇拜上帝的宗教社会。温思罗普建立的新的管理体制,使殖民区逐步发展成为英国在北美最大、最富的殖民地。

温思罗普担任总督近二十年,在任职期间他缺乏民主倾向。他对反对清教主义的人起先很宽容,后来强烈反对持不同意见的女作家——安妮·布雷兹特里特和她的追随者。1645—1646年,他为英国议会干涉殖民地事务辩护。但他的著作《新英格兰史:1636年至1649年》全是他亲身见闻的日记,文笔流畅,简洁易懂,处处洋溢着浓烈的宗教气息。

3. 柯顿·马瑟

柯顿·马瑟(Cotton Mather,1663—1728)选择温思罗普作为英国殖民地完美的统治者的楷模,他是温思罗普的忠实信徒。柯顿的著作极多,影响很广。有人说,谈到新英格兰殖民地文学时,没有人不提到柯顿。由于哈佛大学越办越世俗化,马瑟促进了耶鲁大学的创办,使它成为新的信仰基地。他的《巫术和财富难忘的天佑》描述了萨拉姆地区巫术的歇斯底里的狂热,虽然他并不赞同他们的过激行为。他早期的作品曾造成教徒反叛,后来他支持 1691 年新殖民地宪章。他对人道主义行为提出指导,有些思想大大超越了他的时代。他一生写了四百五十部书,其中最出名的是《基督在美洲的巫绩》,这本书在许多年内一直是新英格兰最完整的历史。

4. 安妮·布雷兹特里特

安妮·布雷兹特里特(Anne Bradstreet,1612—1672)是第一位出版诗集的美洲作家,也是第一位新英格兰女诗人。1612 年她生于英国的诺桑顿,自幼受清教主义教育,16 岁时嫁给清教徒西蒙·布雷兹特里特。1647 年,她的姐夫背着她将她的《美洲最近出现的第十个缪斯》带回英国出版,于是她的第一部诗集就这样问世了,很快在伦敦成为畅销书。她的作品内容宗教色彩浓烈,显得缺乏独创性,在诗中歌颂上帝,反映了她对天国的向往。她特别钟爱玄学派诗歌,深深地受到了英国诗人斯宾塞、锡德尼等人的影响。她也常在诗中自省、责备自己贪恋世俗生活,揭示清教徒复杂的内心矛盾,批评自己的反叛心理。作为北美殖民地第一位女诗人,她的声誉有过兴衰。她的抒情诗在漫长的两百年里,一直是美国女诗人作品里的精品,在美国文学史上占有一定地位。

5. 爱德华·泰勒

爱德华·泰勒(Edward Teller,1642—1729)是个北美殖民地时期最著名的诗人。他生于英国考文垂一个自耕农家里,当过小学老师。他就读于哈佛大学,通过学习他掌握了多种语言。他信守公理教会的原则,不得不放弃教职,1668 年移民新英格兰海湾殖民区。泰勒是个十分虔诚的清教徒,灵魂里浸透了加尔文教义。他爱用比喻,如短诗《家务》中将纺车比作上帝的工具,这个形象的比喻颇有特色。他常常引用《圣经》,但不单纯模仿《圣经》。他想象力非常丰富,令人难以琢磨。泰勒的手稿《诗作》,除一首诗的片段以外,他生前都未发表过。1883 年,他的孙子将他的手稿捐赠给耶鲁大学。1939 年,这四百页的手稿经过挑选一部分成功出版。诗集问世后很受欢迎,泰勒立即被认为是美国 18 世纪最优秀的诗人。泰勒的主要诗作有两部:一部是《沉思录》,另一部是诗剧《上帝的决心感动了他的选民》,描写上帝的恩惠和伟大,交织着对于犯罪和赎罪的评说。此外,他还创作各种题材的诗。

（三）反清教徒主义文学

1. 罗杰·威廉姆斯

罗杰·威廉姆斯（Roger Williams，1603—1683）生于英国伦敦一个裁缝家里，作为英国剑桥大学的毕业生，威廉姆斯强调平等和民主，他知识丰富，敢于提出自己的见解。威廉姆斯的主要著作有：《美洲语言纲要》《迫害的教理》《基督化培养不了基督徒》和《受雇佣的牧师绝不是基督的人》等。在《迫害的教理》中，他认为上帝的意愿和旨意，在于容忍基督教内部不同的派别，也对所有的民族和所有的人都一视同仁。威廉姆斯的思想超越了他的时代，为反对英国的专制统治、美洲殖民地的发展以及走向民族独立铺平了道路。

2. 玛丽·罗兰森

玛丽·罗兰森（Mary Rowlandson，1636—1711）一生中只发表过一部作品，就是《玛丽·罗兰森被俘与被释》。这本书开创了被俘叙事这个新的文学流派。玛丽·罗兰森在菲力普王之战中被印第安部族抓去关了十一周，她出乎意料地成名了，她将狱中的遭遇写成《玛丽·罗兰森被俘与被释》，此书出版后，迅速引起轰动。

二、独立战争前后的文学

（一）小说家查尔斯·布罗克丹·布朗

查尔斯·布罗克丹·布朗（Charles Brockden Brown，1771—1810）是第一位将英国哥特式小说美国化的作家。他生于费城，他从小爱好文学，后与几位好友组成文学社团。他在发表过一篇论妇女权利的论文后，写了四部哥特式的长篇小说：《韦兰德》《奥尔蒙德》《埃德加·亨特利》和《亚瑟·默尔文》。他生前既不参与任何政治斗争，也不属于什么教派。他潜心写作，揭示北美的社会问题，引起世人的关注。布朗成了小说界的新秀，他的小说给处于起步阶段的美国文学带来新的活力，他成了美国第一位职业小说家。

《韦兰德》采用第一人称展开叙述，小说是个哥特式的浪漫故事，情节生动有趣。小说揭露了"大觉醒运动"后宗教情绪的失控和迷信的恶果。在叙述中不时与读者沟通发问，调动读者的判断力，颇有新颖之处。小说出现梦中行走和突然剧变等技巧,表明布朗对科学和假科学很感兴趣。作者对迷信的抨击是显而易见的。小说质疑洛克认识论的价值,但更多的是反映当时社会和人性变化的混乱景象。

《亚瑟·默尔文》是布朗另一部巅峰之作。小说语言生动,描写细腻,气氛浓烈。讲述了1793年费城黄热病流行的故事。小说人物对话较差,缺乏口语化的精练,他的小说缺乏讽刺和幽默色彩。但他通过丰富的想象,大量采用美国本土素材,最终写出长篇小说,形成自己的写作风格。

(二)南方文学与威廉·伯德

威廉·伯德(William Byrd,1674—1744)生于詹姆斯河种植园家里,后来去英国学法律,他创建里茨蒙德市,并兴建最大的私人图书馆。五十二岁时,他定居弗吉尼亚,专心写书信和日记,内容大多描绘英国与北美殖民地的差异。

《威廉·伯德1709年至1719年秘密日记》这部日记是用速记写的,他去世后才发表。日记描绘南方美丽的自然景观,同时对懒惰的卡罗来纳边界人进行了中肯的讽刺。伯德从英国诗人蒲柏和小说家斯威夫特的作品中汲取了丰富的养分。

《分界线的历史》1729年问世,它叙述了当时调查者私人探险——喝酒、打猎、赌博、追女人的故事。这些活动描写生动幽默,具有喜剧性。伯德的作品反映的物质世界即土地、印第安人、动物、植物和定居者是南方人的兴趣所在。他有时嘲讽第一批弗吉尼亚殖民主义者,大部分是好家庭的堕落者。有时选用几句名家的诗,更显轻松和活泼。

(三)黑人文学与菲丽丝·惠特利

菲丽丝·惠特利(Phillis Wheatley,1753—1784)是美国文学史上第一位出版诗集的黑人女诗人,也是美国第一位重要的黑人作家,她的诗才、智慧和虔诚征服了伦敦及马萨堵塞的英美人士。1773年6月,菲丽丝在威特利儿子纳散尼尔陪同下,到伦敦宣传她的第一本诗集,受到伦敦市长和富兰克林的欢迎。同年,她的《不同题材、宗教和道德诗集》在伦敦出版。惠特利被马萨诸塞长官评为十八位优秀市民之一。菲丽丝是个笃信上帝的教徒,又是个为奴隶的自由而大声疾呼的女诗人。她曾是个勇敢机智的女强人,早年参加过美国独立和废除黑奴制的斗争,敢于表述自己的政治和宗教观点。她的诗融合了美国黑人的文学传统和黑人妇女的文学传统。但是具有讽刺意义的是学界对此长期视而不见,让人备感遗憾。

菲丽丝·惠特利在美国诗坛上第一次发出黑人女诗人的声音,开创了美国黑人文学的先河。菲丽丝从《圣经》得到启示,断言在精神上是人人平等的。她受英国诗人蒲柏、弥尔顿和格雷的影响较大,但她的诗有较大的灵活性,在形式上不拘一格。菲丽丝的诗风是新古典主义的,她自由地表达自己对宗教、社会道德和自由平等的感受和理解。

三、二次世界大战之间的文学

(一)现实主义小说

1. 辛克莱·刘易斯

1930 年,辛克莱·刘易斯(Sinclair lewis,1885—1951)获得诺贝尔文学奖,这是美国作家以前从未获得过的殊荣。辛克莱·刘易斯生于明尼苏达州的索克新特镇。1920 年,辛克莱·刘易斯的第七部长篇小说《大街》问世,《大街》的出版是 20 世纪美国出版史上最轰动的事件,该书前后连续再版二十八次。后来他的《艾尔默·甘特利》和《多兹华斯》相继问世,这些成功的文学作品终于把他推上诺贝尔文学奖的领奖台。

获奖后,刘易斯继续创作了十部长篇小说,较好的仅有两部:一部是《王孙梦》,它揭露了种族歧视的问题,强烈讽刺了"民主政治";另一部是《不能在这里发生》,抨击了法西斯势力对美国的威胁,假想法西斯统治美国后造成的惨局。这两部小说含义深刻,但艺术性欠佳。

他被称为"美国的狄更斯",刘易斯在英国小说家狄更斯的影响下,将讽刺的矛头指向政治、商业、宗教、道德、法律、科技和种族歧视等方面。刘易斯用讽刺幽默的对比手法和铿锵有力的笔调,描写了 20 世纪 20 年代美国中西部小镇的社会生活,内容相当广泛,抨击十分有力。他巧妙地将中西部语言包括方言和俚语引入小说,使小说具有浓郁的生活气息,促进了美国英语的进一步发展。他的《巴比特》具有里程碑意义,他为美国文学开创了国际地位,刘易斯不愧于划时代的批判现实主义小说家的称号。

2. 海明威

欧尼斯特·海明威（Ernest Hemingway, 1899—1961）生于伊利诺依州橡树园镇，高中毕业后他选择到《堪萨斯市星报》当见习记者。在加拿大的1920—1924年间，海明威成为《多伦多之星》的记者。后来在巴黎他结交了庞德、菲兹杰拉德和斯泰因等作家，从此决心成为作家。不久，首部作品《三个短篇小说和十首诗》问世。1924年，他在巴黎出版短篇小说集《在我们的时代》后，在美国又出了新版。少年尼克·亚当斯成了几个短篇小说的主人公，尼克的形象和简洁的文笔引起评论界的重视。

海明威勤奋笔耕，新作不断问世，如短篇小说集《没有女人的男人》和《胜者无所得》、长篇小说《有钱的和没钱的》以及《第五纵队与首批四十九个短篇小说》等。1940年，《丧钟为谁而鸣》与读者见面。语言简洁有力，具有强烈的艺术魅力。虽然存在一些缺陷，仍不失为美国文学史上不可多得的传世佳作。

1952年，海明威的中篇小说《老人与海》一炮走红。1954年，海明威荣获诺贝尔文学奖，终于梦想成真。海明威将中西部语言引入小说之中，达到了简洁、明快、含蓄的艺术效果。他的语言直截了当，对话简洁凝练，具有朴实的美感。而他所塑造的硬汉子形象在美国文学史上是史无前例的。

3. 弗朗西斯·司各特·菲兹杰拉德

弗朗西斯·司各特·菲兹杰拉德（Francis Scott Fitzgerald, 1896—1940）生于明尼苏达州圣保罗镇。1920年，第一部长篇小说《人间天堂》终于问世，得到了不薄的稿酬，随后又相继出版短篇小说集《少女与哲学家》和《爵士乐时代的故事》。1922年发表第二部长篇小说《美人与丑鬼》。1925年《了不起的盖茨比》与读者见面，这一作品奠定了他的小说家地位，备受各界欢迎。

《了不起的盖茨比》是菲兹杰拉德最优秀的代表作，作品展现了美国梦幻灭的思想主题。《了不起的盖茨比》展现了20世纪20年代纽约长岛区富人的生活，在小说中塑造了盖茨比和黛茜这两个经典的人物形象。小说语言简洁优美，字里行间交织着讽刺和浪漫色彩。小说成功地采用"双重视野"（第一人称和第三人称交替使用），结构新颖而内容紧凑。作者善于用颜色和"灰谷"来象征人物的心态和环境的气氛，首尾呼应。

4. 托马斯·沃尔夫

托马斯·沃尔夫(Thomas Clayton Wolfe,1900—1938)是南方"迷惘的一代"著名的小说家。他的小说至今仍吸引着无数青年读者,南方迷惘的青年一代的生活画面浮现在人们面前,成了难以消逝的记忆。《天使望家乡》在美国文学史上占有一席之地。托马斯·沃尔夫的长篇小说都以他个人的生活经历为基础。《天使望家乡》和《时间与河流》的主人公尤金·岗特以及《网与石》里的主人公乔治·韦伯,他们都带有作者的身影。作者以深情的笔调展示两位年轻人在人生道路上的喜怒哀乐,塑造了充满激情和活力的新一代形象。

(二)现代主义小说

1. 舍伍德·安德森

安德森(Sherwood Anderson <1876—1941)生于俄亥俄州克姆顿镇,他从始至终都没受过正规的教育,是一个自学成才的作家。1916 年,他以俄亥俄故乡为背景,写了一系列故事,后汇集出版,取名《小城畸人》,从此以后奠定了他小说家的声誉。1921 年,短篇小说集《鸡蛋的胜利》出版,使他再一次轰动文坛。安德森勤奋创作,大器晚成,一跃成为一个最优秀的短篇小说家。他在写作中汲取了弗洛伊德的精神分析法,展示了在商品经济大潮下西部小镇形形色色的人的畸形心态,安德森成为美国现代系列小说的鼻祖。欧洲读者读了《小城畸人》以后回想起青少年时代的喜怒哀乐,备感亲切,耳目一新。他像马克·吐温一样,采用中西部口语,叙述简洁明快,含蓄而富有诗意。虽然戏剧性的场面不多,但故事富有浓烈的乡土气息,犹如 20 世纪 20 年代的美国中西部民间故事,令人久久难以忘怀。

2. 约翰·多斯·帕索斯

约翰·多斯·帕索斯(John Dos Passos,1896—1970)生于芝加哥一个西班牙裔的小康家庭,从小常随父母住在欧洲。发表小说《三个士兵》和《一个人的开端:1917 年》,小说揭示了战争对三个性格不同的士兵的影响。1938 年,多斯·帕索斯的《美国》三部曲结集出版。他还发表反映西班牙内战的《两次大战之间旅行记》,1952 年《哥伦比亚特区》三部曲《一个青年历险记》《第一名》《宏伟的蓝图》结集出版。晚年,他开始转向保守,批评他以前支持过的左翼人士和工会领导人。多斯·帕索斯曾由"迷惘的一代"变成激进的反法西斯战士,写出了很有价值的力作。多斯·帕索斯为美国文学做出了巨大的贡献。

《美国》三部曲由四种体裁组合而成,它在艺术上的独创性是多方面的。三部小说里还有五十一篇短文是用意识流手法写成的,以表现作者本人的意识潜流。这些短文采用散文诗的形式,是对一些敢怒不敢言的虚构人物的补充。三部小说里出现著名的艺术家、企业家、科学家、工会领袖、政治家、新闻记者、演员、建筑师和知识分子,用他们的真人真事,穿插于各章节之间。目的在于用这些名人的肖像,体现抚育几代人成长的美国土地,以讽刺时弊或衬托历史背景。作者将新闻标题、广告、电台流行歌曲、官方文件和粗俗俚语,巧妙地穿插于人物描写的章节之间。用这些事实说明各个时期的重大事件、官方态度和民众的反应,衬托当时的时代背景。三部小说没有一个贯串始终的主人公,但重要人物却有十二个。他们各说各的,自成篇章,偶有联系,具有内在的节奏,犹如一块块画板拼成一幅色彩多变的生活图景。这些体裁的混合使《美国》三部曲更令人感到真实可信,也使美国小说形式有新突破。

3. 纳撒尼尔·韦斯特

韦斯特(Nathanael West,1903—1940)原名纳散·温斯坦,生于纽约一个犹太移民家庭。1931年,韦斯特第一次使用纳撒尼尔·韦斯特的笔名,将大学时期的旧稿《巴尔索·斯聂尔的梦幻生活》修改后自费出版。1932—1933年,他当过两家杂志编辑,后去好莱坞任职。1933年,第二部小说《孤心小姐》获得广泛的好评。1939年,《蝗虫日》一经出版深受评论界好评。

《孤心小姐》是韦斯特的经典代表作之一,在美国文学史上占有一席之地。作者自始至终一直以开玩笑的口吻在讲故事,但仍然充分表露小市民,特别是中下层妇女的悲痛和苦难。作者将喜剧的幽默与悲剧的哀怨熔于一炉,揭示令人心酸的社会问题。狂乱的时代和病态的社会无不受到作者的冷嘲热讽。1951年,《纳撒尼尔·韦斯特全集》问世,自此以后研究韦斯特其人其作的论文不断出版。纳撒尼尔·韦斯特像多斯·帕索斯一样,将现代派艺术发挥得淋漓尽致。韦斯特成了人们敬佩的黑色幽默作家的开路先锋,他成了 20 世纪 60 年代黑色幽默作家的先驱者。

(三)南方文学

1. 威廉·福克纳

威廉·福克纳(William Faulkner,1897—1962)生于密西西比州奥本尼。1924 年自费出版诗集《大理石的农牧神》,但没有受到重视。1925 年,福克纳完成长篇小说《士兵的报酬》。后来在安德森的帮助下将其出版,该小说引起了文坛的注目。1925—1929 年,继续业余写作,相继发表了小说《蚊群》和《萨托里斯》。1929 年 10 月,将《喧嚣与骚动》出版,这一作品受到评论界高度评价。之后又接连出版《我弥留之际》《圣堂》《八月之光》《不可征服的人》和《去吧,摩西》等。

福克纳小说创作的主体是"约克纳帕塔法世系"。他曾在《押沙龙! 押沙龙!》中设计了一幅"密西西比州约克纳帕塔法县杰弗逊镇"的地图,他幽默地标明:威廉·福克纳是该地区唯一的业主和所有者。深入了解《喧嚣与骚动》《八月之光》《去吧,摩西》《我弥留之际》《圣殿》《押沙龙! 押沙龙!》六部小说,大体可掌握福克纳小说创作的思想倾向和艺术特色。1929—1942 年是福克纳一生文学创作的巅峰时期,这六部小说正是在这一时期创作的精品。

威廉·福克纳从小说结构、人物塑造、叙述角度和语言技巧做了许多大胆而成功的试验,创造性地将现代主义与现实主义结合起来,来表现西方现代人的复杂心态,描绘美国两百年来南方社会的沧桑。他的艺术成就非常高,与英国的乔伊斯和法国的普鲁斯特并驾齐驱,成为举世公认的意识流小说艺术大师,并且使美国文学在世界各国文坛都占有举足轻重的地位。

2. 凯瑟琳·安妮·波特

凯瑟琳·安妮·波特(Katherine Anne Porter,1890—1980)生于得克萨斯州印第安克里克小镇,是美国南方一个优秀的女作家。1930 年发表短篇小说集《开花的紫荆树》,立即获得评论界赞赏。《开花的紫荆树》书名选自诗人艾略特的诗《小老头》,作者倡导人类之间的爱心,字里行间显露喜剧的情趣。她以超然的态度批评西方现代人对自己的处境可笑的麻木和幻想,揭示西方社会的精神危机。1939 年结集出了《斜塔》《灰色马、灰色骑士》和《波特短篇小说集》三部作品。1962 年长篇小说《愚人船》问世。1977 年,她发表回忆录《千古奇冤》，在书中凯瑟琳·安妮·波特强烈抗议 1929 年美国当局处死工人萨柯和万塞蒂，《千古奇冤》表达了女作家的正义呼声。1966 年，她荣获普利策奖和美国国家图书奖。

波特的小说文字简洁易懂，寓意丰富，细节生动，以小见大，技艺高超。人们常称她为好心的反讽作家，她强调让事实讲话，让读者自己了解小说中的含意。她总是将南方的自然景色和文化经历融入小说，以家庭为中心构思情节，塑造 20 世纪初追寻自我和探索世界的南方成年人的形象。她关注南方普通人的命运，抨击社会时弊，但对生活充满信心。

3. 尤多拉·韦尔蒂

尤多拉·韦尔蒂（Eudora Welty 1909—2001）出生于密西西比州杰克逊市，他在工作不久后开始尝试小说的创作。1936 年发表短篇小说《旅行推销员之死》。1941 年《绿窗帘》问世，波特为她的新书写了前言并大力推荐。《绿窗帘》收入了十七篇短篇小说。《绿窗帘》故事背景大都发生在密西西比州的城乡。小说中的人物涉及各个阶层，尤其是一些身心不健全的人。作者努力发掘南方生活的意蕴，抒发下层人的爱与恨。同情小人物的坎坷命运和不幸遭遇，细腻地描写他们的过去和现在。韦尔蒂接连出了几个短篇小说集：如儿童故事《鞋鸟》、中篇小说《强盗新娘》、长篇小说《三角洲的婚礼》《庞德的心》《败局》《乐观者的女儿》以及故乡的特写集《一时一地》。1958 年以来她多次应邀到美国许多大学和英国剑桥大学讲学，受到师生的热烈欢迎。

韦尔蒂的文风兼有契诃夫和福克纳的优点。她善于选择不同的视角，协调景色、光线、氛围与人物心态的统一。她的艺术风格以简洁紧凑著称，既不矫揉造作，也不离题发挥。叙事高度浓缩，用一个句子表达两三种思想。人物对话生动简练，富有现代色彩。题材有点琐碎，但含义丰富而深刻，令人回味无穷。语言则有南方英语和她个人的特色，令读者好认易懂。随着时间的推移，评论界越来越认识到尤多拉·韦尔蒂作品的重要价值。

（四）左翼文学

1. 欧斯凯恩·考德威尔

欧斯凯恩·考德威尔（Erskine Caldwell，1903—1987）是美国南方的左翼作家,生于佐治亚州考埃塔,他立志当作家。他工作期间到过莫斯科、布拉格,墨西哥和中国。1941 年希特勒纳粹突然进攻苏联,他恰好在那里访问。他热情歌颂了俄罗斯人民的勤劳勇敢精神和苏维埃的伟大成就。回国后,他移居佛罗里达州。

考德威尔的小说已被译成二十七种语言,在世界各地影响很大。考德威尔的长篇小说《烟草路》曾被改编为剧本,在纽约百老汇连续演出三千多场,反应空前热烈。《烟草路》奠定了他的作家声誉。他的作品一再重版,十分畅销。其他作品主要有:长篇小说《上帝的小片土地》、反映南方种族歧视的《旅行者》和《七月的风波》以及《夜幕下的灯光》《金钱与爱情》《躲风雨处》和《安纳特》等多部长篇小说和短篇小说集。1967 年,他被评为全国最畅销小说的作家。

2. 詹姆斯·法雷尔

詹姆斯·法雷尔(James Farrel,1904—1979)生于芝加哥一个马车夫家庭。他在诗人庞德的热情相助下,顺利地出版了第一部小说《青年朗尼根》。后来,《朗尼根的成年时代》和《最后审判日》相继问世,成了《斯塔兹·朗尼根》三部曲。这是他名扬欧美的代表作。詹姆斯·法雷尔是小说家德莱塞的追随者,20 世纪 30 年代接受进步思想,有人称他为"左翼自然主义小说家"。

法雷尔非常聪明,善于从托尔斯泰、巴尔扎克和狄更斯等人的优秀作品里汲取营养,并坚持小说创作,创作了以丹尼·奥尼尔为主人公的五部曲——《我未实现的世界》《星星没有消失》《父与子》《我愤怒的日子》《时间的脸孔》。到了 20 世纪 70 年代,还发表了十三部短篇小说集,他还有《看不见的剑》等四部长篇小说与读者见面。

四、浪漫主义时期文学

(一)浪漫主义小说

1. 华盛顿·欧文

美国直到 1796 年还没出现过名作品与大作家。这个任务只好由第二代人(欧文和库柏)来完成。库柏运用美国素材,以自己的历史观写了历史小说,而欧文(Washington Irving,1783—1859)对英国作品模仿较多。欧文比库柏大六岁,存在很大的差异,两人开始创作时都以英国作家为榜样。

欧文的代表作是《见闻札记》。它包括《圣诞晚餐》《伦敦的一个星期天》《斯特列福德·阿蒙》和《韦斯敏斯特大教堂》其中《瑞普·凡·温克尔》和《睡谷的传说》是最有名的。这两篇常入选英美各类文选和教科书。

《瑞普·凡·温克尔》的主人公是瑞普·凡·温克尔,但讲故事的是个幽默的第三者。他有时对瑞普加以评论或讽刺并与主人公保持一定距离。他讲的是过去的故事,但与当时时代的特点十分吻合。瑞普睡觉的二十年正是独立革命风起云涌的年代。他醒过来时,美国已经独立了,新旧冲突不断发生。

布鲁姆机灵、粗鲁而土里土气,爱搞恶作剧;克莱恩是个书呆子,感情脆弱,胆小怕事。《睡谷传说》中描写了伊卡包德·克莱恩与布鲁姆·凡·布兰特两个人之间的冲突。他们之间是知识与反知识分子之间的冲突,他们的社会地位都不算高,象征着一个新国家想在国内外建立自己的身份。

欧文寄居伦敦时巧遇司各特,司各特很欣赏他的文笔,欧文愉快地接受了司各特的建议——读些德国哥特小说,接受浪漫主义的熏陶。他很喜爱艾迪生和斯蒂尔两人在英国18世纪《观察家》杂志的文风,美国批评界认为他的作品缺乏思想深度。他写了不少历史事件,但是缺乏深入的思想分析,对新国家的社会道德问题则保持沉默,没有明确的主张。欧文的作品面向生活,展现善良的人性,改变了清教主义浓厚的说教气味。他被誉为美国驻欧洲的文化大使,他的讽刺和幽默,往往带有作者的人文关怀。

2. 詹姆斯·范尼莫·库柏

美国小说史上第一位重视悲剧情调的小说家是詹姆斯·范尼莫·库柏(James Fenimore Cooper,1789—1851)。1809年其父不幸去世后,他和几位兄长继承了大量遗产,但他们挥霍一空。他为求经济上独立转向小说写作。

库柏在1820年发表小说《戒备》,据说是模仿英国小说家简·奥斯汀对英国绅士风度的描写所作。1821年,长篇小说《间谍》问世。《间谍》在国内外反响热烈——一年内接连印了三次,并被译成多种语言,还被改编为话剧,深受观众欢迎。小说内容以美国独立战争为背景,参考了司各特的"威弗利"小说,以歌颂哈维·伯奇忠于国家,库柏成了一位享有国际声誉的美国小说家。

库柏在 1823 年发表"皮袜子五部曲"第一部小说《开拓者》,他的朋友是个印第安人的首领、最后的莫希干人。小说展现六十年西部边地的生活图景。库柏受到读者喜爱,是因其新鲜的题材和奇特的人物,揭示班波的全部生活经历的内容,他接连写了《最后的莫希干人》《草原》《探路人》和《逐鹿者》。五部曲在美国和欧洲产生了深远的影响,被誉为库柏的代表作。

库柏不仅是个讲故事的能手,而且是描绘自然景色的抒情高手。白云空谷犹如一幅幅美丽的图画——山川瀑布、林间溪流、浓雾村庄美不胜收。库柏给人提供无限的思考空间,将这如画如歌的自然景色与血肉横飞的战场相对照。小说中许多现实主义的细节描写,反映作者对印第安人的饮食起居和风土人情十分熟悉。恩卡斯是库柏笔下的理想人物,身材魁梧,双眼炯炯有神,纯洁高尚,助人为乐——这是个最后的莫希干人。他成了一位身心兼优的印第安人,他最后的牺牲似乎象征着北美印第安人历史的终结,引起读者无限的同情和惋惜。库柏认为原始的印第安人是对白人文明有力的矫正,是很值得欣赏的。

3. 纳撒尼尔·霍桑

在缅因州萨拉姆镇一个望族之家,纳撒尼尔·霍桑(Nathaniel Haw-thorne,1804—1864)在那里出生。他 1828 年时曾自费出版传奇小说《范肖》,因他本人对作品的不满意,他想将各种版本一并销毁。1830 年,他在当地报纸上发表《三座山的空谷》《罗杰·马文的葬礼》《我的亲戚莫里诺少校》和《好小伙子布朗》等,受到他的同学、诗人朗费罗的赞扬。

霍桑的代表作是《红字》,故事发生在 17 世纪新英格兰的波士顿。《红字》塑造了四个人物:女主人公海丝特·普林纳。孤身移居波士顿后,她过着孤寂的生活。海丝特大胆地追求自己的爱情——当她见到阿瑟·狄姆斯第尔牧师时,两人一见钟情。后因怀孕私情暴露,在社会上引起轩然大波。清教徒的官员们将她抓进监狱,逼她说出恋人的姓名,让她抱着婴儿珍珠站在受刑台上受辱。她为保护恋人的声誉和地位,顽强地拒绝。她自己搞刺绣,独立谋生,住在小镇的近郊,不取分文地照料病人,获得了人们的同情。

她冲破了清教主义的束缚——用自己的忍耐和劳动恢复了和社会的联系。

《红字》全书由两大部分组成,共二十四章,每部分都有一章将故事推向高潮。作者让四个主要人物三次同时出现,深入展示人物复杂的内心世界。有的章节从某个人物衬托其他人的心理特征,又重点写某个人物的内心独白。《红字》自始至终提醒"罪"对人的影响及其后果,贯串作者警世诲人的愿望。它赞颂了青年女性海丝特不畏社会压力和惩罚,背离清教主义的清规戒律,在逆境中艰难成长的勇气。

霍桑是从短篇小说进入文坛的。他的短篇小说反映他浪漫主义的思想和艺术风格。小说中描写的人物很多,有边疆战争中的伤兵,有天真善良的年轻人,有黑纱蒙面的牧师,有西部大草原的望族和烧炭工,内容丰富多彩。在霍桑看来,他最关切的是人的心灵,努力挖掘人们心灵深处的"罪"与"恶",劝导人们弃"恶"从善,与人为善,相互之间多关照,多理解。

4. 赫尔曼·梅尔维尔

赫尔曼·梅尔维尔(Herman Melville,1819—1891)生于纽约市,他深爱捕鲸行业,1843 年,他登上"合众国号"美国军舰当水手。他在 1844 年 10 月随该舰返回纽约。小说《泰比》于 1846 年问世,第二年又出版了《奥穆》,同年,他开始写《玛第》,这几部作品引起了文学界的关注。

1861 年,他自费出版《战争诗篇》,引起读者热烈反响。四个月后他被任命为纽约港海关督察,有了稳定的收入,1885 年辞职回家安度晚年。他在退休三年期间,靠亲友的资助,自费出版诗集《泰莫林》,并完成最后一部小说《海员比利·巴德》。

梅尔维尔的小说的基础大都以他海上捕鲸的冒险经历为主,《白鲸》是他最突出的代表作,《白鲸》的题材具有时代意义。捕鲸业在 19 世纪初期是东部城市赚钱的重要来源,鲸鱼的各部分成为重要的工业原料。梅尔维尔以浪漫主义手法表露对捕鲸海员的同情,小说多处描述很多不幸的捕鲸事件和捕鲸海员繁重的劳动生活。

《白鲸》与许多美国航海小说不同的是——不仅描写了亚哈船长逼着"培戈德号"全体船员在大洋里追寻白鲸的故事,小说还涉及多种学科的知识。其中穿插了许多有关捕鲸的知识和历史,捕鲸的方法及其利弊,鲸鱼的多种用途和人们对捕鲸的喜爱等。

小说中有不少精彩的戏剧情节和一些气势高昂的内心独白,富有诗意。尽管小说中有许多离题的章节大谈鲸鱼和捕鲸的历史和知识,但仍不失为一部世界文学宝库中的经典名著。梅尔维尔在洋溢着乐观情绪的超验主义盛行的年代,写出了划时代的悲剧,他走在了时代的前面。

(二)浪漫主义散文

1. 爱默生

爱默生(Ralph Waldo Emerson,180—1882)在 1836 年发表的《论自然》被称为超验主义宣言,在文化思想界引起了轰动。美国有"新的土地、新的人、新的思想",宣告着美国人一定走自己的新路,美洲新大陆的精神独立。

爱默生不断完善他的主张,勤奋著书立说,1833 年至 1881 年期间发表了影响遍及全美和加拿大的一千五百多次演讲。他第二次访问欧洲,所到之处极受欢迎,返美后,他又埋头写诗歌、散文、日记和札记等。晚年虽主张废除奴隶制,但批评的锋芒大不如前,最后十年已盛极而衰,缺乏新的建树。

建立独立的美国文学和文化是爱默生的竭力主张。爱默生在《论诗人》里进一步论及诗人的气质、文学的现状和诗歌的内容与形式的关系。诗人洞察宇宙的奥秘和人生的真谛,屹立于高山之巅,诗人的出现受到全社会的关注。后来伟大诗人惠特曼出现了。

在一个动荡的年代,爱默生大胆提出自己的主张,不畏清教主义的束缚。到了 20 世纪,有人认为他对生活过分乐观,也有人觉得他反对权威和相信自己成了以自我为中心的极端个人主义,他的声誉有所减弱。

2. 亨利·戴维·梭罗

1845 年 3 月,梭罗(Henry David Thoreau,1817—1862)自己动手在离康科镇两英里的瓦尔登湖畔建了个茅屋,那是爱默生拥有的土地。他住了两年两个月又两天,他自己种豆谷,除草施肥,不亦乐乎,他常欣赏四周美景,然后独处反思,阅读古典名著,每天记日记,写下自己的各种体会和感受。他反复润饰自己的著作,在 1854 年取名《瓦尔登湖》正式出版。

梭罗深受印度佛教和中国孔孟之道的影响,他在瓦尔登湖畔小屋的隐居和沉思很像东方哲学家的做法。他多次引用孔孟有关修身养性的语录在

《瓦尔登湖》书里。作为一个思想家，他不但精通希腊和拉丁的经典著作，而且重视印度佛教和孔孟哲学。他的散文风格兼收并蓄，字字珠玑，遣词造句，小心谨慎，哲理性强，具有 17 世纪英国玄学派诗人的韵味。

3. 玛格丽特·富勒

玛格丽特·富勒(Margaret Fuller,1810—1850 年)是个散文家，是超验主义俱乐部中出色的女成员。从 1839 年至 1844 年，她邀集志同道合的女性在波士顿组织妇女论坛，讨论文化、经济、性和社会问题，后来，她将讨论的内容收入《19 世纪的女性》。

从 1840 年至 1842 年，富勒成了美国第一位职业女记者，负责编辑《日晷》。她发表自己的诗歌、文学评论和关于社会问题的许多书评。有些散文收入她的《文艺论集》汇编出版，反应不错。

她的《19 世纪的女性》成了美国人写的第一部成熟的女权主义力作，其作品从各个方面关注美国妇女的社会地位问题。深受美国读者尤其是妇女读者的欢迎，直到今天仍历久不衰。

五、现代文学

(一)现代文学产生的时代背景

汽车和半导体出现后，及时行乐的思想到处延伸，精神的空虚与梦想的破灭时常可见，战争让人们清醒地意识到理想与现实产生的巨大反差——很多人在经济表面上的欣欣向荣和物质生活的富足之下，不会再把希望寄托给将来。一战给美国带来的除了经济的繁荣以外(特别是从战场归来的年轻人)，更多的是个人的精神涣散与道德文明被破坏。

人的一切行为的根本出发点就是经济，社会阶级是根据不同的生产关系来划分的，这是马克思所强调的。弗洛伊德则是主张必须对人类心理的无意识和非理性加以分析，从主观的角度上反映出人类的现实。这样的观点给作家们提供了解读现实的多方面渠道。特别是 20 世纪 20 年代的文学现象被称为是美国文学的第二次文艺复兴。

很多的有志青年在一战爆发时怀着满腔热情志愿参战。可是现实告诉他们，所有战争都是残酷的，于是他们拿起笔，开始记录他们的战争经过。

　　二战结束后美国二十年的生机盎然的文学创作就暂时告一段落了。继承了欧洲旧文化和美国新文化的犹太文学,通过让人难以置信的现代历史探究人性深处——索尔·贝娄作为代表,让美国黑人第一次重新认识了他们这样一个特殊群体。20世纪60至70年代出现的以新形式创作的反传统"新小说"运用喜剧夸张但又不失现实的手法,把荒诞的观点和荒诞的形式进行结合,都反映了这一时期小说领域的成就。

　　信仰崩溃、道德滑坡、精神空虚的社会现实在创作技巧上也力求创新,并且逐步地摆脱了传统技法的影响。最典型的特点就是从公众生活转到了私生活的描写,从描写外部的世界转到内部的世界,从客观描述再转到主观渲染。现代美国作家从以时间为线索转至以心理感觉为线索,描述来自作者的亲身经历的当代生活场景、梦幻形象,真理并不是客观存在的,但是描述人与客观世界接触的结果是以反映社会专制、强调个人抗争、肯定自我身份为主题思想的作品迅速丰富起来。

　　(二)黑格尔与美国现代文学

　　美洲殖民地的早期移民靠垦荒和狩猎,面临生存的巨大考验。作为基督教和带着古希腊文化传统的人文主义的融合的成果,在人类新的精神和自然的家园,似乎已无法表达自己的真理。在黑格尔的眼中,个体的必然消亡是回归自然,然后最终走向人人平等。

第二节　美国华裔文学

一、美国华裔文学之文化研究

　　华裔文学以自身的经验,对中国文化发展进程和中国文学的现代化提供了极有价值的参照,它不但具有前瞻性,同时也具有时代的意义。

　　美国华裔文学是一种十分独特的文学现象,具有自身独立的文学形态和独具的特征,像华裔文学作家队伍中的张爱玲和林语堂等也都同时拥有新移民的身份。中国对于他们而言是一个文化的中国,是他们精神上的家园,但是更多的是一种乡愁的理念。特别值得强调的是,华裔文学的影响面相对而言更宽,它面对的除了中文读者,更多的是面对着广大的英语读者。华裔文学具有明显的跨文化特征,是原生文化与异质文化相遇而生的表述。华裔文学研究更需要一种战略性的、开放的眼光。

中国文化在它的历史发展过程中,以儒家文化为基本,包容吸收了许多优秀文化成分,显示出"和而不同"的特征。中国文化的这些基本的伦理价值不是停滞不前的,而是不断适应时代与环境的变化,体现出生生不息的生机。

早期的华人移民大多数都没有接受过正规的教育,他们在美国是以做农业季节工、修建铁路和淘金等为生,他们生活艰辛,在19世纪末大量流入城市,是处于美国主流社会之外的边缘人。因为华人妇女移民的到来,唐人街变成了中国传统文化与美国现代文化短兵相接的阵地。

在华裔作家笔下,唐人街具有的意义首先是对美国华人生活的真实反映。唐人街是美国华裔文学中最具有文化意义的符号。对于林语堂等成人后迁移美国的作家,唐人街不过是本土中国在美国的一个缩影。在他们的笔下,唐人街的文化形态是单一的,是自立自足的。

在谭恩美的小说中,小说的主题大多是传统的孝道故事,传统的孝道故事帮助深化了小说描写的意境。谭恩美在表现传统方面最好的方式就是借用神话与民间传说。在《喜福会》里,神话与民间传说的文化象征功能被增强到无以复加的地步。在多年后创作的《灶王爷的老婆》和《百种秘觉》中,谭恩美继续借助于神话与民间故事。在美国生长的新一代华裔文学作家大都善用中国文化符号与象征。这些符号所象征的意义辐射到了整个互文里。这些神话与民间传说,其实就是一种特殊的文化符号,它们具有文化符号的象征性。

传统的孝道故事在谭恩美的小说中帮助强化了小说的传统主题。《喜福会》里共分四个部分,作者像《春月》《中国佬》一样,借用了旧小说中的楔子技巧,这些楔子都暗示了相关部分的叙述主题——"这位母亲和天鹅朝美国伸直脖子,漂洋过海数千里。"——美国象征着受难者的福地。

现实中的母亲最终没有等到那一天,她终生没有在这块"福地"上用纯正的美国英语与女儿沟通。值得庆幸的是，"只说英语"的女儿终于开始努力去理解母亲。谭恩美为这部小说写下的献词是"献给我的母亲及她对她母亲的记忆：你再一次问我所记忆的，就是这些，还有更多的内容。"理解母亲就是追寻与认同母亲这一形象背后的中国传统，不管它是甜还是苦，或者苦甜混杂，或者苦尽甘来，这一主题贯串了谭恩美的三部代表作。

第二个楔子试图表明"不听老人言，吃亏在眼前"这一古训的现实意义。母亲警告美国女儿"不要在角落骑车"，女儿没有听话，结果"还没骑到拐角处就从车上摔了下来。"在现实中，反抗母亲的女儿们与白人的婚姻都失败了，即印证了这种寓言式的楔子。第三个楔子的内容是镜子在风水文化中的作用。母亲警告女儿，不要将镜子嵌在床尾，镜子应该安放在床头板上，因为它会从上面反照回来，可以"将你的桃花运翻倍。"第四个楔子借用了佛教文化中西天王母的形象，西天王母教导女儿如何永远笑着。在这一部分叙述里，母亲的力量帮助女儿克服了困难，从婚姻与职业的重挫中站立起来。

谭恩美在《伤疤》一节中，将古代孝的故事转变为现实中的一幕，以此来表现并说明中国传统文化中的孝道。苏安梅的母亲守寡后被有妇之夫诱奸，婆婆因此将她赶出家门，但是在婆婆临死前她还是回到婆婆跟前尽孝，她割下自己手臂上的肉为婆婆熬粥，亲手将粥给婆婆喂下。幼小的苏安梅目睹了这一幕，感受到了旧传统中的人孝（愚孝）。

谭恩美在《百种秘觉》和《灶王爷的老婆》的创作中，继续借助神话与民间的故事。《百种秘觉》通篇笼罩着东方神秘主义气氛。在《灶王爷的老婆》里，民间灶王爷的传说被用来隐喻一个在"三纲""五伦"遮蔽下的婚姻故事。

汤亭亭在《女勇士》中充分利用了中国民间文化。《女勇士》共有五章，其中第二章《白虎山》有着统摄全书基调的突出作用。作者尝试融合中西传统于一体，由中国民间文化符号凝结而生发浓烈的中国性。汤亭亭出于意识形态与文化战略的考虑，她大胆地将神话与民间故事进行了改写。在《女勇士》中，她将花木兰的故事以及其他的文化符号混合写成一个寓言。她是英勇善战的，她有着过人的智慧、高超的技艺和卓越的领导才能。汤亭亭的花木兰在批判男尊女卑的陋习的同时，更强调了男女平等的要求。

　　有的人认为汤亭亭的花木兰是西方女权主义的。如果说《女勇士》与女权主义有所联系，那也只是因为它可以为女权主义理论利用。新一代华裔作家有相当大的部分是女性作家，于是出自这些女性华裔作家笔下的追忆叙述被女权主义者如获至宝。汤亭亭的改写是以现代文明的眼光来重读旧传统、旧礼教的民间故事，正是因为感到了这种痛才驱使她寻找解脱之法，这种改写同时还展示为一种能为我所用地利用民族传统中神话与民间文学资源的富有成效的艺术手法。

　　汤亭亭的花木兰既批判了旧的中国传统，但在整体上又暗示对中国文化本体的肯定。好莱坞电影《花木兰》将这些道德律描述成"传统、勇敢、美貌、优雅、孝道、自重、敬重、协调、忠实、幽默、忠厚、智慧、平衡、力量、友情、好运。"

　　汤亭亭不仅以改写的花木兰的故事展示了一种艺术手法的效果，在《孙行者》和《中国佬》里，她也借助这种手法以建立小说的叙述风格，使她的叙事有一种文化怀旧的基调。在《中国佬》里，她在小说中插入牛郎织女的故事，将故事与华工的精神状态和所处的现实环境融于一体。汤亭亭还以她利用神话与民间传说的方式表明了她对身份认定所采取的策略。

　　我们不难发现，神话与民间故事帮助作者在小说叙述中构建出中国语境，它既展示出华裔文学对中国文化认同的一种途径，也反映了中国文化传统延伸至海外的一种独特方式。在美国生长的新一代华裔文学作家大都善用中国文化符号与象征。他们笔下的神话与民间传说所象征的意义辐射到了整个互文里。通常的情况下，这些符号总是表现为一个单个的意象。在《女勇士》里，这个符号在特定的上下文中与其他的符号建立有一种联系——在这种联系中获得特别的文化象征意义，是儒家人生观在日常生活中的一种外化。当然，大多数时候单个意象总是在一定的互文中才能获得意义。不同的意象所具有的象征意义还是不一样的。在新一代华裔文学的英语文本里，互文的差异更表现为文化语境的迥然不同。

　　关公是华裔文学中的重要象征符号之一。华裔文学对关公这个符号的呈现是民族心灵的一种建构。关公崇拜的形成反映了英雄形象的心灵建构的过程。历史上关公本来只是一个普通的将领。关公崇拜是在历史中形成的,关公不过是按照民间说唱艺术和通俗小说塑造英雄的模式创造出来的英雄形象,促成关公崇拜的始作俑者是民间说唱艺术和通俗小说。说唱艺术是人们喜闻乐见的世俗艺术,在老百姓的日常生活中占据重要的位置。说唱艺术与通俗小说所承载的非儒家正统思想文化必然会作用于老百姓的精神世界。儒家正统文化一方面不可能消灭它,另一方面,也能认识到说唱艺术和通俗小说所宣扬的非正统思想有时候有助于社会的礼治。更重要的是,正统文化总是会试图尽可能地对说唱艺术与通俗小说所宣扬的思想加以引导与约束。可以说,关公在说唱艺术和通俗小说中不断被英雄化的同时,正统文化也随之将这个形象圣化。在民间,他最后被当成武、文圣公崇拜。关公成了中国人具有普世意义的人神,在中国人的精神世界中占据着重要的位置。

关公形象的传播方式也反映出这种文化传播模式的内在文化意义与华裔文学品质间的有机联系。我们很难将所谓的"唐人街文化"从本土中国传统中完全剥离。美国华人漂洋过海来到异国他乡,脱离了原来依附于土地上的乡土中国社会成为一种游民。在唐人街,华人因集居又正式组成一个有凝聚力的社会群体。这一社会群体在一定的意义上就是原先失去的乡土中国的重建。汤亭亭的中国文化习得方式在华人社会中很有代表性。《唐人街》中冯老二要求儿子汤姆读四书五经,但是汤姆拒绝了。这个例子也说明阅读经典著作不是一般海外华人获得本民族知识的主要途径。早在宋元时期,关公就已经被搬上戏台。宋明以后,关公形象更是通过民间戏剧被进一步传颂,各地的关帝庙的祭礼活动中就包括了演关公戏,《三国演义》的出现与流行无疑极大地促进了关公崇拜的形成与传承,关公形象所象征的忠义道德观因此得以深植在普通百姓的心中。关公作为文化符号在华裔文学中的丰富象征意义,使我们更清楚、更完整地看到华裔文学的品质。

二、文化认同理念下的美国华裔文学

(一)美国华裔文学研究的视角

1. 美国华裔文学研究的文化视角

在身份认定时语言并不是绝对的标准,在特定的语境中,利益驱动往往会影响到语言的选择。将文化国家作为地理与政治国家的一种替代，认为"中国人 Chinese 在英文里是一种文化的观点"更是海外儒学传播者提出"文化中国"的认识基础。还可以从更宽广的角度来看这个问题。有人认为，文明的范畴要大于文化的范畴。其实，一种文明的存在就是体现为对一种文化共性的认同，因此，文明与文化两者常常没有差异。文化也就是国家民族的生命。

早期的海外移民大都来自广东沿海地区，在许多海外华裔文学文本里，所展现出来的也大多是广东沿海地区的风俗习惯。中国文化在不同地区上所显示的一些差异反映出中国文化的不同层面。随着海外华人在海外居留时间的延长，其所承继的本土中国文化在一些方面也已经带有地域特征。中国文化在不断自新而丰富的过程中，积淀了其基本的价值，形成了自己的伦理道德谱系。关公毕竟是中国传说中的关公，花木兰也仍然是忠孝的代名词。可以说，关公与花木兰等文化符号所具有的象征意义，在西方语境中受到极大的挑战的同时，也回应产生了更强大的民族文化内在凝聚力。这种现象证明一种古老的民族文化在历史进程中发展形成的伦理价值不会轻易随着外在物质环境的变化而变化，国籍的改变并不意味着文化身份的改变。

华裔文学研究更需要一种开放的、战略性的眼光。华裔文学是原生文化与异质文化相遇而生的文化情结的表述，具有明显的跨文化特征。

2. 美国华裔文学研究现状

汤亭亭的《女勇士》出版后，进入了美国的大学课堂，同时《女勇士》也引起了评论界的关注，成为据美国现代语言协会统计的美国大学里除已故作家外使用频率最高的一本教科书。赵健秀认为，汤亭亭这样的作家应该承担起建立与维护唐人街文化的责任，然而汤亭亭的创作令人失望，他指责汤亭亭任意改写中国神话传说，背叛了唐人街文化。对于赵健秀的批评，汤亭亭等作家并不以为然，汤亭亭甚至以赵健秀为原型塑造了《孙行者》中的男主人公阿新以说明她的立场。评论界大多数人认为赵健秀所持的观点过于偏激，不足以服人。

美国华裔文学的研究在关注新一代华裔文学作家的同时，开始追溯华裔文学的历史。林语堂、朱路易、黎锦扬和张爱玲被看成是华裔文学中的代表人物。过去一直被忽视的林语堂的《唐人街》重新得到了阐释,被确认为华裔文学中最早反映文化身份认定主题的经典文本之一。美国华裔文学确定了华裔文学是一种文学现象的重大社会意义。许多华裔文学研究人员从不同的角度对华裔文学作品进行了诠释,这些分析与诠释丰富了华裔文学的内涵。美国华裔文学将华裔文学的研究不再局限于文学的范畴。

但是美国华裔文学研究也有局限,大多数研究没有以一种真正的世界眼光来看待华裔文学,行文中仍然带着西方中心论的有色眼镜。这限制了华裔文学在世界新的格局与秩序中的意义。

内地文学界对华裔文学的关注相当滞后,这其中既有外在的原因,也有内在的原因。从历史上看,百年中国文学的发展是与近代中国文化与中国综合实力的发展紧密相连的。近百年来,中国文化在与海外西方文化的相遇中,总是处于被动的位置,实际上没有可能与西方文化在相同的层面上平等交流与对话的基础。进入到新时期,也仍然主要关注文艺思想的转变与创作观念的创新,还无暇顾及海外华裔文学这一相对意义上处于边缘位置的文学现象。但是,随着我国国力的增强,中国文化也开始以新的姿态积极主动地参与世界文化新格局的建立,站在一个新的立足点上重建其与世界其他民族其他文化传统的互动关系。如果说,中国文学正在加速其现代化进程,那么海外华裔文学则是这一进程的一个页面,为中国文化在新时期的发展提供了有效的诠释文本。近年来,已经有人开始关注海外华裔文学。《京华烟云》《唐人街》都有了汉译本。1994 年谭恩美的代表作《喜福会》被翻译过来,随后,汤亭亭的《女勇士》《中国佬》与《孙行者》也相继被翻译出版。但是,目前从事海外华裔文学研究的队伍有自己独立的批评视角的论述还不多,这限制了华裔文学研究的深度与广度。华裔文学作品翻译的严重不足,更造成了国内美国华裔文学研究中的瓶颈效应。

(二)中国传统文化中的认同

1. 世界一体文化视野下的中国

无论是过去还是现在与将来,一个民族只有在文化传统中才能获得生存的意义。每一个人生活在世界中,总是通过比较来寻找自己在文化传统中的位置。许多华裔文学是以充满乡愁的笔墨方式来表述自己的祖国的。以林语堂为代表的成年后迁移美国的华裔文学作家,他们对本土中国文化有较为深刻的认识,同时又以一种世界一体的眼光来看待中西方文化的异同。中国文化传统在潜移默化中塑造了他们的文化人格,他们长久地视中国为精神上的故乡。中西方文化的有机融合是这些人的共同理想。

在小说《唐人街》中,林语堂所描写的冯家日常所坚守的也是中国的道德伦理,所行的是中国礼仪。在这个美国华人家庭中,总是洋溢着浓浓的中国情。《唐人街》充分表现了中西方文化各取所长——这种世界一体视野统摄下的文化理念,是以中国文化的伦理价值来与西方现代文明平等对话。在林语堂等作家的笔下,本土中国文化传统是美好的,是充满生机的,是华裔作家的"跨文化身份",使他们获得了这种独特的文化视野。

《京华烟云》是林语堂呕心沥血之作,是其一生创作中最优秀的文学作品。小说的问世,使二战前的美国乃至整个西方,又有了一部全新的了解中国的"教科书"。而这正是林语堂海外创作的动机、宗旨和意义所在。

《京华烟云》在英语读者中受到了广泛的好评,由于语言的障碍,它在中文读者中并没有产生影响,这不能不说是个遗憾。他也曾积极促成小说中译本的出版,但汉译本的出版是很多年以后的事了。到 20 世纪 80 年代,借着新的文化热潮及传统文化的回潮,林语堂的身影才似乎从历史的烟雾中摇摇晃晃地走到了亮处。从总体上看,20 世纪 80 年代后,国内批评界对林语堂及其小说创作的评价仍然不高。一是批评界认为 1936 以前的林语堂属于"五四"一代进步知识分子的阵营,而之后的林语堂放弃了改造国民性的使命,沉溺于寻找传统文化的人文价值。二是批评界认为林语堂对中国文化的理解是不全面的,没有能将真正的中国文化介绍给西方读者。认为他所具有的眼光是"外国传教士"的。很显然,这些批评的出发点,是将林语堂放入新文学的格局中,以中国现代文学的主流文艺思想来要求林语堂的创作。

除了批评的声音,值得注意的是,也有人将林语堂作为一个特例置于中国新文学主流之外来重新评价,肯定他的小说创作在中国文学史上独有的风格和做出的贡献。

　　林语堂从小受的文化影响中,西方基督教文化确实占了很大的比重,尽管他对中国文化与中国文学传统的理解会存在偏差,但认为他对中国的描述完全是出于"汉学心态",恐怕不能令人信服。实际上,林语堂的一生是以一个作家的身份以"通俗化"的方式向西方传播中国文学与中国文化。应该允许一个作家选择特定的角度来解释中国文化。对林语堂和华裔文学的评价,应该立足于其文化传播与沟通上的成就,这样才能看到其对中国文化的深厚认同感。放在今天世界一体化的语境中看,如果小说创作能以文化交流的意义为读者所接受,也就证明了其文学意义和艺术价值。对于林语堂和其他美国华裔文学作家的评论,需要更为宽大的艺术情怀与批评视角。

　　2. 与"五四"精神同步的儒家伦理批判

　　新中国的成立与漫长的冷战岁月的阻隔切断了美国华人与20世纪中叶中国的联系,关于本土中国的记忆被停留在了中华人民共和国成立前的历史中。二战之前大多数移居美国的华人都来自贫困农村,文化水平不高,现代文明并没有改变他们的生活。这种历史状况在"五四"后的新文学中都有大量的反映。

　　在中国近代以来的历史中,传统文化的发展、进步与西方工业文明的发展、进步在时间上是错位的。如果我们相信发展、进步是一种文化,那么近代中国传统文化的改造与自新在时间上都落后于西方文明。新文学作家在民族自觉与进步的冲动下,大都能积极地揭露旧传统导致的苦难,要求改造旧文化,创造一个民主的、科学的新中国。华裔文学与这种立场是基本一致的,其对"中国的苦难"的叙述整体上而言也具备了新文学的这种品格。

　　华裔作家笔下的中国文化是多种文化成分的反映。华裔文学作家对中国传统文化的反思大都落实在儒家文化的价值观念上。儒家文化的孝悌仁义忠恕等伦理价值在中国人世界观的塑造中起了决定性的影响。因此,研究华裔文学中儒家文化的意义也就在于从中还能体会到作为中国文化其他页面的各种其他文化成分在华裔文学中的面目。

　　在儒家文化理念里,家庭结构与中国社会结构有着巨大的同构性,所谓家国一体,以血缘纽带为基础的家庭伦理关系实际上通过移孝于忠的模式构建了中国社会生活的基础。因此,家庭小说不但最适合于表现以仁孝为中心的儒家伦理纲常,也同样能容纳广泛的社会意义。《红楼梦》成为中国家庭小说的楷模,以大家庭中的复杂人伦关系来隐喻人于社会乃至天地中立身的困难。海外华裔文学主要通过两代人新旧生活观念的差异的描写来表现传统文化与西方价值观之间的融合与冲突,在传统的坚守与摈弃的两难中、在人伦之情与文明理性中来塑造中国文化的形象。

任何一种文化在其发展的过程中,只有以一种开放的姿态,借鉴其他文化的长处,不断发展,才可能进步。汤亭亭在《中国佬》里就直接从《镜花缘》中借用林之洋在女儿国缠足的故事来批判旧习俗。我们必须承认华裔文学中所描述的旧中国的种种苦难具有普遍性。中国文化传统在异质文化的他乡确实也可能将慢慢隐去,这是文化的交往与融合中的一种可能,不过那将是一个漫长的过程。

儒家文化中"家天下"的文化理念对华裔文学还有着更直接的影响。大部分华裔文学作品都采用了以家庭为人物的活动场景,并且以追忆为叙述模式。林语堂和张爱玲都深受《红楼梦》的影响与启发,他们的代表作都以家庭作为人物活动的舞台。作家通过家庭成员之间的交往来展现儒家伦理道德,婚丧节庆的各种仪式则更宜于展现中国人的生活习惯与风俗。

在《京华烟云》《鸿》《春月》等作品中,作者则在展现中国人的家庭生活的同时,试图用一种历史追忆的方式,来展现在历史上的变迁,从而表现作家自己的史观。汤亭亭的《中国佬》是通过家族寻根的方式,通过几代美国华人的生活来重写美国华人历史。《鸿》以追忆的方式来叙述这个家庭中"三代中国女人"的身世,以作者自己选定的角度与立场向西方读者展示了20世纪政治伦理下的中国社会。

我们将华裔文学视为中国传统文化的一部分,就能看到这些华裔文学作家笔下的家庭文化小说是对促进中西方文化相互理解、增进西方读者对中国的了解的贡献。追忆叙述以家庭为主体就是中国文化传统的一个特征。唐人街由于处在异己文化环境中,就有着更强大的凝聚力,以一种共同的文化为归属,在组织上则以血缘宗亲和地缘为纽带。其形成根本是儒家文化传统的体现。中国传统文化的伦理价值中的核心仁、孝、悌,即中国的"礼",就是在家庭成员的交往与家族的传承中达成。

　　新文学中也不乏优秀的家庭家族小说问世,许多作家都曾经以庭院里的生活作为描写的对象。巴金的《激流三部曲》是自《红楼梦》以后最优秀的家族家庭小说,其后还有老舍的《四世同堂》、曹禺的话剧《雷雨》、路翎的《财主底儿女们》等,这些作品都体现了这种时代精神。总之,中国文化与家庭家族叙述结构自有天然的亲和力。

　　(三)历史叙述的认同

　　在华裔文学史述中国的作家中,还有另一类——美国华裔作家,因为或是在年幼时就迁移美国,或是在美国出生、在美国长大,他们对中国历史的叙述不是像前面所讨论的作家那样以自己的亲身体验为基础。他们对本土中国没有切身的生活体验,没有经历过在中国发生的重大历史事件。对于那些自幼离开祖国,或者在美国长大的华裔作家,这种缺失同样是一种难以弥补的遗憾。他们试图通过从本土中国迁移至美国的父辈的口头叙述,通过阅读等方式来消除这种时空间隔断,汤亭亭极其生动地将这种方式称之为“讲故事”。但是,这类华裔文学作家的眼光又不仅仅是纯粹中国的,在他们的作品中,在一些方面也体现了一种双重眼光的特殊性,同样能看到西方文化传统的影响。华裔文学也出现了编年史特征的叙述。汤亭亭就是以这种方式向读者重写了美国华人“历史的真实”,《中国佬》借此产生了巨大的威力,足以为读者颠覆某些对美国华人历史的歪曲。

　　与《中国佬》不同,包柏漪的《春月》直接以本土中国为表述对象。本土中国对她而言,也只是存在于家人的回忆与书案里。这部小说围绕苏州一个张姓旧式大家庭的生活变迁,试图描述从义和团运动到20世纪70年代中国的历史变迁,是一部较成熟的文学作品。以春月与张勇才跨越不同年代的私情为中心,小说铺设出其他各个人物的故事,由此来展现各个时期中国现实生活的历史风貌。《春月》还是一部较成熟的文学作品,是华裔文学史述中国作品中的成功之作。

　　通过案头的文字而不是亲身体验来认识那个真实存在的、有血有肉国家使得作者尽管刻意要营造浓烈的历史氛围,但无法表现那种民族奋斗与历史变革凝聚的巨大力量,不知不觉中又转向对中国传统文化的阐释与展示。这就是小说不能充分表述中国历史的原因。本来历史描述与表现个人命运并不矛盾,描写个人的命运应该是能隐喻一个民族或一个国家的成长与奋斗历程,从风俗习惯与儿女私情中也可能透视到社会的变迁。令人遗憾的是,海外华裔文学中,鲜有达到此高度的作品。包柏漪所遇到的困境在海外华裔文学中具有代表性。

作者试图以史笔的形式来描述中国,必然要反映自己对历史事件的看法。作者抓住了义和团运动、辛亥革命、共产党革命几个重大的事件来写。显然,作者的笔墨是流畅生动的,但仍缺乏史述的力量。

相比之下,内地作家的创作,大都能将个人的苦难与历史事件有机地相联系,通过个人的苦难,反映出民族的崛起与奋进。譬如路翎的《财主底儿女们》就是以一种史诗的方式来展现民族自觉的历程。这种比较能够帮助我们清楚地看到华裔文学的局限,同时也能启发我们不宜以内地主流文学作家的标准来要求海外华裔文学,因为各自处在不同的历史语境中。虽然这些华裔文学作家创作的作品在艺术性与思想性上都不够成熟与深刻,但他们确实在一个特定的语境中具有自身的价值。

《春月》描述了一个充满生机的中国,从《春月》这样的作品中我们就可以感受到华裔作家与中国的血脉相连,从来没有一个西方作家能写出像《春月》这样史述中国的作品。华裔文学史述的不足之处,即说明了华裔作家具有双重文化视角这一特征。尽管华裔文学在史述中国中夹杂着许多西方史观的影响,其对中国历史的判断还未能说是出于深刻的理解,在艺术上也有不足之处,但从根本上说是一种表述民族文化的原始冲动使然。

(四)文化符号的认同

在许多华裔作家的笔下,唐人街都自觉地成为一种原生文化的载体。对于林语堂等成人后迁移美国的作家,唐人街是自足自立的,其文化形态是单一的。在华裔作家笔下,唐人街所具有的意义首先是对美国华人生活的真实反映。不但美国人将唐人街看成是一个他者,就是在华人自己的眼中,唐人街基本也是被认同为美国的中国。谭恩美的祖籍是台山,汤亭亭的祖籍是新会,汤亭亭小时候所听到的中国故事都是母亲用广东话讲的:《女勇士》中的"花木兰"就被她用广东方言拼成 Fa Mu lan,《中国佬》里的"鲁滨孙"拼成了 Lao Bun Son。所以唐人街是一个带有广东地方文化特征的社会,中国传统以更为具体的生活方式与文化记忆保存为一个文化形态,文化的认同为华人提供了一种归属感。

唐人街中的许多居民大都一生中没有融入美国社会,他们与中国人交往,说中国话(粤语),保持着自己的饮食习惯。这一点在华裔文学中也有很多的表现,尤其被以两代人之间的隔阂展示出来。在汤亭亭与谭恩美的作品中,在美国出生长大的女儿,因其所接受的西方文化影响,往往与她们的中国母亲形成一种分歧。并不是所有的华裔作家都以为唐人街是中国内地的一种地理迁移。就是在将唐人街看成是处于中国文化传统的象征下,这个象征所包含的意义在不同的华裔作家眼中都是有差异的。

在汤亭亭的笔下,唐人街即象征着"原汁原味"的中国传统,在她的笔下,这些传统也是由老一辈的华人携至美国。但这只是唐人街所具有的一个表征。汤亭亭笔下的唐人街具有更重要的其他表征,它是动态的,暗示了新一代华裔身份的弹性与多重性。对于汤亭亭这样的新生代华裔作家来说,唐人街是他们生于斯长于斯的地方,它确实是一个民族的记忆和象征;另一方面,它并不完全是本土中国的复制。

赵建秀认为汤亭亭笔下的唐人街并不是真实的,是对唐人街所代表的文化传统的背叛,已经沦为西方传统的东方情调。赵建秀忽视了文化是时间长河中的一种动态发展,即使在本土中国,经典的意义也可能是以有差异的方式被利用的。而所谓的中国传统,尽管有稳定的大一统特征,但也是不断在增添新的内容,所谓兼收并蓄,是一种动态呈现。赵建秀虽已意识到本土文化与唐人街文化的一些差异,却没有很好地说明这种差异。

但无论如何,在利用唐人街这一文化符号上,白人作家与华裔作家是有着本质的不同的。在唐人街这个文化象征的内在张力中,读者即可以观察到华裔文学与本土原生文化和唐人街文化的互动关系。

三、美国华裔的发展与超越以及历史重构

美国华裔女作家汤亭亭可以称得上是美国华裔文坛中备受批评界关注以及颇具争议的作家,她在美国华裔文坛中占有举足轻重的地位。1976年汤亭亭发表《女勇士》,使得这位华裔女性作家心底的呼唤在美国文坛乃至

更广阔的领域中受到了关注。《女勇士》以第一人称的叙述视角讲述了作者从母亲口中听到的有关中国的故事,并在此基础之上融入了自己的想象。

时隔四年,汤亭亭于1980年发表了《中国佬》,这是一部以华侨生活为题材的作品。《中国佬》除了使汤亭亭再次获得非小说类美国全国图书评论奖之外,还为她赢得了非小说类美国全国图书奖。1989年汤亭亭出版《孙行者》,此书的出版又一次为汤亭亭在评论界赢得了一片赞扬声。作者借助阿新这个主人公,充分展现了她对华裔在美国社会的地位与身份的关怀,并且深刻地探讨了华裔在美国社会备受歧视的问题,认真剖析了华裔在美国社会中作为文化融合的产物这一新身份的可能性。《孙行者》与前两部作品相比,无论在写作的艺术手法上还是在语言运用上都显得更加成熟。2003年汤亭亭出版了《第五部和平之书》。这本书的特点就是没有贯串全书的故事情节,各章节之间也没有什么必然的联系。这些优秀的作品使得汤亭亭获得了"亚裔写作先驱"的称号,汤亭亭也成为美国华裔文学界中备受瞩目的作家。

在汤亭亭的作品中,冲破了各种体裁的界限,作者通过用典、拼贴等互文性手法构建开放性特征的结构,强化了不同文本间的相互指涉。对神话传说、文学经典、民间习俗等文化元素的利用是汤亭亭作品中最为显著的一个特征。他对中西方神话传说等文化元素的改写实现了后现代主义的特征。

赵健秀以其强烈的批评个性著称文坛,他的作品通常都带有极大的讽刺性,他不会去精心构筑故事的情节,这是因为精心构筑的情节大多数是大家所熟知的模式,而这样的模式注定是失败的。

20世纪80年代后期的赵健秀完成了《唐老鸭》的创作。由于出版商追求经济效益,害怕作者书中内容会得罪白人读者,所以没有一家出版社愿意出版赵秀健的这本小说。直到1988年,赵健秀的短篇小说集《中国佬太平洋和旧金山铁路公司》出版后,获得了读者的喜爱和好评,出版社见状才考虑把《唐老鸭》一书的出版提上日程。

作品以主人公唐老鸭的心理成长历程为主线,叙述主人公从受主流社会教育影响而不喜欢自己的中国属性,到通过查阅历史档案修正历史老师错误言论的认知转变。赵健秀在《唐老鸭》中紧紧地抓住早年华工在美修建铁路时所做的贡献这一基点，通过查档案、讲故事等方式将文本历史化，再现了当年华工修建铁路的艰辛历程，修正了美国主流文化对那段历史的错误再现或者再现不足，重构了属于华裔自己的历史。

四、美国华裔文学之身份的构建

（一）社会性别身份与美国华裔文学

在美国出生、成长并接受教育的华裔，一切文化习得的过程都发生在美国，所以他们可能无意识地与美利坚身份保持某种默契，但是他们的身体特征彰显了他们身上的中华文化气息，所以他们没有被接纳为美国人，而是被认定为"外国人"。

20 世纪 60 年代，美国主流媒体不断宣传华人是成功地融进了美国民族大熔炉的"模范少数族裔"，宣扬华人凭借勤俭节约和吃苦耐劳的精神为自己赢得了社会地位和财富。主流媒体这些夸张的描述无视了当时华人家庭经济收入、社会地位低下的事实。结果不仅使华人的就业和住房等问题得不到解决，更造成华人与其他各少数族裔的对立。

在历史发展的演变中，华裔女性也不断被美国强势文化想象和表述。美国主流文化中的华裔女性形象，要么就是伤风败俗的荡妇或是神秘的、具有异国情调的色情酒吧女和舞女，要么是毫无女性魅力的凶狠的泼妇。美国华裔女性除了面对男尊女卑、重男轻女的中国文化传统，还要遭受族群男性的性别歧视。华裔女性受到双重文化的宰制，而成为生活在两个世界之间的人。

无所不在的种族歧视和限制性的法律政策以及华裔的觉醒终于使华裔作家坚决地投身于美国华裔文化身份的书写当中，开拓自我身份建构的生机，争取发言权，从主流文化强加于他们的从属地位中解脱出来，并最终在美国占有一席之地。

美国华裔的文化身份，尤其是性别身份，是被美国主流文化刻板化的身份。因此，对华裔文化和华裔形象重新进行文学表现是重新建构华裔文化身份的关键，因此，美国华裔文学是阐释和再现美国华裔社会历史进程的有效方式。

赵健秀坚持维护美国华裔真正的本质,并坚决认为这种英雄传统是反击华裔刻板形象的有效策略。赵健秀在其两部文学选集的前言中驳斥了美国种族主义者捏造的傅满洲、陈查理等带有种族歧视性的华人刻板形象,而且在他的小说《甘加丁之路》中以具有讽刺和夸张性的语言努力消解刻板形象,致力于重塑美国华裔的男性气概。赵健秀坚持用英雄式的气质来重新建构、恢复华人在美国历史中的真实面貌。

汤亭亭的《中国佬》旨在挑战美国主流社会对"历史"的说法,引领读者对历史的重新思考,以此消除美国华裔的刻板形象,建构美国华裔的男性气概。汤亭亭在《中国佬》的创作中,敢于创造新词汇;进行跨文类书写,整合传记与诗学;逾越传统的文本结构安排,在长章节中插入短章节;颠覆了历史的权威和真理的地位,在历史的裂缝和断裂处重新塑造了具有男性气概的美国华裔。再者,汤亭亭的《中国佬》不仅重塑了美国华裔的男性气概,它更带给人们思想和观念的转变,引发人们对历史、对权威观念的重新思考。

美国华裔作家在努力消除种族主义刻板形象的同时,也通过文学创作再现被美国主流社会湮没的美国华裔的历史,为美国华裔国家身份的建构挖掘依据。

(二)美国华裔身份书写中的"生民"

目前普遍认为,生民视角的出现是赵健秀、陈耀光、黄忠雄、劳森等人的贡献。生民视角所看到的历史应该能够让华裔美国人采取建设性的态度去解决实际问题。黄秀玲、林雪莉、张敬钮、凌艾米等许多批评家对赵健秀和陈耀光由性别歧视导致的亚裔妇女的边缘化进行了有力的质疑。批评家们认为,生民主义者在力图规划、重建美国华裔文化以及他们自己认定的相应的文化身份的过程中,不自觉地对女性抱有歧视态度。在关于汤亭亭的《女勇士》的辩论中,汤亭亭被认为在作品中错误地使用了或者用赵健秀的话说是"伪造"了中国文化及其古代传说。在这场辩论中,人们对不同的观点采取了最大限度的宽容,然而彼此之间的距离却拉得更远了。于是人们开始更加严肃地界定和书写华裔美国人的文化身份。

一如任何新思想的起源和发展都是对现有流行观点和思想的挑战和发

展一样,民族视角的发轫既是对生民视角狭隘性的挑战,也是后现代理论在美国迅速发展壮大的产物和回应。

(三)淡化族裔身份　重新定义"美国人"

大多数华裔作家对华裔家庭的书写都表现出了浓厚兴趣。这种模式在任壁莲那里被弃用,她的叙述跳出了唐人街的叙述框架,她所着力表现的是如何超越族裔身份的限制,在多元文化语境下重新定义家庭。

在第四部作品《爱妻》中,任壁莲更是将其对传统的家庭模式的颠覆发展到极致。整部小说是由各个人物的自我叙述组成。读者可以从不同人物的视角来阅读发生在这个美国家庭里的故事。在王家这个号称"制作"和"选择"的家庭里,丈夫卡内基和妻子布朗蒂分别来自不同的种族,他们与两个女儿没有任何的血缘关系。小儿子贝蒂是卡内基与布朗蒂唯一的婚生子。在这个新式的美国家庭里,传统意义上的血缘关系已经不再是家庭中维系父母与儿女关系的唯一纽带。任壁莲勾勒的这种家庭景观在多元文化观照下的美国是很普遍的。丽兹生有一副东方面孔,在她还是婴儿的时候就被遗弃在教堂的台阶上。修女询问卡内基是否可以帮助小丽兹找到一个很好的归宿。卡内基也由此认识了布朗蒂,并很快地与之结为夫妇。可以说在这个家庭里,族裔身份和血缘关系都被淡化掉,是浓浓的爱意将这些本无血缘关系的人联系到了一起,让他们有机会组建一个温暖的家庭。

(四)解构族裔身份的刻板印象

在一个由华裔美国人与欧洲裔美国人组建的家庭中,人们在刻板印象的影响下都会认为如果其中有一方会讲中文,那一定是前者,而不太可能会是后者。但在《爱妻》中,卡内基是第二代的华裔美国人,他生活在美国,不会讲中文,对中国文化一点也不了解;而偏偏他的妻子布朗蒂,一个金发碧眼的美国人却会讲中文。随着各类文化交往日渐频繁,人们的文化兴趣点也正朝着多元化的方向发展。事实上,一直以来美国主流社会对少数族裔美国人进行着一种无言式的压迫与歧视,但是在任壁莲的笔下情况却不是这样。在王家这个新式的家庭里,白人布朗蒂处于"他者"的地位并被当成异类。小说中,温迪多次通过镜子来建构布朗蒂作为母亲的形象,使她始终处于一种被凝视的状态,以此暗示了布朗蒂是镜子中的"他者"。布朗蒂在这个家中惶恐地扮演着母亲、妻子的角色。兰的到来让她感到了前所未有的危机,她认为兰是王妈妈从坟墓里给卡内基送来的爱妾。

为了挽救婚姻,布朗蒂辞去工作,费尽心力地与孩子们搞好关系。在白人为主流群体的美国社会里,在这样一个华裔家庭里,对身份危机感受最深的却是布朗蒂,可以说,这完全打破了过去人们对族裔身份的刻板印象。

第三节　美国女性文学

一、美国早期的女性文学

（一）美国早期的女性文学妇女创作背景

19 世纪的美国是一个典型的男性居于主导地位的传统男权社会。女性在经济、婚姻和家庭中处于劣势,成为被男性压制的牺牲品。当时,大多数女性按照那个时代为女性规定的"虔诚、贞洁、顺从、持家"的"女性模式"生活。

19 世纪中叶的美国女性小说多出自女性之手,以女性为写作的对象。于是,在写作这一由男性主宰却又被社会界定为女性特有的领域,形成了这些小说主要的写作范围。她们描写她们心中最熟悉的世界,再现了女性的生活。

到 19 世纪末,思想、行为有所解放的"新女性"越来越多,她们有知识、有文化,经济相对独立,婚姻自主权也大大增强。

（二）美国的妇女文艺复兴

现代西方女性主义评论家认为,传统的男权评论家的文学批评标准有意贬低女性生活题材。她们精力充沛,有胆有识地投身于创作。这些作家本身的经历就代表了她们所塑造的文学形象,而这种作家和作品的紧密关联正是女性小说的一个重要特征。朱厄特笔下的男性角色颇为逊色,是些令人怜悯、同情的人,像利特尔佩奇和威廉即属于这一类人物。

19 世纪后半期的女作家更多的是张扬女性的品德,如关爱合作或是忍辱负重以及道德责任感。这些女作家虽然不是明确的女权主义者,可是她们在作品中批判了社会偏见及性别歧视。她们因为作品真实地反映出 19 世纪美国女性的生活与理想而享有极高声誉。

(三)女性意识的显现

1. 肖邦的《觉醒》

凯特·肖邦(Kate Chopin,1851—1904)的代表作《觉醒》于 1899 年出版,表现了女性解放的主题,充分反映了肖邦的女权主义思想。肖邦以女主人公的"我自由了,我自由了"的话语表达了千千万万备受婚姻束缚的女性想要挣脱婚姻枷锁的呼声。肖邦不愧为美国女性文学和女权运动的先驱。

2. 华顿的女性自我意识

在华顿(Edith Wharton,1862—1937)的一些作品中,女性甘心接受其被动的劣势地位,而在另一些作品中有女性自我意识的思索或反抗行为。

华顿在女性问题上的缺憾是,她塑造的女性人物仍受婚姻、家庭和经济的制约,没有理想的出路,这说明她对女性解放没有信心,不是一位十足的女权主义者。

3. 凯瑟的生态空间

薇拉·凯瑟(Willa Cather,1873—1947),美国小说家、诗人。凯瑟的文学声誉主要来自她的十几部中、长篇小说,其中特别著名的有长篇小说《啊,拓荒者!》《我的安东尼亚》等。《啊,拓荒者!》的女主人公亚历桑德依靠自己的智慧、强健的体魄和顽强的意志,带领家人开垦荒野,将荒地开拓成为肥沃的土地。亚历桑德不再是人们所了解的那种依附男人、毫无主见、社会地位低的家庭主妇的形象,而是成了一位独立自主、目光远大、事业有成的农场主和大家庭的一家之长。《我的安东尼亚》的女主人公安东尼亚是西部边疆做女佣的姑娘,她最终成为草原上真正的富有者。

二、美国 20 世纪的女性文学

(一)托妮·莫里森与当代美国黑人妇女文学

1. 黑人妇女的声音

黑人妇女由于其社会地位低下,很长一段时间内无法用文学的方式来自我表达。随着民权运动和女权运动的兴起,许多有创造性的黑人女性作家开始思考女性问题,并用文字讲述她们自己的故事。作为迄今为止唯一获得诺贝尔文学奖的黑人女作家托妮·莫里森(Toni Morrison,1931—)

2. 美国黑人文化的"现代神话"

托妮·莫里森是美国当代最重要的黑人女性小说家之一。她的文学创作主要表现黑人求生存和自由的奋斗历程,黑白种族间的矛盾冲突,以及自我身份的确认。综观莫里森的创作,可以看出她一贯坚持自己的原则,自始至终以探索黑人历史、命运以及未来为主题,完美地实现了思想与艺术性的统一。

(二)乔伊斯·卡罗尔·欧茨的新现实主义创作

1. 欧茨的艺术目的

在欧茨(Joyce Carol Oates,1938—)早期的一些作品当中,有一定的逆来顺受或是接受生活本来面目的思想。人"经历了"生活后,只不过是苟存下来罢了,假设社会群体并没有发挥作用,人在荒原中就只会被毁灭,所以小说的最终效果是强调建立社会群体的必要性。

2. 当代美国社会写真

(1)《我的妹妹,我的爱》:童年的悲歌

欧茨以美国当代社会的现实生活为基础披露了一个谋杀案,描述了美国人追逐财富、名气的社会风气以及深受其害的畸形家庭。小说描绘了当代美国人的龌龊、狡诈、虚荣、空虚、不遵守传统道德规范。小说强烈地控诉了美国20世纪90年代中产阶层的孩子们在成年人的混乱的生活中被虐待的遭遇。

欧茨自始至终采用了一种沉重的讽刺语气,小说成为一个文化模仿与心理现实主义的奇怪混合体。她的这部小说具有特别的力量,充满了同情和愤怒,同样使读者驻足。

(2)《天堂的小鸟》:情感与暴力

在这部小说中,欧茨又重新描写了被称为"黑水河畔的死亡城市",与她2008年创作的《掘墓人的女儿》发生在相同的地方。小说重新回到欧茨以往作品所具有的色调幽暗、充满浪漫的故事模式,探讨了20世纪后半叶在美国发生的一个极具悲剧性的暴力事件和浪漫故事。

在小说中,佐伊一直是一个谜,她是一位常有风流韵事但有超凡魅力的兰草音乐乡村歌手,纤弱、性感,在一家冰激凌店工作。在小说展开之前,佐伊已经遇难身亡,于是,情节沿着佐伊的生活轨迹聚焦于其他人物,探讨佐伊谋杀案的未解之谜。

三、19、20 世纪美国文学中的女性主义意识

(一)《觉醒》中的女性主义意识

1. 拉特诺尔夫人

拉特诺尔夫人是一个典型的贤妻良母,她认为抹杀自我,像天使般长出一对翅膀是最为神圣的天职。拉特诺尔夫人是被男性所崇拜的圣母形象,她是一位最富魅力的女性。她抹杀了自我,克制了自我欲求,把自己的所有都奉献给丈夫和孩子。

2. 赖斯小姐

赖斯小姐是男权中心社会里的叛逆者,是敢于反传统、反世俗、反旧观念的新女性。她在精神生活方面是充实的,她的生活方式得不到社会认可与接受。凯特·肖邦不希望女性都选择和她一样的生活道路,可她却欣赏赖斯的自由个性,欣赏她蔑视传统,蔑视束缚女性的自由发展。赖斯小姐愿意放下孤芳自赏的高傲来款待女主人公埃德娜,是因为她相信后者是自己音乐路上的知音。

(二)《天真时代》的女性主义解读

1. 女性主义

(1)女性主义批评理论

女性主义文学批评是 20 世纪 60 年代欧美兴起的新女权主义运动的一部分。女性主义批评理论不仅仅颠覆了传统的批评方法,并且也对自己的理论进行反思。

(2)女性意识

女性是否认识到了自身在男性社会中所受到的压迫和不公平待遇就是女性觉醒的标志。女性的解放运动让女性有勇气去挑战男性并获得与男性

同样的权利。政治女性主义者的目的是要赢得女性在政治、经济以及社会地位上的平等,因为经济上的独立并不意味着个性的独立,只有通过自我依靠、自我尊敬和自我努力才能使女性获得真正的解放。

(三)《女勇士》的女性主义解读

在《女勇士》这部作品中,作者一方面对于中国传统中的男权思想进行了无情的鞭挞,另一方面努力树立令人敬佩的女英雄形象。

汤亭亭用自己的思想赋予无名女子——姑妈,一个新的内涵:姑妈用投井自杀的方式来向男权社会宣战。姑妈意识到了如果想要遵从社会的期待去做个"女人",就不能成为独立自主的"自由人"。姑妈和新生儿的血浸染了让全村人赖以生存的井水,凡是日后饮用这井水的人都会成为她们殉葬的祭品,这样整个男权社会都会以这样的形式被动摇。

汤亭亭笔下的花木兰从军的动机不是忠君爱国,而是报仇雪恨。"白虎山学道"中的"我"即是双性同体的形象。这样一个理想化的双性合一形象,体现出汤亭亭对女子地位低下的憎恶及对男女平等现象出现的渴望。

伴随着文化差异而来的是移民的文化认同问题。这些选择,对于第一代移民而言,是痛苦,是战斗,是忠诚与变通的较量。对于移民后代而言,则是"我是谁"的困惑。为了得到公正的对待,为了取得和其他少数族裔一样的公平待遇,在美华裔女性进行了顽强的抗争。

(四)女性主义小说中的女性形象特征

根据女性主义的理论,在父权社会中,处于从属地位的女性,在意识上都呈现着克里斯多娃所说的颠覆、离心的性质。

美国桑德拉·吉尔伯特和苏珊·古芭在《阁楼上的疯女人》中,从一个全新的角度来剖析"白雪公主"的故事,挖掘社会主导意识形态的关系。她们认为白雪公主和王后是故事的中心冲突,王后是挑衅者,她的活动推动故事的进展。但却是魔镜引起俩人的冲突。它代表了某种权威,它所衡量的是俩人不同的思想和行为方式。白雪公主天真、无邪且又无私,她流落到了大森林中,为七个小矮人悉心料理家务;但是王后自私、邪恶,诡计多端。而镜子对她们两个人的褒贬评价,代表了父权社会对妇女的评价。男性以自己的审美规范女性形象,女作家也"不得不在表现自身的过程中,包括自己的文字,总是听命于人。"

她们认为每个善良的女主人公都拖着一条疯狂的影子,表现了女性作家意在抨击父权文化对妇女的精神毒害,并且揭示了妇女身上被压制的一面:她们的痛苦以及她们的愤怒。

第四节　美国幻灭文学

一、美国幻灭文学类型

(一)民族文学

18 世纪以后,爱国演说和政论文章大量涌现。富兰克林在他的政论文稿中,用幽默、犀利的文笔,严厉鞭挞英国的殖民统治。汉密尔顿也在文章中强力抨击保皇分子。帕特里克·亨利甚至发表了《不自由,毋宁死》。托马斯·潘恩在《常识》中高喊独立。托马斯·杰弗逊写出《英属美洲权利概述》,抨击英国国会为美洲制定法律的武断行为。

这些政论性作品在美国文学史上占有重要的地位。它们愤怒地谴责了英国殖民主义者,也树立起美国散文创作新风。独立战争孕育出美国的民族文学,如果没有独立战争,那就没有美国的民族文学。

(二)浪漫主义文学

浪漫主义产生于欧洲,它在 18 世纪中叶首先在德国、法国和英国兴起。如果说理智的时代盛行新古典主义和理性主义,那么浪漫主义便是对前者的反叛。

在这场文学运动中,美国作家并没有盲目承袭欧洲的文化遗产,而是开始将创作重心放在美国社会和美国人物身上。美国早期浪漫主义文学的代表人物当数欧文、库柏、爱伦·坡,欧文的《见闻札记》开创了美国短篇小说的传统。

(三)后期浪漫主义

美国社会的发展,哺育了"一个伟大民族的文学"。19 世纪 30 年代,美国国内的民主空气不断高涨,一场深刻的思想解放运动终于让意识形态及其工业化的进程实现同步。超验主义者强调人的价值,反对权威,主张个性解放。

(四)现实主义文学

1. 定义解释

随着垄断资本的逐步形成,资本主义制度固有的矛盾和弊端渐渐显露,劳资间的矛盾逐渐尖锐,担忧与失望成为他们的思想写照。浪漫主义风光不再,现实主义逐渐成为文学的主要潮流。在欧洲现实主义文学的影响下,一批新兴的作家开始从多元视角反映社会的消极面。

现实主义文学思潮于 19 世纪 30 年代首先出现在法国、英国等地,后来影响到俄国、北欧和美国等地,从而形成了 19 世纪欧、美文学的主流,近代欧、美文学因此而发展到巅峰。

若论现实主义文学主要奠基人,当然不会忘记马克·吐温。他在现实主义小说理论以及语言风格方面,都为美国文学的发展做出了卓越贡献。

2. 代表作家:西奥多·德莱塞

西奥多·德莱塞(Theodore Dreiser,1871—1945)的《嘉丽妹妹》和《珍妮姑娘》能够反映德莱塞对人生的领悟。嘉丽和珍妮都是纯洁貌美的女孩,可是因为人生观的不同,反而得出了两种不同的结局。嘉丽贪图享乐甚至不惜牺牲清白,为了追求自身利益,毫不留情地踢掉所有成功路上的绊脚石。结局:她成功了,名利双收。珍妮的命运完全相反,她总是顾及他人的利益。结局:饱尝失败,孤独终生。

德莱塞的小说好像是反映美国社会生活的一个窗口。德莱塞是一个现实主义者,特别尊重事实。德莱塞一生不断探求,在文学创作上不畏艰难、开拓创新,他的小说字里行间似乎都浸透着对美国社会及美国生活的深切感受和体验。

美国 20 世纪初期的文学趋向就是对社会进行辛辣的批评。美国工业发展在美国人身上产生的新思想、新观念受到现实主义作家的认同。

(五)意象派诗歌和小说

从诗歌形式上讲,意象派诗人讲究意象并置,抑或说意象叠加。各意象之间有着隐约而未指明的联系。这样看来"意象叠加"的两个意象之间是一种比喻的关系,他们之间是一对一,但是"意象并置"中的各意象之间互相渗透,组成了一种新的意象。

1. 代表作家:埃兹拉·庞德

埃兹拉·庞德(Ezra Pound,1899—1961),意象派诗歌中的代表人物。1909年《人物》在伦敦出版。1910年《罗曼斯精神》出版。文集的主要内容就是他的早期译作及他历年来学术研究的成果和见解。

1912年,庞德首次采用了意象派名称。庞德在1913年编选了第一本意象派诗选。1915—1917年间,每年都出版一本意象派诗集。

正当意象派诗歌蓬勃发展时,第一次世界大战爆发,世界因战争而发生剧变。经济的萧条,理想与现实的差距,战争的创伤成为新一代美国人的关注点。他们在精神、心理、价值观念等方面都受到极大的冲击。理想大厦倒塌之后,这一代青年在酗酒和肉欲之中寻求刺激,他们滋生出强烈的反传统精神。

2. 代表作家:海明威

欧内斯特·海明威(Ernest Miller Hemingway,1899—1961),美国作家,曾获1954年度诺贝尔文学奖。

《永别了,武器》用简短的并且真切的内心独自,简练的文体和经过锤炼的日常用语等,形成他独特的创作风格。

(六)左翼文学

由于对现实的不满、抗议,寻求新的社会出路成了普遍的社会心理。

1. 约翰·多斯·帕索斯(John Dos Passos,1896—1970),美国小说家。他的代表作是《美国》三部曲,包括《北纬四十度》《一九一九年》《赚大钱》。作品规模宏大,揭示了贫富悬殊,以及由此产生的种种不公平现象。

2. 代表作家:约翰·斯坦贝克

约翰·斯坦贝克(John Steinbeck,1902—1968),美国著名小说家。他创作出大量的优秀小说——在欧洲古典文学的影响下,在亲眼看见了社会现实的基础上,创作了《愤怒的葡萄》,是值得称道的代表作。作者生动地描绘了广大民众对现存社会的日益不满以及叛逆精神,拥有鲜明的时代特征。

以后,斯坦贝克成了"被压迫者的代言人"。

在艺术上,再现了30年代大萧条时期的生活,在人物形象的塑造上,强调外部特征,所以他笔下的人物更多是类型化而非是个性化的。他用伤感、幽默的文笔表达对普通贫民深切的理解,构成了他的艺术风格。

20世纪30年代后期,右翼势力的影响加大,左翼文学队伍开始分化。一些作家分别撰文就艺术标准等问题开始责难左翼文学。

第二次世界大战期间,有组织的左翼作家活动基本停止。虽然仍有少数进步作家坚持写作,但是长达四十年的美国左翼文学运动已经没有再度辉煌的机会,逐渐沉寂下来。

(七)犹太文学

第二次世界大战期间,犹太人遭受了法西斯的迫害与杀戮。美国人对犹太人同情并且接纳,犹太人便慢慢地融入了美国文化之中。一个受到过如此不公正待遇的民族,却能够产生出影响世界的伟人。在现代主义文学的浩瀚大洋之上,美国的犹太文学更是后来者居上,成为20世纪50至70年代美国现代主义文学的主力军。

(八)妇女文学

20世纪60年代起,美国妇女文学的繁荣引人注目。在男权社会里,妇女被当作物和财产,依附于男人,服务于男人。弗里丹公开号召妇女要努力发挥自己的才能,寻找属于自己的成就。女权主义作家蒂丽·奥尔逊发表《告诉我一个谜语》,书中的母亲操劳一生,因为总是为了满足别人的需要而生活着,最终郁郁寡欢而逝。显然,美国妇女文学的特点,就是女作家用自身的经验来描绘女人的感受。她们拒绝以男性为中心的现实社会,拒绝男人强加给妇女的价值观念,反对充当传统妇女的角色。对于男人们给妇女们带来的肉体和心理上的压抑,她们感到迷惘甚至进行抗争。她们渴望得到与男人享有平等的权利,包括实现妇女的自我价值。

随着妇女运动的深入,一批年轻的妇女作家们开始扬名文坛,如盖尔·高德温、琼·狄迪安、玛丽·戈登等。特别是黑人女作家艾丽丝·沃克让妇女文学再次掀起高潮。1982年,她发表了小说《紫色》,在作品中,她巧妙地透过美国现实中重大的社会问题,深入细致地刻画了一个黑人妇女由自卑到自强的历程。小说女主人公西丽亚原来麻木不仁,没有个性,任凭丈夫蹂躏。之后摆脱了精神枷锁,认识到了自身价值,而且依靠妇女间的友谊以及支持成为一个能够自食其力、有尊严的女性。

妇女运动是妇女文学生长的沃土,而妇女文学又成为女权运动结出的硕果。三十多年过去了,在女权运动再也不像以往那样张扬的今天,妇女文学的存在、它昔日的辉煌,都成为美国文学宝库中不可忽略的明珠。

20 世纪的美国文学已经摆脱了欧洲文学的影响,走向独自发展的道路。这个时期的美国文学丰富多彩,在独立、创新、多元、现实主义的道路上得到高速发展。

二、美国幻灭文学历史

独立战争带给美国的只是政治上的独立,在意识形态以及文学方面的独立倾向,应该以马克·吐温的横空出世为起点。19 世纪的 70 年代,美国的资本主义进入了垄断时期,青年人开始质疑传统的价值观念。

随着工业化大生产的迅猛发展,陈旧的传统文化受到进一步瓦解。20 世纪初的美国人已经意识到他们的工作不是为上帝,而是一种出卖劳动力的谋生手段。这种意识形态上的改变,影响并构建了 20 世纪初美国文学的结构和模式。

美国文学历史虽然较短,然而有着欧洲文化上千年的传承。但是美国作家并没有墨守成规,他们希望在原有的基础上生长出属于自己的民族特色文学。马克·吐温、爱默生、惠特曼、爱伦·坡、詹姆斯等经过不懈追求,让 19 世纪末的美国文学开出了美好的花朵。

20 世纪美国文学流派繁多,内容斑驳,无所不包。繁荣的 20 年代,红色的 30 年代,经济复苏的六七十年代,这些都构成了 20 世纪美国文学的多元化。20 世纪美国文化多元化的特征促进了美国文学的空前繁荣。

在 20 世纪这批优秀作家的共同努力下,美国文学的发展速度就像其经济快跑一样,在极短的时间完成了跨越式追赶,今天的美国文学是以大师的伟姿出现在世界文坛的。

第三章　英美文学研究初探

第一节　审美思想的多角度转变

　　综合趋势和多元化格局,是 20 世纪欧美文学最为显著的特点。由于社会科学、自然科学、心理学、哲学的迅速发展并普遍介入文学领域,促使文学走向心理化、哲理化、综合化。随着科学技术的发展,文化传播工具的变革,传播媒介的现代化进程,不同地域、不同国家之间的信息传递量在以惊人的速度增长。面对此种全球化语境的新时代,我们必须用具有时代特征的新思路、新理念和新方法去认知英美文学的历史、现状及其发展进程。

　　对于 20 世纪英美文学中的女性形象,既可以从人物心态的演变轨迹与哈代的哲学思想的视角进行探索,也可以从弗洛伊德的精神分析学说或结构主义批评方法进行阐释,或者采用人与环境关系的视角进行解读。倘若就形象的文本意义而言,其审美视角的多维度,还可从性格的纵向发展态势上着眼。类似这样的艺术探索,所获得的认知不仅是其审美内涵的广度,更是其审美内涵的深度。

第二节　文学批评理论视角下美学思想的延伸

　　英国作家盖斯凯尔夫人的小说《玛丽·巴顿》,它以 19 世纪中期英国的宪章运动为背景。《玛丽·巴顿》作为现实主义题材的作品是最适宜运用社会历史美学视角进行评说的。

玛格丽特·米切尔的小说《飘》就是最典型的这类文学作品。如果按传统的社会历史美学去衡量，如若单纯用政治的准则去评判，那么，《飘》这本书可以被评判的地方或许就会有很多，但是我们不能用片面的眼光去看一个事物，不能只用一个定义去解释一本书。其实，以什么角度去阅读一本书都是读者来决定的。

对于小说《飘》及其女主角郝思嘉形象的认知与把握，在很大程度上也是因时因地由不同读者所持的不同的接受美学视角来阐释和演绎的。郝思嘉越来越成为美国广大妇女心中的美好形象。女主角郝思嘉的身上有着那种不甘平庸、勇于创新的女性精神，表明她是一个能在乱世风云中，按照自我需要来选择生活方式的现代女性。

第三节　研究领域的继承与创新

科学技术的发展，社会信息化和经济全球化的形成，不仅为英美文学的教学和研究打开了新天地，而且也为英美文学的普及和国际间的广泛传播提供了新途径。在英美文学中，有许多优秀的经典名作，都相继数度被搬上屏幕。狄更斯的 10 多部小说几乎都被改编为影视剧搬上屏幕，并在我国观众中广为传播。

1939 年，美国好莱坞首次将米切尔的小说《飘》改编为彩色影片，称为《乱世佳人》。据说，当年纽约许多人进影院观看这部影片，致使市里的自来水水压骤升，一部影片放完，大家回家烧饭，水压立刻下降，其轰动效应，可见一斑。

从文学原著到影视艺术是一次再创作。因为它有最完整的故事蓝本可作依据，所以许多人说将文学原著改编为影视艺术似乎是件易事，但是这个说法是不正确的。因为要将原著小说的数百页或者数千页的内容都归于这两个小时的镜头画面中是一般的导演无法完成的，还需尽量地贴合原著，展现原著的风格和特点。在将原著改编为电视剧时，虽然在表现手法上，对时间和空间的把握上有更大的自由，完全摆脱了舞台和文本的限制，但由于受电视接收屏幕和播映时间的局限，拍摄场景的更换较少，剧情不能如原著情节那样曲折复杂，结构要求紧凑，要多用悬念，只有这样才能取得青出于蓝而胜于蓝的艺术效果。

电影《苔丝》公映后，英法文坛好评如潮，称赞导演"用相当完美、出色的导演手法来重现维多利亚时代英国乡村的环境和气氛，并且选择了一种朴素的、陈述式的方法"，确认"生动的景色本身就构成一个具有魅力的角色"。它没有西方电影惯用的时尚手法，放弃神秘、性感、疯狂、暴力和悬念，完全是一种美学和伦理学上绝对纯净的风格。他们根据英美文学原著改编而作出的种种努力，业已成为世界各国学界研究的重要对象，他们改编的艺术硕果，理应包含在当代英美文学研究的范畴之内，并与文本研究相辅相成。成功的影视编导都是出色的文学研究工作者。

第四节 批判性思维的培养和发展

一、批判性思维定义及其意义

事实上，批判性思维会经常出现在我们的教学话语中，对于大多数教育工作者来说批判性思维并不陌生。我们对它的基本理解是：不单纯从字面意义理解文字内容，不盲目地接受他人观点，敢于挑战权威和既有观念，善于思考，敢于质疑，学会做出独立、审慎的判断。可以如此概括，批判性思维就是批判地思考。

批判性思维既是一种品格，也是一种能力。一个批判性思维者不但可以做出独立的、正确的判断，或者敏锐地发现问题、客观地描述问题、逻辑缜密地分析问题，从而科学地解决问题，而且也是一个理性公正的人、勤学好问的人、心胸开阔的人、敢于担当的人、有独立人格的人。

二、英美文学课程中的批判性思维培养

（一）了解学生批判性思维能力现状

当前，对于英美文学方面作品的阅读量较少或者阅读方式的错误都是影响学生培养批判性思维的主要原因。还有许多学生是因为自己本身的词汇量不够，导致阅读英美文学作品比较困难，还有学生是因为并没有一个良好的阅读状态和阅读目的。

（二）向学生开展批判性思维评论示范

教师是学生学习的典范，只有教师在课堂之上正确地示范授课和帮助同学了解英美文学，学生才能在这个过程之中对英美文学感兴趣，所以，教师可以向学生开展批判性思维评论示范。首先，在向学生开展批判性思维评论示范之前，教师应该从文体分析开始，逐步地引导学生产生批判性思维。其次，教师应该在向学生开展批判性思维评论示范时，加深学生对英美文学作品的印象，提升兴趣，以学生未来发展为主要思想进行教学。

（三）运用课堂提问引导批判性思维

在英美文学教学中，教师要注重课堂提问。因为课堂提问是引发学生自主思考的一个重要的手段，所以教师应提出问题让学生进行思考与讨论，引导学生领会英美文学基本概念并深入分析，争取从中发现更多的文学知识点。

（四）通过文学评论写作提高批判性思维

文学评论写作是检测学生批判性思维能力的有效手段，教师可以通过对学生文学评论写作过程中的指导，使学生将批判性思维能力有效地应用到文学评论写作中，从而使文学评论写作与批判性思维能力培养进入一个良性循环。

第五节　多元化的女性主义格局

现在国内评论界用的"女性主义"和"女权主义"是从英语 feminism 这个

词语翻译过来的，"女性主义"强调文化内涵，"女权主义"偏重政治内涵。女性主义者争取女性解放的目标，女性文学的发展与女性主义的发展是同步的。

女性在追求自我存在的价值的同时，根本找不到能够与父权为中心建立的社会象征体系相抗衡的理论支撑点。女性主义在20世纪60年代进入第二次高潮，英美法各国的女性主义者开始不约而同地提倡"对抗性"地阅读男性作品，结果发现在男性作家笔下的妇女形象不是天使，便是魔鬼。女性主义以白色人种为主体，既反对性别歧视，又抨击种族主义，努力探求少数肤色族裔和女性的双重身份。

除五四运动时期的新文学中略有涉及外，我国对女性主义与女性主义文学的研究可谓是一纸空白。外国文学工作者直到改革开放时期才开始引进西方的女性主义的一些理论，多数没有把西方的女性文学视为一种独特的文化现象，只是从社会历史美学角度去评价，尤其缺乏对我国读者的审美情趣以及女作家创作心态等方面进行的研究。所以，对英美女性文学的研究是一个不可缺失的原生态地带。英美女性文学批评的发展过程，不应局限于西方女性主义学者的论断。所以有了下述看法：在政治斗争时期，它是以争取男女平等为目标的，以社团组织为形式，以揭示性别歧视为主要内容。在文本考察的时期，从强调男女平等转为承认了男女性别差异，强调了女性心理的独特性，策划出构建女性文学的传统体系，以此与男性中心的文化相对抗。从理论的建构以及前期运动的反思与总结，转向了从理论上探索女性主义本质、特征、写作信仰及表现形态等诸多问题。目前，正是英美女性文学研究的兴盛时期，各界应一起为构建具有中国特色的女性主义审美体系而努力。

中　篇

从中国文化视角看英美文学

第一章　英美文学与中国文化

第一节　英国的中国观

葡萄牙游历家兼小说家品托(Fernando Mendez Pinto,1509—1583)也早在16世纪就提出利用中国的概念,主张利用中国来批判欧洲的某些社会风气。

19世纪和20世纪强大的英国倾向于用丑化的中国形象来彰显自我,维护与整合英国自身的秩序,这方面表现突出的主要有托马斯·德·昆西的散文、萨克斯·罗默的傅满洲系列故事等。

一、质疑与构建:进步视野中的中国

早期西方同中国的交流,大多是通过前来中国的耶稣会士,他们的书信和报告是西方人认识中国的主要渠道,但英国是一个新教国家,和天主教分庭抗礼。虽然17世纪初英国新教徒尝试着进入中国,但传教活动并不顺利,一直到1840年,来华的英国传教士仅二十余人,接受洗礼的华人不到百人。

与其他欧洲国家一样,17—18世纪的英国也被中国深深地吸引住了。早在17世纪初,哲学家弗朗西斯·培根(Francis Bacon,1561—1626)就强调重视观察试验,主张通过对事物的有效观察来增进自然知识,即首先要占有足够的经验事实,然后经过分类和鉴别,得出结论,在试验观察的基础上,找出事物之间的联系。17—18世纪的英国正处于社会和政治变革时期,易于

借鉴别国的一切先进经验。虽然这一时期英国经过资产阶级革命,出现了议会政治和工厂制度,成为近代意义上的民主国家,但它在人才选拔上还保留着传统的贵族世袭制,与中国历史悠久的文官考试制度相比,显得落后,所以在这方面英国像欧洲其他国家一样,学习中国的经验。

瓷器是中国送到欧洲的最高雅、最令人心动的礼物,以至于瓷器的英文名称就叫"china"或"china - ware"。英国妇女初见中国瓷器时,惊诧于它的典雅美丽,这种天赐的宝物如此圣洁,以至于她们几乎不敢用手去摸。关于中国瓷器的制作,西方人说法不一。

中国瓷器深受英国皇室的青睐。英王亨利八世收集过精美而雅致的中国瓷器;詹姆斯一世也曾想方设法购买中国瓷器。收集、珍藏中国瓷器也是英国达官贵人的一大嗜好,在他们的客厅里、书房中,甚至壁炉架上,都摆设着各式各样精美的中国瓷器。

丝绸是连接中国与欧洲各国的第一座桥梁。早在罗马时代,中国丝绸就被看作光彩夺目、精致华贵的珍品,罗马人以穿上这种稀世珍品为荣耀。中国丝绸进入英国的时间虽然较晚,但影响却很大。西方人本来视龙为凶恶之物,但这时却感到这些东方怪物有一种"难以言状的美感"。

中国的茶叶也是英国人喜爱的饮品。中国的茶叶约在 17 世纪中期进入英国,开始时十分稀有、珍贵,只有王公贵族才消费得起。1700 年,桂冠诗人纳厄姆·泰特(Nahum Tate,1652—1715)写了一首《饮茶颂》,说饮茶可以忘忧,而头脑仍然清醒,不像酒,喝多了不但去不了烦恼,还会使人神志不清。而 18 世纪英国文坛领袖约翰逊(Samuel Johnson,1709—1784)也是一位饮茶大家,他在一篇文章中说自己白天喝茶下饭,傍晚喝茶解闷,二十年来茶炉从来没有冷却过。

威廉·坦普尔爵士(Sir William Temple,1628—1699)是一位园林爱好者,从去过远东的朋友那儿听说了中国的园林,极为赞赏,并注意搜集这方面的资料。1685 年,他写成《论伊壁鸠鲁的园林》一文,将欧洲传统的园林式样同中国的园林布局原则进行了对比,用以描绘中国园林的参差不齐而又错落有致的无序之美。

18 世纪后期迷恋并宣传中国园林的主要人物是威廉·钱伯斯(William

Chambers，1726—1796）。钱伯斯实践自己园林主张最著名的一个例子是他为肯特公爵设计的丘园，这座丘园以中国园林为蓝本，力图在自然与艺术之间求得平衡：一方面顺应天然环境，保留曲折蜿蜒的自然风光，同时又以人工斧凿，采用拱桥、假山和凉亭作为点缀。

一些英国学者认为汉语是人类的初始语言。《旧约》里通天塔的故事在西方人尽皆知，相传在洪水大劫难以后，挪亚的子孙在新的天地里繁衍生息，且全都讲同一种语言。在这种时代氛围中，中国的儒家学说成了英国的自然神论者攻击启示宗教的武器。

自然神论认为启示并不是确定性的唯一根据，真理的终极证明必须到理性本身去寻找。廷德尔在他1731年发表的《与创世纪一样古老的基督教》中指出，自然宗教与启示宗教的区别在于，前者是人的意志的内在表现，后者是人的意志的外在表现。

威廉·坦普尔爵士以景仰的口吻评述中国的政治体制，1657年，他发表了《论英雄的美德》一文，文中把中国称为最伟大、最富有的国家；盛赞孔子是最有智慧、最有学问、最有道德的人，认为孔子的学说是治理国家的正确原则。

二、维护与整合：停滞意识中的中国

如同水往低处流一样，文化交流和撞击也有这种由高向低的特点。17、18世纪西方社会刚刚走上工业化之路，中国文化与之相比确实高出一筹，因此西方人对中国文化的正面利用较为常见。但到了19世纪，情形发生了逆转，羽翼已丰的西方列强不再感到中国文化的吸引力，科学技术的飞速发展，现代化所带来的巨大物质财富使他们充满了自豪感和自信心，同时也增长了颐指气使的霸气。

我们前面探讨了英国的"中国热"，与法、德等国相比，英国的"中国热"表现出两个特征：一是英国对中国物质文明的某些方面，例如对瓷器、茶叶等特产以及园林、建筑的赞赏，胜过对中国悠久的历史和丰富的精神文明的钦佩。二是热烈称颂中国的英国文人为数不多，尽管有坦普尔、伯顿、韦伯、布朗等人对中国的颂扬，但贬抑之辞从来就没有停止过。

18世纪一开始,我们就听到笛福对中国苛刻的批评,他在《鲁滨孙漂流记续篇》等作品中苛责中国物质贫乏、科技落后,中国人愚昧无知、傲慢无礼。除他之外,英国的威廉·尼克尔斯(William Nichols,1655—1716)在其《与有神论者的对话》中攻击中国的宗教和道德。尼克尔斯捍卫启示宗教,反对自然神论,而当时倡导自然神论的廷德尔等人认为中国正是自然神论的典范,并说孔子的学说与耶稣的教导没什么区别。为了驳斥廷德尔等人,尼克尔斯虚构了一个中国开天辟地的故事,说中国神话中的“天”创造的人长有两只角,身上有奇怪的臭味儿,他旨在借此说明只有摩西一个人才能给人类一个明智而又合理的开天辟地的故事。弗朗西斯·洛基尔(Francis Lockier,1667—1740)也对中国文明极为不恭。乔治·贝克莱(George Berkeley,1685—1753)在当时批评中国文明的英国作家中享有更大的声望,他是一位主观唯心主义哲学家,坚决反对自然神论的哲学理论,也对中国的哲学与文化持怀疑态度,甚至不相信中国有那么悠久的历史,也不认为中国的科学有什么高明之处。

乔治·安森(George Anson,1697—1762)的《环球航行记》则以到过中国为幌子,他对中国充满偏见的描述引起了更多欧洲人的注意。安森原是一名海员,1742年,他率领“百夫长号”抵达澳门,当时英国正同西班牙交战,安森因勇猛顽强俘获了其中最大的一艘货船,劫获大量金银财宝,而一时名噪英伦。但当他到达广州湾,想修理一下破损的船只时,中国官员没有马上做出回应,而是让他速速离开,安森非常气愤,强行冲过界线,在广州湾抛锚修船,补给必需品。回国后,安森把在中国广州的见闻写进了《环球航行记》,将他碰到的个别事件描述为普遍现象,认为所有的中国人都诡计多端、谎话连篇、嗜财如命,他奇怪某些西方人士,特别是传教士,何以把中国描述为一个庄严恢宏、富有财富和智慧的国度。

这本书出版后在西方产生了很大影响,在欧洲的任何一个大型图书馆里,在许多有影响的政治思想家的著述里,都能找到《环球航行记》这个名字,并对那些曾对中国抱有好感的人也产生了潜移默化的影响。比如称颂中国历史悠久、赞扬中国人聪敏智慧、褒奖中国政治制度合理完善的撒缪尔·约翰逊,就有过不利于中国的言辞。

中国形象在英国甚至在整个欧洲的改变,和英使马戛尔尼(George Viscount Macartney,1737—1806)1793 年的访华有很大关系。1792 年,英王乔治三世(George,1738—1820)为了进一步发展对华贸易,派马戛尔尼率团出使中国。不过通过在中国的所见所闻,马戛尔尼向自己的同胞传达了这样一个信息:到达北京时,他们觉得他们比其他欧洲人强;从中国回来后,他们发现他们同样比中国人强。

对于中国停滞的原因的解释不一而足。英国汉学家理雅格则直截了当地指出中国的停滞不前的原因在于孔子。理雅格及传教士同行的观点背后隐含着一个假说,即没有基督教就根本不会有任何真正的发展,中国不可能会有发展进步,因为她是一位盲人,缺少上帝的引导。

这些都是从中国自身出发找出的原因,但中国停滞说从根本上来说和18 世纪整个欧洲的思潮有关。欧洲的 18 世纪是一个非同寻常的时代,这一时期,西方人勇于探索,在各个领域都取得了骄人的成绩,尤其是英国的工业革命,带来了生产力的极大发展。这一时期欧洲人充分意识到自己的发展,开始用进步观念衡量一切,而在用这一观念来审视中国时,他们惊奇地发现东方的中国虽然有着悠久的历史和古老的文明,有着高尚的道德和臻于完善的治国之道,却长期停滞不前,近千年来几乎没有任何引人瞩目的进步。中国虽然拥有世界瞩目的四大发明,却没有很好地加以利用,火药仅仅用来制作鞭炮和烟火,指南针只被风水先生用于造屋修坟,至于造纸和印刷术,则是数以万计的书籍重复着同一个主题。

其实,当时的中国并不像欧洲人所说的那样完全停滞不前,只是相对于西方发展缓慢。法国学者阿兰·佩雷菲特用新颖的相对观点做出了全新的解释。停滞是西方的中国形象,并不是中国的真实情形。18 世纪末和整个19 世纪日益强大的西方需要一个否定的他者,于是中国落后的一面就被夸大了,现代思想的核心是进步与自由,中国形象就扮演了其对立面:停滞与专制,这种中国形象让扩张时代的英国人感到自尊、自信和种族优越。

第二节　中国文化视角下的英国文学

一、中、英女性文学及其女权主义文学之比较

女性文学具备"女性作者""女性意识"和"女性特征"这三个特点。18世纪,女作家就多起来了。到了19世纪上半叶,文坛上出现了大批女性作家。女性的处境会因不同文化氛围和不同历史阶段而有很大的区别。女权主义者肯定女性自身价值和女性价值观念,即肯定女人的尊严,肯定每个妇女作为个人的价值。

英国的第一位女权主义作家被认为是玛丽·沃斯通克拉夫特。19世纪末虽然出现过几位女权主义作家,但大都被今人遗忘。19世纪的英国历史表明,维多利亚女王之前的女性在社会上没有什么地位。到1819年,妇女虽然仍然没有选举权,但已经比以前自由多了。1869年妇女纳税人获得对市级政权机构的选举权,还逐渐获得成为贫民救助委员的权利。妇女开始组织自己的团体,并普遍认识到妇女应走出家庭,积极投身于社会活动之中。

中国的女权思想当发轫于晚清时的新思潮。1898年在上海第一所由中国人创办的女子学校标志着近代女学的真正开端。随着女学的兴办和女权思想的逐渐普及,20世纪初出现了一些女性刊物。五四运动促进了妇女的觉醒,妇女也开始争取解放。从20世纪20年代到抗战爆发,女作家丁玲、冯铿、葛琴、草明、肖薇、谢冰莹等的作品逐渐丰富起来。

我们认为,中、英女性文学在第一阶段表现出的争取男女平等,是政治女权主义者的思想表现,突出表现这个特点的作品就是政治女权主义文学作品。如果说在女性文学发展的第一阶段中出现的是女权主义作家,那么第二阶段要解决的就是怎样做"女人"的问题。女作家开始描写、探讨各种人际关系,如母女、母子、夫妻关系等,以此来表达她们对女性该如何生活的看法。在她们的小说中,女主人公大都想走出家门去参加工作,有很强的责任感。

在我国,20 世纪 50 年代以来的作家致力于反映新时代的新面貌。直至
20 世纪 80 年代,女作家才开始对女性的社会存在进行全方位的审视。

无论在中国,还是在英国,女性从数量上讲都不是少数。女性的生活、
经历和价值观都被当成是边缘的,非中心的。女性开始宣扬女性的经历和
男性的经历一样重要。女作家主张写女性的生活经验,女性的经验成了写
作的主题。她们都从新的视角检视女性。她们关注女性的感觉、印象、思想
和情感,注重对女性内心世界的发掘。

在中、英两国都出现了许多反映女性在精神和心理上独立于男人,肯定
女性的自身价值和经验,反映女性追求理想人生的女作家。女权主义者的
立场是赞成社会各个方面的平均主义。中国不但有女权主义,而且早在 20
世纪初就有了。女性必须在精神上做到自爱、自强、自尊、自立,才能获得真
正的解放。应该说女权主义争取女性解放的目标,是人类社会进步的一部
分。女权主义文学应为它的早日到来而努力。我们期望着中、英两国的女
性作家能奉献出体现这种新关系的作品。

二、莎剧《威尼斯商人》的主题思想与儒家思想

(一)"爱人如己"与"仁者爱人"

《威尼斯商人》的第四幕法庭一场戏把剧情推向高潮。这里的同情心也
就是中国古代儒家的"恻隐之心"。众人都期待着夏洛克能慈悲为怀,而不
是坚持按法律条文行事。此时的矛盾和冲突已不是安东尼奥该不该受罚的
问题,而是人心深处的仁与不仁之争了。

在《威尼斯商人》中,莎士比亚的正义的道德尺度是仁慈和宽恕。在这
一点上,中、西文化极其相似。作为中国传统文化的一个重要组成部分的儒
学,"仁"是很重要的。实际上"仁"是孔子伦理思想的内核之一。它影响、熏
陶着中国几千年的历史、文化。在中国传统文化中,不仁不义者是要受人鄙
视的,是要为人唾弃的。

(二)《威尼斯商人》中的中庸之道

《威尼斯商人》剧也体现了中庸思想。夏洛克对待安东尼奥的态度违反
了中庸原则。夏洛克正是公爵所讲的更甚于"铁石一样心肠"的人。所以夏

洛克遭到众人的反对是理所当然的。从法律上讲,他的要求是合法的,从人情上讲,他却太苛刻了。

鲍西娅要求夏洛克在割安东尼奥身上一磅肉时,其多少不能差之毫厘。这种限制成为保护安东尼奥的一种口实。当夏洛克感到束手无策时只好请求撤诉,鲍西娅此时并没有适可而止。鲍西娅针对夏洛克的不仁不义进行处罚是合乎情理的,但是她矫枉过正的做法是出于报复。

(三)《威尼斯商人》的"修身"说

莎士比亚以自己塑造的角色形象来肯定凡人皆是有罪的,这与中国儒家思想有着很大的不同。儒家特别重视"修身",儒家所讲的圣、贤、君子等都是具有很高的道德修养的典范。莎士比亚被认为是在中世纪后第一个在创作中实践"善恶一体"思想的代表。故而我们可以肯定地得出结论:西方文化对人性的态度是悲观的,而中国传统文化对人性的态度则是乐观的。

三、《呼啸山庄》的象征

(一)《呼啸山庄》:自我追求的先驱者

《呼啸山庄》是一部奇特的作品。它含义丰厚,描写了爱情、偏见、嫉妒、误解、报复以及和解的曲折故事,是引人入胜的复仇传奇。它是关于激情的浪漫主义表达,也是探索人类精神领域那一片神秘幽暗之地的杰作。然而,先于时代的品质使得它命运坎坷,出版后遭到冷遇甚至极为严厉的贬抑,被认为形式粗糙,道德病态,思想情感偏狭怪异。小说中充斥着桀骜不驯的人物性格、超乎理性的炽热爱情及憎恨与复仇意识。20世纪以来,小说令人费解的思想内涵和形式,吸引了越来越多的读者。评论家们从社会小说、心理小说、道德伦理、精神分析、阶级分析、自然哲学、生态主义等众多角度予以解读,其中来自名家的真知灼见辈出。

艾米莉让外来房客洛克伍德和熟悉两个家族命运的老仆人丁耐丽分别作为第一和第二叙述者,逐步讲述出发生在两个家族三代人身上错综复杂的故事。而两个叙事者各自独特的社会身份、人生立场和观察视角无疑为故事增添了不可靠叙事的间离效果,为读者的自主判断和审美感受留下了巨大空间。此外,在发展故事情节方面,艾米莉主要展示了一系列戏剧性场面。如此一来，阅读小说就好像浏览一本生动的画册，又仿佛在观赏一场令人沉醉的戏剧。

《呼啸山庄》的奇异之处在于：一方面，小说不乏现实主义描摹的技巧，富有约克郡的地域色彩，散发着英国北方农村的乡土气息。小说的种种细节显示出，在生活态度上超然淡泊的艾米莉并非像夏洛蒂所言对一切世俗事务完全茫然无知，而是对生活现象富有真切的洞察。

另一方面，《呼啸山庄》洋溢着纯净的浪漫主义悲情，充满奇异的想象。它巧妙地借助哥特因素，用高度诗意的语言，描绘了富有主体意识的主人公的悲情经历。小说中人物的精神世界，不论是爱情、嫉恨还是种种恶行、偏执、心理矛盾，都夸张浓烈得令人吃惊。艾米莉借鉴哥特艺术，制造出一个梦魇般的虚构世界。小说背景具有超自然的气氛，以雨雪、黑夜作为基调，描绘了阴郁荒凉的原野、风雨交加的夜晚、盘旋不去的哀怨幽灵和暴烈孤僻的人物，将五彩斑斓的世界过滤成黑白底色的神秘梦幻之境。艾米莉还不时将人物置于各种悖论关系所产生的危境中，令叙事弥漫着悬念，使一部爱情小说有了侦探及恐怖小说的吸引力。

《呼啸山庄》气势磅礴，具有女性作家中少有的崇高硬朗风格。在小说中，艾米莉貌似在谈爱情小命题，实则以自己的智慧求索人生的大命题，以独特的诗情表现人类在寻求答案之途中的迷惘、抚慰和痛苦，承载这沉重命题的就是有着强烈激情的个体被悖论摧折的人生故事。

艾米莉的《呼啸山庄》之所以惊世骇俗、令人目眩，这与其叙事模式、小说结构有很大关系。艾米莉没有按照传统的叙事模式来写。在叙事方面，她采用多视角的第一人称叙事，使其小说具有迷宫般的套盒式结构和戏剧化的间离效果。

艾米莉·勃朗特的《呼啸山庄》的叙事手段令人叹服，有的评论者认为作品运用了中国套盒式叙事。虽然三姐妹一般都是采用第一人称视角来讲故事，但夏洛蒂、安妮的叙事大都是一个人叙述到底，而艾米莉的第一人称叙事则更富于变化，但作者仍驾驭得游刃有余，颇为成功。

《呼啸山庄》的叙事是第一人称叙述，但第一人称叙述是从多重角色的转变角度来展示故事情节。第一个叙事者是租客，洛克乌德先生，他成为小说叙事的主要叙事者。小说通过描述洛克乌德在呼啸山庄的经历,引出作品的主人公希斯克利夫和生活在呼啸山庄里的人们。作为叙述人的洛克乌德和耐莉作用是不同的。洛克乌德处在小说情节的外围,作品通过他所看到的呼啸山庄的人和事,来不断激发读者的阅读兴趣和渴望。

《呼啸山庄》关于希斯克利夫和凯瑟琳惊天动地、至深至纯而又奇异怪诞的爱情让读者感动至深,它又因描写希斯克利夫令人难以置信的报复行径而遭到许多评论家的报复,而得以构筑一系列情节。

《呼啸山庄》给人造成震撼人心的冲击力,主要来源于人物性格及其行为,而不是由于它的情节。它的男女主人公形象具有天使与魔鬼的双重特质。

凯瑟琳自私的选择导致了希斯克利夫歪曲了思想,而希斯克利夫更加自私的行为和一系列报复导致了他的命运悲剧。艾米莉以此形容了这对主角内心深处的自私性。《呼啸山庄》使人们认识到两个主角的自私特征给人带来的巨大危害。

艾米莉平时很收敛,常以温和的面目出现,但她的小说中人物的爆发所产生的碎片也令人受伤,切入肌肤。艾米莉骨子里有一种叛逆精神和不怕一切的劲头,她的情绪更加强烈外化。也许,这一气质造就了《呼啸山庄》的主题旋律。

《呼啸山庄》被誉为"最奇特的小说",艾米莉·布朗特因此在英国文学中树立了自己的立场,这位才华横溢的女人从来没有想过,在她死后,她唯一的小说《呼啸山庄》将被记住为"最奇特的小说",并且成为19世纪英国文学史中一颗最绚丽的宝石。到目前为止,在国内外,无数读者为其特殊的艺术魅力而震撼。

《呼啸山庄》中的希斯克利夫实现了报复的目的,他的自杀可以被看作是一种双重的自杀,表达了对凯瑟琳的热爱是坚决的。在他去世之前,他用这个想法解除了下一代的报复,这表明他的本质还是有好的一面,只是社会和情感上的残酷事实,使他变得无情。总之,《呼啸山庄》讲述了这样一个故事:关于社会生活、财产、爱情、婚姻、教育、宗教信仰、信誉对两代人的重要性以及对他们之间贫富关系的影响。

无论是在艺术观念,还是在专题结构上,作品都展示了作者的不同寻常的开创性。因此长期以来,人们对男主人公予以了更多的关注与评价,而女主人公凯瑟琳在一定程度上成为解析希斯克利夫思想个性的陪衬与附庸,人们往往忽略了她的独立存在价值与个性审美意蕴,她虽然生命短暂,却以其狂野激荡的情和动人魂魄的爱演绎了自己的激情人生。

女性意识一直是研究课题,这种意识主要包括平等意识、自我意识和主体意识。自我意识是女人自己的理解,正在解释女性自身存在的特殊性。男人不再是女人眼中的男人,而是在自己眼中的女人,女性即是男性,是对女性的一种反思和批评。女性主义是女性意识的一部分,这个词首先出现在法国。

作者在凯瑟琳及其女儿身上赋予了强烈的女性意识,她将自己的理想与希望寄托在两个女主人公身上,其自我追求也在两个人物身上凸现。在两代凯瑟琳的追求中,不难看出作者为当时女性寻觅的一条自我实现的途径。维多利亚时代父权制文化盛行,社会倡导"家庭天使",女人只能是女儿,妻子,母亲,没有明确哪个角色,属于另一个主题"家庭"。

《呼啸山庄》的新的一幕是:小凯瑟琳教哈里顿读书写字,是为了改变他粗野的行为。艾米莉将自己的女性意识寄予两个女性,通过她们对真实自我的追求,充分表达了自己的思想主张:作为女性不仅要有自由精神,还要有独立人格,才能充分实现自我。在维多利亚时代,作者同她的姐妹和当时的女性一样,是不为人所理解的。

(二)《呼啸山庄》中的象征意义

1. 结构的象征意义

说整部《呼啸山庄》是一个隐语。象征给它蒙上了一层神秘的色彩,象征不但构成了该小说的主要成分,而且构成了该小说象征主义的阐释框架。《呼啸山庄》贯穿全书的一条对比线构成故事发展的主要框架,其本身具有象征的意义。两个山庄代表两种不同的力量,它们分别象征着风暴与平静。艾米莉用象征主义的手法,在故事中展出了两种相悖逆的原则,采用了象征主义的小说框架。

2. 爱情的象征意义

艾米丽用具体的象征来表现爱情这一文学主题,也有着明显的象征主义的特征。艾米丽在《呼啸山庄》中将凯瑟琳对希斯克利夫的爱写到极致。艾米丽揭示的是人物内心世界的复杂性。希斯克利夫代表自然的纯真的爱情,而林谆代表社会建构的爱情。

艾米莉刻画的凯瑟琳和希斯克利夫之间的爱是无以复加的。然而,她却受到她其实最不看重的事物的诱惑:财富与社会地位。凯瑟琳之选择林顿,正是这种追求使然。艾米莉用象征主义的手法将自然的与文明的、表面的与深层的两种关系加以对比。

19 世纪中期正是英国殖民主义扩张时期,也是资本主义迅速发展的时期。与此同时,追求财富和享受的欲望侵蚀着人们的心灵。凯瑟琳想得到物质文明带来的舒适,违心地接受了与林顿的婚姻。呼啸山庄象征着矛盾和不安定,那里的人追求自然,因而既想对抗,咆哮不安,而又不得不进行妥协,最终走向灾难的悲剧。

在《呼啸山庄》中,人们常看到凯瑟琳与希斯克利夫死后手拉手漫步在荒野中。《呼啸山庄》是一首气势磅礴的诗,它具有一般小说不具有的诗意。这是它极具感染力的原因之一。

艾米莉书写的故事是建立在深沉的、原始的爱与恨的力量上。但是,它并不是自然主义的主题,它是不同情感的真正冲突。我们在这里看到的不仅是人与环境的冲突,更是人的心灵中发生的激烈斗争。在《呼啸山庄》中,大自然代表自由。对艾米莉来说,最重要的是作为一个人,精神上要有爱与恨的自由和能力。因为象征能够激发人的想象,这种想象和读者自生出的思想是无限发展的。《呼啸山庄》正是因为这些象征主义的特征,而不同于其他的故事。

3.《呼啸山庄》中自然的象征意义

在呼啸山庄中,浪漫主义的影响主要表现在艾米莉对大自然的崇尚。《呼啸山庄》可以理解为艾米莉与她自己交流的产物。小说《呼啸山庄》表达了艾米莉的心声。《呼啸山庄》中的爱情完全不同于一般小说中的爱情——温柔,甜美。《呼啸山庄》中的爱情是狂暴的,超出性爱的,毫无任何形式的功利色彩。

事实上大自然的力量是《呼啸山庄》的重要主题之一。在呼啸山庄中，大自然是有灵性的。大自然的现象和人们情感的自然流露融成一片。每个情节都是以大自然为背景而展开的。

在《呼啸山庄》中，当几年后希斯克利夫重新闯入当时成为林顿夫人的凯瑟琳的生活时，凯瑟琳心中对希斯克利夫的爱情重新燃起。当凯瑟琳和希斯克利夫在户外时，他们是自由自在的，在那里没有凯瑟琳哥哥的干涉，也没有世俗社会清规戒律对他们的约束。凯瑟琳在逝世前要求打开窗户，要呼吸旷野的气息，更说明艾米莉认为大自然象征着自由。《呼啸山庄》中的象征主义特征如此明显，与其说艾米莉是在用文字叙述，不如说是在用象征暗示。

第三节　美国中国观的形成

一、美国早期来华商人与传教士眼中的中国

英国等国家的中国观很大程度上影响了美国早期中国观的形成，对当时美国中国观的形成起到了重要的作用。早期到中国来的美国商人、外交使节和传教士，均带着不同的目的。

美国商人在商业利益的驱动下产生了来华贸易的兴趣。1784 年，美国向中国派出商船，原因除了有关中国"长期以来一直是世界上最富裕、土地最肥沃、工业最发达的国家之一"的言论外，还与美国的经济独立意识有关。独立之初，美国在经济上依然受英国的很多限制，而且在短时间内很难改变贸易落后的状况，所以向外扩张是有效方法，发展同中国的贸易，有利于民族经济。而且美国人具有商业冒险精神，带着美国人独具的乐观与活力，他们航程数千里，将人参、皮货等商品运到中国。早期的美国商船不仅体积小，水手也非常年轻，他们很年轻、很勇敢，是对华贸易的拓荒者。美国联邦政府早期也重视与中国的贸易，对美国船只征收的税额较低。

　　但是,美中贸易的发展并没有给美国带来所期待的收益。第一次对华贸易的成功,激发了美国商人的参与热情。随着其他东海岸城市的加入,来往广州贸易的船只越来越多,利润也越来越低。再加上中国实行闭关政策,贸易只限于广州一带,于是生意越来越难做、活动范围又十分有限,美国商人心中的苦楚和不满就变成了怨恨。因此,常常可以发现对中国的负面评价:政府腐败、民众聚赌成性等。

　　美国商人对中国的政府机构有一种强烈的抱怨。1791 年,托马斯·兰德尔列举了中国商人的欺诈行为以及官僚对贸易的苛刻管制等现象。其实在山茂召(美国独立战争时期战将、商人)眼里,中国政治就是典型的等级剥削制度。

　　在美国商人眼里,中国的军事力量难以与任何西方国家抗衡。在威廉·亨特的记载中,鸦片战争前夕,广州水兵还用锣鼓、扇子之类的东西充当武器,中国重要的"伶仃"号战船竟是从外国买来的已经航行多年的商船。赌博也是美国商人们一致诟病的中国人的一种陋习。

　　从文化认同的角度来看,早期美国商人的许多负面看法有着深远的文化根源。许多美国人过去认同于英国的观念,所以在建国之初就与其他的国家进行着商贸往来。美国的自我定位成为他们评价其他社会的标准,他们认为所有与之交往的国家都要有贸易自由的观念。如果与之相违背,那么就必须强迫它们进行改变。所以约翰·昆西·亚当斯发表了演说来支持英国对华发动鸦片战争,他认为英国是站在"正义"的一方。当时大多数美国人有同样的想法,这更加加深了美国人对于自由贸易的信念,认为自己所采用的这种贸易方式,应该被其他国家接受。别国政府如果对贸易有所限制,就应该成为他们攻击的对象。

　　从山茂召以后,来华的美国商人对中国的看法虽各不相同,但还是贬抑过多。他们向美国公众传递一种政治专制黑暗,官吏贪婪腐败,民众迷信狡猾的中国印象。早期的来华商人因为商业利益的得失,他们的成见影响了美国民众对中国的认识。

　　美国是个新教国家,美国文化模式可以用 WASP 来表示。清教徒们远涉重洋的动机有对美好生活的追求,却更强调主要是宗教本身的力量使然,有按照清教理想改造世界的义务。美国经过了两次宗教运动,导致对外传教团越来越受到重视,美国新教各教会开始将拯救灵魂的工作拓展到海外。由于自认为是上帝的"特殊选民",所以在传播基督教真理的同时,他们认为自己有责任对异教民族进行改造。

1829 年美国第一批新教传教士乘船离开纽约,开始了赴中国的传教史。但是赴华之初所面临的形势是严峻的,他们不敢公开行动,常常躲在美国商馆内,甚至锁上门秘密举行中文布道。新教传教士们以向中国传播西方国家的地理、历史的方式留存下来。

基督教主张"原罪"论,只有在现世信仰上帝,忏悔赎罪,才有望死后将灵魂升入天堂。儒家则崇尚"人之初,性本善",这种重大差异自然使中国人对基督教充满了怀疑。所以他们就只能通过向美国传输中国的人文、地理,再向中国介绍美国的社会、历史的方式来等待。

创办《中国丛报》的目的是为了给在华的西方人阅读的,所以撰稿人多半是在华的传教士,偶尔也转载英美报刊上的文章。后来该刊成为 19 世纪上半叶美国人了解中国的重要刊物之一。但该杂志始终坚持以"改变中国"为最终目的,向中国传播英美的文化,启蒙中国人脱离"半野蛮"状态。

在该杂志的主编之一雅裨理对中国社会的介绍中,法律的不公、刑法的残忍,以及残害女性等现象比比皆是,他声称中国是一个连基本生存权都保障不了的国家。认为中国没有能够提高人们道德水平的真理,所以,在雅裨理看来,中国人不信上帝令他不能容忍。因为雅裨理把所有看到的人与事,都用基督教教义加以评判,所以他眼里的中国形象很难有美好的一面。

雅裨理也用基督教的价值评判对中国的传统节日和中国人的外表进行描述。雅裨理如此看待中国,并且对中国人的体貌外观也看不顺眼。

美国新教传教士卫三畏对中国的描述也非常值得介绍。卫三畏于 1833 年抵达广州,开始了在中国四十年的工作生涯。最开始他的主要工作是编辑和印刷《中国丛报》,后来出版了《中国总论》,这是一部综述性和概论性作品,书中对中国的政治法律、教育制度、宗教信仰与社会生活都有较为详细的描述。

卫三畏为体现公允的态度,没有完全否定中国的政体和官制。卫三畏认为片面的认识常常是旅行家们的短见,只有在观察了中国律法在整个社会上执行的最终效果之后,才能公正地评判是否有效。

之后来华的美国传教士对卫三畏的公允之词,并不会全部接受,但认为中国的教育体系中确有值得欣赏的方面。美国新教传教士对科举考试制度所发挥的正面作用,也基本达成了共识。卫三畏认为这一制度是维持中国统一和政治稳定的最重要的因素,在一定程度上体现了中国政体的民主性。由于科举考试的最终目的是封官晋爵,不同阶层的人都愿意让子嗣接受教育,提高了全民的教育水平。卫三畏还认为中国学生读的四书五经不利于提高人们对世界的认识。针对八股取士,卫三畏也认识到八股文的刻板形式,加上儒家经典中的君权思想和保守观念,钳制了文人的心智。卫三畏对于中国传统教育,一方面,赞赏它的内在价值,另一方面又批评教育的陈腐和考试的机械。

卫三畏等美国传教士来华是为了传播福音,所以特别关注中国的宗教信仰情况。卫三畏认为,在中国,儒释道三教是并存的,最值得研究的是儒教。当然这并不意味着他对儒家学说持有欣赏和接受的态度,他只是对儒家的一些观点进行了有限的肯定,体现了公正客观的态度,但他看到的更多的是孔子及其学说的缺点,尤其是存在与基督教教义相悖的地方。为了证明基督教,他对儒学中所有不符合基督教原则的内容都给予了批评。

卫三畏在《中国总论》中引用了一篇写一个外国游客在华经历的文章,以此来说明中国人的观念。这位游客发现中国社会生活中每件事都是和西方反着来的。所以卫三畏评价道:中国人从小就受到了礼貌教诲,这让他们时刻都表现出文雅与亲切。卫三畏在分析中国人的性格上,认识到简化、丑化中国人形象的做法是不可取的。所以卫三畏认为要概括中国人的性格,是一件很困难的事情,卫三畏旨在摆脱西方社会流行的对中国人的一贯印象,但他并不能真正地坚守自己的客观写作立场,传教士立场决定了他的选择。他必须要找出中国人人品道德中的劣根性,来证明基督教改造中国人的必要性。他认为从表面上看中国人很有教养,然而中国人的天性中有堕落的一面。

早期美国传教士对中国的描述很大程度上得之于同中国知识阶层接触

的体验,源于对中国本土文献和英国人有关中国著述的了解。英国曾对中国的溢美之词对美国中国观的形成有一定的作用,但时代和教派的差异使后者不能完全认同前者的观点。为了变革英国的制度,英国的文人和作家曾将中国描述成一个美好的国度,尤其是孔子的教条更平易通俗,但英国的这些显然没有完全被美国新教传教士继承下来,他们认为中国全景图是压抑的,图中是专制的政治制度、闭关自守的政府、腐败贪婪的官员以及陈规陋俗。

二、美国二元对立的中国观思维模式溯源

西方现代文明兴起之后,"上帝的选民"所指成为从宗教改革运动中脱颖而出的新教徒。"预定论"是教义的核心内容之一,被选中者就是上帝的"选民"。加尔文教派想让英国清教徒在英国推进宗教改革,实现神圣理想,但很难为统治阶级所容忍。当英国王室对其迫害时,许多清教徒只好离开故土,来到北美大陆,成为后来的美国移民。他们宣称是为了宗教信仰才放弃国内优厚的生活条件。

清教徒宣称的这种"理想"成为北美人开拓新大陆的精神食粮。"他们被赋予优越的智慧和力量"。这样的话俯拾皆是,美国白人的思想意识受到很大影响。

北美大陆的第一批移民所带来的观念慢慢融合进美利坚民族意识的形成过程当中,形成"例外论"的思想。汉斯·科恩把其说成是"使这个新国家在各国中鹤立鸡群的思想",这样的观念在美国立国后更加体现出来。在美国人看来,固存于美国文化中的价值取向,体现美国"使命观"的一个重要内容——他们的祖先经过几个世纪的奋斗,终于形成了区别于其他国家的政治制度体制,是最能够保证民主自由的制度。所以以"自由与开明"的制度为基础,自然成为美国白人文化中的一个重要部分,成为干涉其他国家自由民主的最好借口。在美国文学中的体现是在对中国形象的塑造上,把自我的价值观强加给中国人。

美国在对中国形象的塑造方面体现出一种"选民"意识,一种东方主义的思维,其实在对欧洲的认识上,也存在着这种观念。早期美国人认为欧洲的专制、腐败、堕落凸显了美国在各方面的优越，所以美国的"例外论"最开始是针对欧洲的。

就像美国是根据自己的需要，想象出了一个中国形象一样，大部分美国人并不在意欧洲本来是什么样的，只是用欧洲的"黑暗"来反衬美国的"光明"。目的达成后，他们便开始如同欧洲人虚构美国一般来虚构欧洲，达到对自己身份的维护。

通过对美国欧洲观的探讨，说明美国自建国之初就形成用对立的态度对待外部世界，所以我们不过于强调美国文化对中国形象的塑造是如何丑化中国，因为这是美国对待世界上多数国家的根植于他们文化深处的方式。

第四节　美国华裔文化与中国文化

一、美国华裔文化——美国语境里的中国文化

美国威斯康星大学教授苏珊·弗里德曼指出："在美国，不但关于什么是美国人的观念在变化，关于美国的观念也在变化，甚至关于族裔认同也在变化。比如谁是美国华裔？"在身份认定这个关键问题上，我国读者和美国华裔作家常常出现意见分歧。在美国的语境里，中国文化指的是什么？文化认同又指的是什么？这些基本概念尚不明确。

在美国的民权运动和其他社会运动遍及美国的背景下，从不同的地区、在不同的时间、出于不同的目的，在全美开展了一场政治运动。在美国最早开设"美国亚裔研究"课程的旧金山州立大学和加利福尼亚州大学伯克利分校，就是在两次时间较长，且较为激烈的学生罢课之后，校方为了平息事端才开设了"美国亚裔研究"课程。

要破除主流社会造成的歧视性的亚裔的固定形象模式，就需要推出华人的新形象。亚裔认为重新发现自己的历史非常必要，因为历史能说明他们做过什么，了解过去有助于认识现在。他们发掘亚裔的历史是从社区做起的，通过收集历史文献、歌曲、各类招贴、壁饰、剧本、舞蹈、历史上的各种

协会的记录、档案、少数族裔的博物馆,以及通过其他的社区活动。

二、中国文化符号与美国的亚洲化

在 20 世纪,亚洲文化不但影响了美国的大众文化和精英文化,包括工业、食物、艺术、电影、宗教等方面,甚至已经开始改变美国人的思维方式和美国的价值观念。美国文化对其他国家的影响在世界各国都引起了广泛的关注,而其他国家的文化对美国的影响却往往没有引起足够的重视。

（一）美国华裔文化的族裔特征与文化特点

经人类学研究证明,文化与生物是分离的。生物同化指与另一个族裔通婚并生产,从而产生出新的族裔群体的过程。

如果用以上标准衡量,美国华裔的同化是全面的,而他们与中国文化的差异是明显的。譬如,中国文化强调自我节制、内省、束持、自检、中庸等价值观念,从而形成了汉民族阴柔内向、崇尚雅静的文化传统性格,而以赵健秀和汤亭亭为代表的当代华裔作家张扬个性,反对压抑自我,甚至追求刺激,具有明显的美国文化特征和西方价值观念。

（二）中国文化与中国文化符号

族裔文学中的族裔文化有着明显的商业因素,成为族裔文学的卖点之一。我们有理由认为,传统中国文化在华裔的作品中更多的是一种文化符号,其作用更像是为了表示作者的族裔特点,而并不代表中国文化所包含的价值观念。在美国语境中产生了完全不同的文化意义,从而只起到中国文化的文化符号作用。中国文化在用来颠覆美国大众文化中对华人的脸谱化形象的同时,也颠覆了中国文化所代表的中国传统文化价值观念。

（三）华裔的美国化与美国的亚洲化

美国华裔作品中的中国文化被广泛地认为是他们与中国文化认同的标志。文化不是固定不变的,特别是在全球化的今天,文化传播之便捷,使不同文化的相互影响或并存变得极为普通。许多学者认为亚洲已经影响了美国的大众文化和精英文化,甚至认为与亚洲日益增加的接触已开始改变美国的价值观念和美国人的思维方式。20 世纪 30 年代,中国的一位武术大师将太极拳带到美国。美国全国健康协会的图书馆中藏有两千多本有关中国中草药疗法的古书。有些美国艺术家为寻找新视野而来到中国或日本,他们沉浸在东方的文化中。美国的音乐和舞蹈曾受东亚的思想、习俗以及移民过去的作曲家和编舞者的影响。在 21 世纪之初,美国人民及其文化不再被认为仅仅是西方文明的产物。

20 世纪 80 年代初的多元文化教育,就是针对社会教育的需要而产生的。有的观点认为每个社会因文化因素不同而看上去相互不同。随后有理论认为原质文化可以提炼出来。正是由于其动态性质,社会的人因不同原因而有不同程度的变化,因为所有文化都包含有从其他文化中借用的成分。以领土为基础的文化论,在多元文化社会面临很大挑战。研究中国文化对美国文化乃至西方文化的影响,已经成为具有实际意义的课题。

三、美国华裔的族裔身份与中国文化

族裔身份由生理、地理、社会、文化、种族和国籍等因素决定。一百多年来,世界发生了巨大的变化,但是中国文化一直伴随着美国的华裔。在美国华裔文学中,华裔的族裔身份可以说经过了三次演变。中国文化对华裔族裔身份有着社会和政治的意义。

（一）在中国文化中找到归属感

美国华裔文学始于伊顿姐妹。其中的伊迪丝·伊顿（Edith Maude Eaton,1865—1914）被认为是在文学作品中第一个提出华人处于两种文化冲突之间的华裔作家。伊迪丝·伊顿笔名 Sui Sin Far,取自粤语的"水仙花"。伊顿生活在美国排华势力处于历史高峰的时代。伊顿一生都在与种族主义做斗争。令伊顿困惑的是,为什么她不是英国人,也不是中国人,而是一个非此非彼的"第三种人"。

（二）寻求两种文化之间的平衡

黄玉雪（Jade Snow Wong,1922—2006）是第一个被美国白人社会广泛接受的华裔作家。黄玉雪成为美国华裔文学史上有划时代意义的作家。她出生在一个以孔孟之道治家的家庭。父亲是一家之尊,要求儿女恪守孝道,对父亲唯命是从。黄玉雪生活在两种不同的文化中。黄玉雪认为中、美文化各有良莠,美国华裔应吸收他们中的优秀部分,摒弃糟粕部分,成为最好的。

在处理文化冲突时,黄玉雪也并不以非此即彼的西方文化式的对立方式来解决问题。黄玉雪认为华裔所需要做的是决定吸收两种文化中的哪些东西,从而取得平衡。

（三）华裔身份中的文化政治化

徐忠雄（Shown Hsu Wong 1950— ）的《家乡》（Homebase, 1979）是关于华裔在美国寻根的历程。主人公雷恩福特是个孤儿。他既不是中国人,也不是美国人,在中国和美国都没有家。

在汤亭亭的作品中,有比徐忠雄更多的中国文化。汤亭亭（Maxim Hong Kinston, 1940— ）是继黄玉雪之后又一位华裔名作家。身为华裔和女性,汤亭亭对华裔妇女及其他所有的妇女的身份最为关注。20 世纪 70 年代是美国的女权主义运动方兴未艾之时,1976 年《女勇士》的发表,无疑给美国的女权主义大长了威风。

文化政治化可以说是一个有美国特色的现象。人们对文化的概念原本是建立在其持续性和对传统的重视之上的。然而,19 世纪和 20 世纪中叶出现的现代主义和后现代主义改写了美国传统意义上的文化概念。现代主义反对秩序,即资产阶级秩序。

20 世纪 60 年代盛行的后现代主义,在现代主义反对资产阶级价值观和美国传统观念、准则的基础上,提出自由、解放等口号,对传统价值观一概否定。正因为如此,20 世纪 60 年代的美国目睹了史无前例地对种族主义、性别歧视、各种不平等关系、传统价值观念、官方秩序和权威等的挑战和反叛。

第二章　英美文学中的中国

第一节　乌托邦文学中的中国与中国人

一、《曼德维尔游记》中的传奇中国

就早期英国对中国的认识来说,想象多于知识。早期英国的中国形象是一些传说和猜测、事实与虚构混杂的介绍,曼德维尔(Bernard Mandeville, 1670—1733)的游记便是其中最典型的一个代表。曼德维尔是一位在文本中游历中国的旅行家,并没有真正到过中国。他于1357年著成的《曼德维尔游记》一书,实际上是一部虚构的小说。《曼德维尔游记》主要的资料来源于大百科全书《世界镜鉴》,这部书里收录了古代和中世纪许许多多关于地理学和自然史的知识及学说,为曼德维尔进行神奇的纂修活动提供了依据。曼德维尔在借鉴材料的基础上,利用自己的想象进行创造性的发挥,制造出一个神奇诱人的传奇中的国度。

在曼德维尔笔下,遥远的古代中国是一个富庶的国家。这里不出产小麦、大麦,但人们的食物多种多样,有大米、蜂蜜、牛奶、干酪、水果等。这里有着富丽堂皇的宫殿,宫殿的厅堂十分壮丽,餐桌以黄金镶边,缀满钻石和珍珠。

大汗统治下的国家秩序井然,虽然大汗的国土广袤无边,但整个国家却管理得井井有条。游记中关于大汗的描写是最吸引欧洲人的地方,他是世

界上最有权势的君主,连欧洲的长老约翰也不如他伟大。曼德维尔关于大汗的叙述颇似基督传奇,显示着本土传统文化对异域文化强大的归化与认同。

曼德维尔游记中的古代中国很大程度上是一个幻想中的中国。曼德维尔对契丹的财富与君权的渲染,为英国人提供了一种超越的尺度。中国的富饶与英国的物质贫乏、大汗的权威与英国教权王权的分裂。不同文化之间的交流和利用是世界历史发展的动力。

曼德维尔游记中的古代中国也是一个物质化的中国,大汗治理下的领土最大的魅力在于其物质方面的繁荣。如果不改变基督教蔑视财富的思想观念,资本主义就不可能发展起来,物质化的中国形象给英国萌芽期的资本主义的发展注入了力量。富庶的大陆和强大的大汗形象给此时英国刚刚萌芽的新时代精神及绝对主义君主政治很多灵感,将最初萌发的君权理想寄寓在关于大汗的天方夜谭式的描述里面,保证世俗精神的发展。

曼德维尔的声望持续下来,他的游记作为故事书在18世纪仍在重印,在整个19世纪持续出售,他用一种神话式的、辉煌灿烂的东方幻想充实了英国乃至整个欧洲民众的想象,一度成为他们渡过苦难的福音。由曼德维尔开启的繁荣富庶的中国形象在英国以各种方式长期留存下来,在文学和哲学方面产生了不可忽视的影响。

二、异国情调作品中的奇幻与怀旧中国

异国情调可以以不同的形式,比如异国的器物、奇特的人文景观等呈现于作品之中,服务于书写者不同的目的和需要。总的来说,文学中的异国情调表现出一种对异域文化的利用,反映了文学家寻求认识异质文化、了解他者的愿望。

柯勒律治(Samuel Taylor Coleridge,1772—1834)的残诗《忽必烈汗》以其奔放不羁的想象力和香馥浓郁的异国情调,为后人交口称赞。《忽必烈汗》是天才的诗章,虽是个残篇,却美妙无比。柯勒律治适逢浪漫主义文学运动如火如荼的时候,他那富于幻想的个性特征与时代精神极为契合,写出《忽必烈汗》这样充满奇幻色彩的诗章也就不足为奇了。诗人生动地描摹出皇

家着宫院的风貌,给人以强烈的真实感。浪漫主义诗歌的一个重要特征在于托物咏志,用含义朦胧的事物寄托思想感情,《忽必烈汗》亦复如此。诗人的想象力将各种物象吻合成一体,一种浓郁的生命氛围跳入眼帘,并且在这一生命图景中,还因艾弗圣河带给人一段浪漫凄婉的爱情故事。

诗中第三节的主要形象是抚琴的少女和受灵感驱动作诗的诗人,在这里,诗人是在把想象中构筑的艺术大厦同忽必烈汗下令修建的行乐之宫相对衬,表达了诗人对艺术的赞美和对物质享乐的鞭挞。

曼德维尔游记中对大汗威仪的渲染激动了一代又一代的西方人。通观全诗,主题若隐若现,节奏韵律变幻不定,充分体现出梦幻的性质。在艺术创作上,这个遥远的异域之邦对文人的诱惑力仍不可低估,不断地激发着西方人强劲的想象力,更投合了浪漫主义诗人追求宏大气势的心理,经过柯勒律治想象力的雕琢和异国情调的涂抹,被古往今来的文人墨客一次又一次地膜拜。

柯勒律治的《忽必烈汗》首先是对自己政治抱负和艺术追求的一种表达,其次也反映了当时一些对东方充满神往的西方人的共同心声,因此,诗作一经发表,便风靡一时。尽管在18世纪以后,西方人开始了对中国的恐惧和敌意,但柯勒律治摒弃了当时西方人因对东方不了解而产生的恐惧,以非凡的理解力,将现实生活与文学阅读相拼合,移入一幅幻想的图景。《忽必烈汗》打开了一度阻隔在东西方之间的大门,把西方人神往的东方"乌托邦"展现在他们面前,将这种非凡的冲动宣泄出来。

查尔斯·兰姆(Charles Lamb,1775—1834)是19世纪初期另一位用饱满的异国情调来描写中国的英国散文家。兰姆是一位颇具浪漫主义色彩的散文家,他对中国文化了解不多,也从未到过中国。兰姆对中国瓷器怀有一种女性般的偏爱,对中国的佳肴——烤猪更是赞不绝口,在《烤猪技艺考原》这篇美文里对中国的烤乳猪进行了玲珑剔透的描绘,读后令人回味不已。

"回忆与怀旧"是兰姆作品的总主题。兰姆性情耽于冥想,怕碰现实,这种性格使他成为一个古董收藏者,他酷爱中国古瓷上那些充满异国情调的生活画面,他正是通过古瓷器上的画面来认识中国的,古瓷是他想象中国的激发物。从16世纪开始,中国逐渐为欧洲人所知,中国的器物如瓷器、漆器、丝绸也随着贸易的商船被运到欧洲。欧洲人之所以喜爱中国的瓷器,除了光洁细腻的质地以外,精巧的图案也令西方人陶醉。

兰姆在《古瓷》的开头就说他对古瓷器有一种"女性般的偏爱",借助这些瓷器上的画面,再配上自己的想象,兰姆构筑了一幅恬淡、优美的中国图像。中西绘画有着截然不同的技法和欣赏标准,由于技法和欣赏观照的方式不同,西方人对中国的绘画多持批评态度,但兰姆对缺乏透视原理的中国绘画并不反感,他对中国瓷器上的画面充满了惊喜和欣赏。

对兰姆来说,中国最值得炫耀的瓷器代表着中国悠久的历史和辉煌灿烂的文明。兰姆每次用中国瓷茶杯喝茶时都能感觉到中国的存在,并且将中国瓷器上的画面当作中国的实际情形来看待。兰姆由于身处西方的时代氛围里,他笔下的中国形象不自觉地打上了深层民族心理结构的烙印。

兰姆另一篇有关中国的美文是《烤猪技艺考原》。兰姆将这篇有关烤猪的散文写成经典,和他那点石成金的文采密不可分,同时也和他乐观旷达的人生态度息息相关。他善于以一种区别于常人的视角来思考问题,许多可能令普通人忧愁烦闷的事情,他都轻松随意地就过去了。他无论看什么,心中总是满怀情趣,他相信只要用心去品味,就能散发出很有意思的情趣来。赋予普通的事情以诗情画意,这也是他能够将烤猪写成一篇美文的原因之一。

兰姆生活在欧洲的中国形象由美好变得可憎的时代潮流中,与浪漫主义作家推崇抒发真实感情相反,中国人用冷漠掩饰真实感情的流露。其实中国人的这种性格是一种民族特性的表现,也是中西差异的一个方面。西方人由于对中国人的性格特征缺乏了解,武断地得出中国人难以捉摸、不可理解的结论。极富盛名的狄更斯也在他的《匹克威克外传》中对中国进行了嘲讽。

三、香格里拉:地平线上的理想家园

乌托邦小说的故事情节相对简单,从时间维度上来讲,乌托邦文学是在描述一个过去曾经存在,而现在业已消失的美好社会。从主题来说,乌托邦小说表现出不妥协的批判精神,来表达对现存制度与社会的质疑与批判。

从艺术手法上来讲,想象是这类小说建构故事的一个重要特征,与现实社会有着显而易见的距离与对比,来警醒世人及早发现现实生活中的缺陷,以积极的态度,避免反面乌托邦的到来。詹姆斯·希尔顿(James Hilton,1900—1954)的长篇小说《消失的地平线》是一部值得我们探讨的典型的乌托邦小说,而且这部小说将一个理想的乌托邦安放在中国。

英国小说家詹姆斯·希尔顿的长篇小说《消失的地平线》恰逢第二次世界大战风雨愈来的时候完稿,小说在英国伦敦一出版便引起了轰动,不久获得了英国著名的霍桑登文学奖。

《消失的地平线》是一个美丽、悠远、安然、闲适的世外桃源。在危机重重的年代,这一美好、宁静、和平、富足而又充满异国情调的人间乐园,迎合了西方人的追求和对东方世界的想象。1936—1937 年间,美国哥伦比亚电影公司用巨资买下了该书的电影拍摄权,将《消失的地平线》拍成电影,把人们引入到一个从未见过的神奇世界。经过半个多世纪的苦苦寻觅,终于将云南迪庆藏区确定为当之无愧的香格里拉,它是一个希望,也是一种力量,是激励人们在坎坷的人生之路上艰难跋涉的信念与力量之源。

希尔顿的小说《消失的地平线》是一个美丽、神奇的虚构故事,是一个宁静的神话世界,一个诱人的乌托邦。西方传说中的中国的富足、宽容、和平、神秘等,都被编织进了小说当中。虽然希尔顿从未游历中国西南部的名山大川,但他笔下金字塔般的雪山、花园似的香格里拉寺却逼真传神。一个美妙的想象中的世界,再配上现实中确凿的背景,使小说显得亦真亦幻,充满迷人的魅力。

香格里拉的风景异常优美,是一种山势雄伟险峻、谷底富丽堂皇的宏大、浓烈之美。更令人称奇的是,在这么一个交通不便、鲜为人知的天边外,却有着最为现代化的设施。香格里拉的藏传佛教寺院里设有中央供暖系统。这里尽管闭塞,但对外面世界的发展仍很了解。

这里没有战争,没有纷扰,有的只是和谐、宁静、闲适与秩序。这里的人奉行适度原则,香格里拉的人认为任何宗教都只能有适度的真理。中国的适度原则深得希尔顿的赞赏,他在小说中多次提到这一点。他更加强调节制,是因为西方人对物质的追求,导致了西方社会的动荡和人类文明的毁灭,而香格里拉却是一个有节制的社会,那里的人们和平、富足、长寿。长寿也是作者希尔顿一再提及的问题,希尔顿想通过人类青春的延续,希望人类的文明长盛不衰。在这一过程中,人会从情欲的享乐步入节制,逐渐失去对情欲和食欲的渴求,获得安宁、悟性、成熟、智慧、文雅、从容,还有清晰的记忆、灵魂和情感的净化。

乌托邦的完美时时刻刻昭示着现实的残缺、混乱,乌托邦是对当下、对现实的超越。在《消失的地平线》中,作者用宁静、奉行适度原则的东方乌托邦,与当时西方世界的衰败和无止境的贪欲形成对比。20 世纪的第一次世界大战,不少西方文化人对人生、对人类失去信心,西方文明进入了黎明前的黑暗。在西方人精神遭受涂炭的时刻,东方乌托邦降生了。詹姆斯·希尔顿笔下的香格里拉和蓝月谷正是现代人追求的人间天堂和逃避灭顶之灾的终极之地。

第二节　散文作品中的中国与中国人

一、自我批判与自我超越的典范中国

伯顿(Robert Burton,1577—1639)认为中国是治疗欧洲的灵丹妙药。钱钟书先生通过对英国文学中的中国形象的考察,得出以下结论:"如果此项研究是正确的,那么在 18 世纪的英国文学当中,中国就失去了原有的辉煌,不再有值得让人羡慕的荣光。"博学之士罗伯特·伯顿就是支撑起这个顶点中重要的一位,他向世人提供了医治整个欧洲的灵丹妙药,那就是模仿中国。

16、17 世纪,新旧教派之间激烈交锋,16 世纪末期建立和谐世界的理想已经消失,社会风气和文学创作中有一种挥之不去的忧郁。伯顿四十年如一日,写了《忧郁的解剖》,将世上所有的内心矛盾都归结为忧郁症,认为政治开明的中国是可以效法的榜样。

伯顿深受《利玛窦中国札记》的影响,对中国的人才选拔制度非常赞赏。

他在《忧郁的解剖》中说在中国有三种重要的考试,这些考试不问门第,任何人一旦中第,都能进入国家的管理阶层,人与人之间上下有序,大臣忠于皇上,全国秩序井然。伯顿在《忧郁的解剖》中这样描述中国科举选拔人才:"他们政治上的显赫是因为品德的高尚。"

伯顿对中国的称颂是同他对英国社会的批判分不开的,伯顿借中国文化,对英国贵族的不务正业进行了讽刺和批判。伯顿运用对比的手法,批评英国人的懒惰无为。

英国人是非常容易产生偏见的。英国人认为不论一个人的地位如何显赫,如果有种族偏见,那么他就没有资格做一名绅士。

应当既不骄傲自满,也不固执拘泥;既不固守制度,也不只熟悉一门学问;他的头脑里应当装着各种各样的知识。18 世纪英国散文家哥尔斯密(Oliver Goldsmith,1730—1774)的《世界公民》里来自中国的李安济是一位哲学家。李安济没有描绘一座座的建筑物,没有谈论花多少钱买多少东西,他关注的始终是精神层面的东西,是只有真正了解,才有可能在各个方面借鉴的民族的东西。

在各门学科上,欧洲人不知道中国人另有其专长技术。很多中国人不但研究学习民族的学问,并且对西方国家的文学也非常熟悉。中国的学术不仅了得,政治和道德更加令人钦佩。哥尔斯密主要是要借中国文化对英国社会的各方面进行批评。

《世界公民》中很多地方对中国不吝赞美,如中国人理性宽容,中国学术风气浓厚。

二、哲人王与文人英雄的中国

哲人王通过对中国的哲学思想、政治制度的研究,发现孔子的思想在中国创立了一个开明的君主政体,用仁爱来治理国家,定型化话语"哲人王"便诞生了。散文家沃尔特·塞维奇·兰陀(Walter Savage Landor,1775—1864)和托马斯·卡莱尔(Thomas Carlyle,1795—1881)在他们的作品中,塑造了"哲人王"和文人英雄的形象。

沃尔特·塞维奇·兰陀的散文作品《想象的对话》中,其中一篇是中国皇帝在与派到英国去的钦差庆蒂之间展开的。这部分是兰陀虚构的,他是借中国人的眼光观察英国社会,颇有哥尔斯密的遗风。

《想象的对话》是兰陀创作的精华,都是著名人物的戏剧性对谈,但并不是依据史实,将不同时期的人物放在一起,一些事件完全是虚构。虽然情节松散,但不乏妙语格言,再加上浪漫的文风,是英国文学中的瑰宝。

兰陀用中国的赏罚严明对照英国。英国的奖罚制度在兰陀眼里是让人失望的。

兰陀用中国的科举制度来批评英国的贵族世袭制。他注意到英国的世袭制的不合理性,这是通过庆蒂告诉他有关英国的情形时展示出难以置信所表现出来的。这一点早在马戛尔尼使团访华时就意识到了,但到了兰陀生活的时代这种状况依然没有什么大改变,所以兰陀通过文学作品进行呼吁也就十分必要。

兰陀用中国帝王的哲思批评英王缺乏修养。中国的皇帝一般很注重自己的文武知识,他们饱读诗书,以文韬武略治理着文明帝国。中国的康熙皇帝和法国的路易十四是同时代的人,路易十四骄奢淫逸,而康熙皇帝好学不倦,他礼贤下士,施行仁政,这些都显示出他是一位哲人王式的君主。在兰陀的想象里,中国的皇帝都是枕着书籍入睡的。了解了英国不合理的制度以后,庆蒂给他描述英王就寝时别人为他读书,庆蒂却说从来不叫任何人读诗,进餐时也没有人"为他背诗"。庆蒂又告诉中国的皇帝——英国的王子们喜好古老的瓷器,他们都根本不算是出色的诗人。在兰陀眼里,中国皇帝既是诗人也是哲学家,井然有序地治理着一个文明古国。兰陀在对英国时政的批评中流露出他的忧思,在借中国镜鉴自身的同时,也表露出想变革英国社会体制的愿望。

卡莱尔是英国维多利亚时代享有盛誉的文坛领袖、著名的散文家,著作借古讽今,针砭时弊。他倡导文人英雄的智慧,对中国的科举取士颇为赞赏。国学大师梅光迪称他是中国文化的一个西方知音。

卡莱尔不是专门研究中国文化之人,对中国文化只是信手拈来,来印证他的政治主张和哲学观点,寄托自己的哲学理想与政治抱负。

卡莱尔崇拜英雄,认为英雄是广泛意义上的先知。卡莱尔做了一系列的演讲,《英雄和英雄崇拜》就是他的演讲汇编。

卡莱尔崇拜旧日的英雄,目的是抨击英国政治制度中的弊端。19世纪,在英国形成了政党分肥制。这种制度使他们庸碌无为,甚至卖官鬻爵获得一官半职。升迁是靠关系或资助,全国上下弥漫着腐败之风。卡莱尔从崇拜英雄出发,认为社会进步靠教化和引导更为重要,所以呼吁建立知识阶层统领社会。

卡莱尔在《过去与现在》中把贵族分为"勤劳的贵族"和"懒惰的贵族",他说劳动就是生命,工作是人的灵魂寄托。

卡莱尔因为钟情中国文化,所以十分不满英国在华的行为。1852年春,一位朋友给了他一本《VOR西藏中国游记》。虽然接触的中国书籍不算多,但卡莱尔交游甚广,从中获得不少有关中国的知识,他对中国的好感是基于他所了解的中国的知识。

三、东方主义视野中恐怖与停滞的中国

托马斯·德·昆西(Thomas De Quincey,1785—1850)说:"如果让他生活在中国的方式和景物之中,准会发疯。"

德·昆西认为鸦片既是进入天堂的钥匙,也是把人推向地狱的鬼魅。他自叙其接触鸦片的原因是面部和头部风湿痛及胃病。他从小就养成每天用冷水洗头的习惯,突然牙痛,他归因于是习惯偶尔中断导致的,所以,他把头浸在冷水里,湿着头发睡着了。第二天他的头部和面部出现令人难忍的风湿痛。一天,他外出碰到一个熟人,向他推荐鸦片,由此他迷上了鸦片,他第一次吸食鸦片是为了减轻剧烈的痛苦。德·昆西从小就有文学天分,但七岁丧父,被送进各式各样的学校。在曼彻斯特文法学校就读时,德·昆西的身体状况不佳,难以忍受,要求转学,遭到反对,于是离校出走。出走后他在社会上过着饥肠辘辘的凄苦生活,他曾因贫病交加昏倒在伦敦街头,直到自己支配父亲的遗产后才过上正常人的生活。但少年时代的胃病却潜伏下来,使他痛苦不堪,只有鸦片对他的胃病可以起到作用。所以,德·昆西对鸦片的依赖与单纯寻乐的吸食者有着本质区别,他在《瘾君子自白》中对吸食鸦片带来的痛苦进行了真切的描绘,从文学的功用上来看,也不是诱人堕

落的"毒书"。

只有疾病缠身的人才能深切地感受到健康的可贵。第一次服用鸦片后,使德·昆西终生难忘,他曾用能想到的所有的最好的词汇对其大加赞叹,德·昆西由此而对鸦片大唱赞歌。

在德·昆西看来,酒会扰乱人的智力,而鸦片如果服用得当,可以给人们带来完美的秩序,鸦片会给全部官能以安静和平衡。

鸦片确实有一定的药用价值,德·昆西对鸦片的赞歌从医学角度来讲有一定的道理,但如果将这些作为主张向中国输入鸦片的借口的话,就会让人理解为别有用心了。

鸦片虽然能使人精神兴奋,但随之而来的则是意志的消沉。德·昆西叙说鸦片对人的智力、官能的损害,他痛苦地说道:"我的研究已经中断很久了。"

随着鸦片瘾的增强,昆西在后来的许多年一直被恐怖的噩梦所缠身。肤色代表着种族文化,对马来人外貌的描写中有着德·昆西的种族歧视。给马来人开门的英国女仆的外貌与马来人形成鲜明的对比。这位马来人不能表述自我,德·昆西却用《伊利亚特》中的诗句,与他应答,并且马来人求见德·昆西的态度极其谦卑。我们可以看出德·昆西的思想:在物质上要掠夺东方殖民地,东方在政治上也要臣服于西方。

19世纪,在西方人眼中马来人和中国人都是鸦片烟鬼。这位马来人吃下了可以毒死三个骑兵和坐骑剂量的鸦片,让德·昆西大为惊愕。这些看法也构成德·昆西理解亚洲形象的心理定式。

黑格尔认为理性和自由的太阳还没有在中国升起,德·昆西对东方性的体验从实践上印证了黑格尔对中国东方性的哲学论证。

在德·昆西笔下,东方是一个整体。休谟等人的中国停滞说,让德·昆西具有强烈的种族优越感,东方人不能感受西方人感受到的痛苦,也不能获得西方人所感受的快乐。

鸦片暗示着某种东方性,鸦片在中国的形象,帮助西方完成自我认同以及世界秩序。黑格尔认为,中国与欧洲代表了世界地理方位上的东与西,世界秩序体现在中国与西方代表的一系列的对立范畴之中。这种中西方对立意味着价值秩序,在历史的进步过程当中,最终将克服东方性。因此德·昆西将西方称为"地球的我们这边",把东方称为"地球的他们那边"。

鸦片战争前夕,德·昆西支持对中国发动战争。他在《布莱克伍德》杂志上不仅主张"要以惩戒的态度"发动战争,还要派一位大使率领 14 000 名特遣部队,迫使中国皇帝屈服。并污蔑中国人"是一帮死气沉沉的乌合之众。……中国没有生命活力……"对于英国来说,中国是一个理想的鸦片销售市场。

西方人普遍认为中国人痛苦麻木,无力统治别人,在道德上无可救药地野蛮。德·昆西在寻找向中国发动侵略战争的借口时,找出 1785 年英国海员因打死中国人而被处死,在五十五年后极力要向中国讨还血债。因为找不到更多借口,蛮横地说因为中国禁止从英国进口鸦片,中国人就该受惩罚。而对于中国人在战争中战败、割地、赔款只能是咎由自取。在他眼里,中国是一个没有生命力的国度,没有什么值得一提。

他们认为中国人和南美、西南非洲土著人以及美洲印第安人是一样的,都属于"下等人"。西方人借"科学性"对东方文化和东方人进行长期系统的研究,然后不失时机地做出价值判断。德·昆西对中国人的看法和评价极有可能是受到了这种影响,可以看出他是一个对中国充满偏见的英国作家,因他自己家庭的遭遇而转变为一种憎恨。鸦片战争期间,他的儿子因发高烧于 1842 年死于广州近郊,从此,德·昆西比任何时候都更加憎恨中国。

第三节　美国边疆故事中的华人形象

18 世纪西欧各国通过耶稣会士的报道,将中国描述成一个由开明君主治理的人间天堂时,美国仅仅从波士顿倾茶事件中模糊地了解到中国的身影。但自 19 世纪 40 – 50 年代起,情形有了改变。第一批进入美国的华人移民多在加利福尼亚登陆,这主要是因为 1848 年加利福尼亚发现了金矿,立即引起世界轰动,迅速形成规模空前的淘金热,华人也被这块金色的大陆所吸引。

　　美国主流文化中的华人形象是"苦力"：他们身材矮小，不讲卫生，且携带疾病，行为上不仅畏缩、被动，而且狡诈、不诚实。他们长相上看不出多大差别，一样的长辫子，一样颜色、一样布料的衣服。此外还有一种持久的特征，这就是在美国白人看来，华人令人难以捉摸、不可思议。

一、马克·吐温的《苦行记》

　　马克·吐温（Mark Twain，1835—1910）是 19 世纪美国作家中较为关注中国的一位现实主义作家，他早期的小说、随笔、戏剧都曾谈到华人和中国问题，后期的杂文、演讲中也有对西方侵华势力的讽刺和批判。另一方面，与同时代的大多数作家一样，马克·吐温在观察中国和华人时也不可避免地带上了好奇、偏见的有色眼镜，以自身的文化认同为旨归，将中国作为一个他者，来反省自身。

　　马克·吐温有一部半自传体作品《苦行记》（Roughing It，1872），该作品以幽默、夸张的笔法，记录了他 1861—1866 年间在美国西部的冒险生活。马克·吐温出生于密西西比河畔的小城汉尼拔，19 世纪 60 年代初，为了寻求写作素材和发展机会，他来到美国西海岸，在内华达和加州第一次见到了中国人。

　　作为从未到过中国的青年作家，吐温对中国和中国人的描画必然要受到自身历史文化语境和社会心理需求的制约，带有某种先入为主的文化成见，带有对中国和中国人的误解、隔膜和偏见。但马克·吐温很快就对在美国西部遭受迫害的华人表现出深厚的同情，同时也以犀利的笔锋对美国的制度和法律进行了讽刺和批判。

　　1863 年，马克·吐温来到华人集中的旧金山，亲眼看见了白人对华人的侮辱之后，他表现出的则是难以抑制的愤慨和对华人命运的同情。同年，吐温在《纽约星期日水星报》上发表了《该诅咒的儿童》一文，抨击一群受种族主义毒害的白人儿童欺负无辜华人的事情。由于当时反华势头日盛，吐温对华人的同情态度遭到非议，登载《该诅咒的儿童》这篇文章的《纽约星期日水星报》也受到谴责，此后有两三年的时间，该报拒绝采用马克·吐温的稿件。1870 年，马克·吐温一吐自己对美国白人迫害华人之愤怒的机会终于来了。这一年另一位关注华人命运的美国作家布勒特·哈特发表了《异教徒李顽》，里面描述了中国少年李顽被一群主日学校（SundaySchool）的学生活活打死的事件，引起了当时社会上一些对华人持同情态度的人士的关注。

《对一个孩子的可耻迫害》叙述一个出身于上流社会家庭、衣着讲究的男孩，用石头砸伤了华人而被拘捕的事件。文章标题中的"可耻迫害"显然是正话反说，善于运用讽刺手法的马克·吐温在这里有意模仿上层社会白人的愤激口吻，抗议旧金山警察对一个白人孩子的"迫害"行为，要求无罪释放那个白人少年。马克·吐温一针见血地指出，孩子之所以这样做是美国的教育和他父母潜移默化的结果，是因为他认为，华人没有什么权力必定能得到什么人的尊重，也没有什么悲伤必定能得到谁的同情；谁也不喜欢华人，谁也不与他们为友，只要能使他们受罪，就决不会轻易饶过他们。无论是谁，个人也好，社团也好，甚至州长阁下自己也好，都齐心合力，憎恨那些卑微的陌生人，侮辱他们，迫害他们。让警察拘捕白人孩子，这只是马克·吐温的虚构，在现实生活中，美国的法治机关是不会秉公这样做的，他们只会为一丁点儿小事，甚至以莫须有的罪名将华人关进监狱，而对华人遭受的迫害，则视而不见、听而不闻。

1870 年，马克·吐温还开始在《银河系》上连载他的另一篇关于中国人的小说——《哥尔斯密的朋友再度出洋》。哥尔斯密我们前文提到过，他是18 世纪英国一位重要的散文家，著有《世界公民》一书，用书信体裁借中国人李安济的眼光来观察英国社会，利用中国的故事、哲理、箴言讽喻英国的道德风尚。

此后数年间，马克·吐温在政论、杂文、演讲中继续坚持同情中国人，批判美国社会的立场，写出了《19 世纪向 20 世纪的祝词》（1900），《致坐在黑暗中的人们》（1900）等杂文和演讲《我也是义和团员》（1900）等。

通过以上对马克·吐温创作文本的分析，可以明显地看出他是站在同情中国和中国人的立场上的，但这种同情又不可视为他对中国人民独有的感情，实际上他对所有受欺压的弱小国家和群体都怀有这样一种情感。因此，对中国人民声援的政论文章，仅仅是马克·吐温富于人道主义精神创作的例子之一。作为土生土长的美国作家，马克·吐温对自己的祖国无疑怀有深厚的感情,他对美国社会的批判实质上是出于爱国主义和民族主义的立场,马克·吐温痛恨专制,推崇文化相对主义,他对美国种种辱华行为和侵略行径的抨击是在一次次地给本国民众和政府敲响警钟,而不是出于捍卫中国的目的。中国现代人的命运在马克·吐温眼里也不是作为一种文化现象,而是一种社会现象,是他倾毕生之力指责人类不公正的一个有力佐证。虽然他对在美华人的遭遇充满了同情,但他对中国并没有多少特殊的情感,只是将华人视为同黑人、犹太人一样无助可怜、值得同情的弱小群体,从根本上来说没有超出当时美国主流社会将华人视为与欧洲白人截然不同的"他者"这一定式。

马克·吐温虽然对当时流行的"黄祸"发表过自己不同于时流的见解,但他意识深处仍有"黄祸"隐忧,认为帝国主义的行径终将导致中国的觉醒,而东方一旦掌握了西方社会的文明、技术后,就会摆脱殖民者的控制,使西方国家走向毁灭。

马克·吐温的这个寓言小品非常清楚地反映了当时西方人普遍存在的一种"恐华症"。这种"恐华症"的源头很可能源于1816年身陷囹圄的拿破仑在科西嘉岛上接见一位曾派驻中国的英国使者时讲的一句话:"中国一旦觉醒,世界将会震动。"当时很多西方人认为,中国正在觉醒,学习西方走现代化的道路,而一旦中国实现了西方的现代化,将会对包括美国在内的任何对手形成压倒性的优势,带来西方文明的灭亡。在这种背景下,一些西方人士鼓吹应该阻止中国向现代化迈进,永远使中国保持落后状态。其实这只是一种妄想症,妄想中国人因曾受到西方人的虐待,就会以侵略行为对西方人实行报复。

二、布勒特·哈特的《异教徒中国佬》

布勒特·哈特(Bret Harte, 1836—1902)是19世纪以描写美国西部而闻名的作家。他生于美国东部,1848年加利福尼亚发现金矿的消息传出后,数以万计的美国人从中东部蜂拥到西部,哈特也来到了这里。1868年,他的短篇小说《咆哮营的幸运儿》在《陆路月刊》上发表,旋即轰动美国。次年,另一篇短篇小说《扑克滩放逐的人们》问世,更使他蜚声海外。

　　"异教徒"最初是基督徒对非基督徒的称谓,本质上只是表示信仰的不同,不是什么贬义词,但在美国人的偏好解读下,这个词带上了"善恶分野"的内涵。一旦这种心理得不到满足,便视华人为劣等人种,中国人的智慧也带上了妖魔化色彩,就像阿新的牌技一样不可思议。哈特的《异教徒中国佬》使中国人和异教徒牢牢地联系起来。

　　尽管哈特创作《异教徒中国佬》的目的是要讥讽自己同胞的贪婪,对远离故土,在美国备受捉弄、殴打的华工表示同情,但他的白人读者却将其主要解读成对华人的讥讽和嘲弄。哈特本人对西方公众的误读感到可笑,并对由此而给华人带来的伤害感到内疚,便想在此后的创作中做些弥补,于是另一篇关于华人的短篇小说《异教徒李顽》诞生了。

　　在哈特有关华人的作品中,写得最哀婉动人的当数《异教徒李顽》。主人公李顽的故事按时间顺序分三阶段讲述。第一阶段发生在 1856 年,那时的华人和白人基本上相处融洽。小说的主人公李顽是"在内廷变戏法的老王"的大儿子,华商辛和(Hop Sing)邀请老王为几个尊贵的美国客人表演,美国人看了表演之后很赞赏,高兴之余就认老王的儿子为教子。第二阶段是九年之后的 1865 年,由于李顽的"性命目前正受到旧金山文明学校里一些很有教养的文明子弟的威胁,而遭到了危险",辛和把李顽送到朋友所在的报馆去当学徒。但聪明而又淘气的李顽常常搞一些恶作剧。第三阶段是在两年以后,这时候的种族关系已经变得相当严峻复杂。李顽被带回旧金山,进入一所教会学校学习,并和房东家的小女孩建立了亲密的友情。……在一次暴力袭击中,李顽被一群半大不小的小伙子和基督教学校的学生们用石头砸死在旧金山的街道上。

　　在这个故事里面,哈特讽刺的笔触部分放在那些信奉基督教的美国人以基督的名义犯下的罪孽上。哈特的父亲信仰天主教,母亲信仰新教,但哈特感到母亲的新教不能给人以鼓舞,父亲的天主教也无助于解决实际问题。哈特一生都坚持这种观点,当然,在《异教徒李顽》中这种思想也有明显的流露。白人女孩和黄种男孩能够毫无芥蒂地亲密友爱,十字架和菩萨像两相辉映,说明在哈特心目中中西两种信仰、两种文化并非不能共容,这是哈特美好的理想,至少是他良好的愿望,正因为如此,他在小说中才对李顽的死渲染得如此悲凉,对种族主义的愤慨使他突破了惯常所用的无动于衷的态度。

虽然哈特对华人移民所遭受的不公平对待表示同情,但他又是带着好奇的眼光来看待华人的,将华人视为诡秘的异教徒:漠然的面孔、怪异的装束、灵巧的肢体、神秘的特征和整体上的难以捉摸。贯串《异教徒中国佬》始终的是华人所谓的表里不一、不可捉摸,他们整日面无表情,对什么都无动于衷,生活在迷信和诡秘之中。

而在《异教徒李顽》中,哈特对华人的诡秘性做了更深层次的揭示,特别是中国的民间文化——变戏法,其中小李顽在魔术表演中的神秘现身,则是最激动人心的一幕。在观众焦急的等待中,表演魔术的地下室里安静极了,甚至能听到大街上的钟鸣声和偶尔驶过的马车的嗒嗒声。

中国人的沉默寡言也是哈特有意放大的一个方面。远渡重洋来到加利福尼亚的华工,最初几年由于补充了美国西部劳动力的短缺,带来了精湛的手工艺,赢得了白人的好感,被称为“天朝的子民”。但好景不长,随着金矿的采尽和贯穿美国东西的中央太平洋铁路的完工,华人很快被视为与白人争夺工作机会的异类,他们迥异于美国白人的习俗、穿着、语言和行为习惯也成了遭受攻击的借口。

在美的华人沉默寡言,一方面是出于在排华处境中保护自己的愿望,避免祸从口出而三缄其口;另一方面也是中国的文化传统赋予中国人的一个重要性格特征,和中国人生活在一个尊重等级制度、重视家庭内部和谐、强调以中庸之道处理事务的环境中有关,这是中西文化差异的一个重要方面。但惯于以自己的标准评价别人的西方人,由于对中国人的性格特点缺乏了解,武断地得出中国人难以捉摸、不可理解、不愿沟通的结论,并借此排斥、攻击华人。

中华民族是一个智慧的民族,早期的华工用自己的聪明才智为美国的铁路修建做出了巨大贡献,但就连哈特这样对华人怀有同情的作家,也不能正面表现中国人的智慧。对哈特来说,美国不是大熔炉,而是充满令人不安的甚至暴力因素的对抗之地,他虽然无意为华人辩护,但《诚实的詹姆斯的老实话》确实有“对白人背叛行为的轻松揭露”,从《异教徒李顽》里面也可以读出对"以武力杀害手无寸铁、毫无反抗能力的外族人"的谴责。

三、比尔斯"魔鬼辞典"上的中国词条

安姆布洛斯·比尔斯(Ambrose Bierce,1842—1914)是一位在美国家喻户晓,但不为中国读者所熟悉的美国作家,同时也是新闻专栏作家、讽刺作家和评论家。比尔斯曾以诙谐、社会评论与短篇故事闻名美国西海岸文坛,获得了"辛辣的比尔斯"(Bitter Bierce)的称号。年轻时从事新闻工作的经历使比尔斯目睹了在美华人所遭受的种族歧视和极为不公平的待遇,作家的良知加上讽刺的风格使他在"黄祸论"愈演愈烈的情况下,写下了抨击美国白人敌视中国移民的讽刺性短篇故事。

比尔斯出生在美国俄亥俄州一个没落的大庄园主家庭,十五岁时便到一家报社当学徒。美国内战期间他应征入伍,参加了多次战役,之后写下了出色的战争小说。战后比尔斯定居旧金山,一度成为美国西部杂志《陆路月刊》和《加州人》的撰稿人。比尔斯的重要作品有短篇小说集《军民故事集》《这种事情可能吗》《魔鬼辞典》等,他擅长采用超现实主义的手法和嬉笑怒骂的幽默风格。比尔斯涉及华人的作品只占他创作的很少一部分,但寥寥几篇却超凡脱俗。

比尔斯在早期的新闻采写中,就表现出对中国人的同情。当时的《加利福尼亚新闻通讯和广告报》上有他开辟的专栏"城镇传真",1869年9月25日,他在上面发表了一篇讽刺性短文,和布勒特·哈特那首引起热烈反响的诗《异教徒中国佬》异曲同工。

在这篇短文里,比尔斯通过揭露美国白人的丑行来表达他对华人的同情,这些白人——多数是上层社会的要人,其道德败坏的嘴脸一览无余。尽管比尔斯对一些白人的排华行径深恶痛绝,但作为一名讽刺与幽默作家,他并没有直接为华人辩护,而是通过嘲讽美国白人的方式来表达他对华人的同情。嘲讽是处理这类问题唯一可能奏效的方法,对于那些种族偏见根深蒂固的白人来说,让他们变成笑柄则可能产生触动。

比尔斯对白人种族主义者的抨击在他的几个短篇小说里面更为深入。1871年,比尔斯在《陆路月刊》上发表了他的第一个短篇小说《闹鬼的山

谷》。这是一个带有恐怖色彩的阴郁故事,里面虽然没有一个真正的华人,但美国人强烈的排华情绪却被揭露得淋漓尽致。

比尔斯对白人种族主义者的谴责和对华人的同情在不动声色的描述中表达得泾渭分明。同为人类,华人的性命在白人那里竟一文不值,随便一个莫须有的荒唐罪名就可以掩盖其弥天大罪,而号称自由、民主、文明的美国人竟然如此地草菅人命,比尔斯用这种方式表达了他的义愤。

尽管比尔斯亲眼看见了许多对待华人不公平,甚至不人道的事件,从他内心深处有一种替他们打抱不平的愿望。但由于受当时排华风气的影响,他在小说中也有一些对中国人不友好的描写:华人仆人的灵魂出穴前散发出鸦片气味,跃出墓穴后用"可怕的黄牙"咬住钉在墙上的辫子,鬼火一般神秘地钻进黑洞里。厦门大学教授周宁认为,鸦片"是一个表述某种彻底的'东方性'的神话。鸦片具有似是而非、不证自明的'东方性',它是西方对中国的'馈赠',不仅损害了中国人的体质,也成为西方人用来贬低、侮辱中国的一个符号象征。"法国学者米丽耶·德特利通过对 19 世纪西方文学中中国形象的考察,认为 1840 年以来西方文学中对中国形象的"清算",即由喜好到厌恶,由崇敬到诋毁,由好奇到蔑视,是从对中国衣着发型的态度变化开始的,中国人的长相和外貌在之前的几个世纪里并没有受到非议,而到了19 世纪中期以后,中国人细长的眼睛、平板的脸型、女人的小脚、男人的辫子都成了缺陷,遭到西方人的贬斥。米丽耶认为这再明白不过地说明了当时的种族歧视。

1879 年,比尔斯发表了他的诗体短剧《和平驱逐》,这是一个讽刺排华浪潮的短剧。1882 年美国通过了《排华法案》,此剧问世的时候,正是排华议案闹得山雨愈来风满楼的时候,比尔斯用这个诗剧对"中国人是异教徒"这个问题进行了有趣的评论。剧中当政治家和代表工党的工人历数中国移民的种种恶行、辱骂中国人是异教徒的时候,中国人 Tok Bak 上场了,他一上场就推销自己廉价的劳动力,三方话不投机争执起来。撒旦随后登场,自告奋勇地从中斡旋。撒旦引用《圣经》中的话来劝解,但并无效果,反而使争吵升级。通过这个寓意诗剧,比尔斯意在说明政治家和工人才是真正的异教徒,美国的骄横自大在戏谑的语言中展露无遗。

剧中三个主要人物的名字也颇富深意,政治家的名字 Mount - wave 有兴风作浪之意,工人的名字 Hardhand 则是强硬派的意思,而中国人的名字 Tok Bak 有"顶嘴""反驳"之意。其中的寓意十分明显:政治家在制造事端,工党在推波助澜,而华人却不再是往日逆来顺受的受气包,他们具有了回嘴的勇气和能力。

比尔斯的《荒诞寓言》(Fantastic Fables, 1911)中也有几篇关于中国的故事。其中《种族平衡》(Racial Parallel)讲述基督徒白人将异教徒华人赶出美国的领土,但有一天发现了北京出版的一份中文报纸,于是找来华人俘虏翻译,内容是中国的一个省份在得知自己的同胞在美国遭驱逐后,便放火烧了驻华美国人的住所和教堂。美国人得知此事后群情激愤,准备进行更加疯狂的屠杀。

《和平条约》则更有意思,讲述截至到 1894 年为止,中美之间已经发生了四场破坏性极大的战争。这时一位马达加斯加哲人站出来,给双方立了一个条约,要求中美双方从今往后停止厮杀,如有不遵守,双方都要把战死者的头皮剥下来妥善保存,到了一定时候一对一地相互交换,多的一方每个头皮要交纳 1000 美元的税。

描写中国入侵的故事是 19 世纪后期很多描写中国的美国作家所热衷的题材,艾特威尔·惠特尼的《细长眼》《那一天的故事》、罗伯特·沃尔特的《中国人 1899 年占领俄勒冈和加利福尼亚的一段简短而真实的历史》、皮尔顿 W. 杜纳的《共和国最后的岁月》、奥托·蒙多的《失而复得的大陆:中国入侵的故事》等都是典型的例子。和他们生活在同一个时期的比尔斯,却对这一问题采取了不同的视角。与当时很多美国作家视中国人为"黄祸",野心勃勃地要征服美国不同,在比尔斯笔下,中美之间的战争是美国挑起的,在遭到中国人的反抗后还要策划更加残酷的复仇计划,中美双方孰是孰非,明眼的读者一目了然。寓言故事都是要传达一定寓意的,《和平条约》阐释了"鹬蚌相争,渔翁得利"的哲理,在这个故事里比尔斯意在让战争的双方动动脑筋,权衡一下利弊,停止这种盲目、荒谬的厮杀。

中国人最终占领美国,甚至要征服整个西方世界是大多数中国入侵故事的结局,而比尔斯却用一则简短的寓言做出了否定性的回答。他的《荒诞寓言》中有一篇《回来的加州人》,讲述一个被绞死的人在1893年去见圣彼得,圣彼得允许他进入天堂。

　　当然,我们并不能因此就过分夸大比尔斯对中国人的感情,实际上他像马克·吐温一样,对中国和中国人并没有多少特殊的感情。他对中国和中国人的维护和他对美国上流社会的不满有关,作为一名讽刺作家,社会的脓疮是他揭露与嘲讽的对象。作为一名美国人,他对自己的国家是"上帝选民"的传统和后来的快速发展颇为自豪,一个人越是爱自己的祖国,越不能容忍它有缺点、不足。在比尔斯眼里,美国既然有着坚韧、顽强的民族精神,追求自由、民主的生存原则,对地球上的其他民族就应该拥有宽容、大度的胸怀,而不应该容不下他人,有辱文明地诅咒、排斥像中华帝国这样一个有着悠久文明的国家。

第四节　"中国城"小说中的华人移民

一、自然主义视野中的暴力与诡计

　　弗兰克·诺里斯(Frank Norris,1870—1902)是美国重要的小说家,被称为"美国现实主义的先驱""美国文学中社会小说的鼻祖",他的小说《章鱼》一经出版就轰动美国。

　　《"莱蒂夫人号"上的莫兰》是一部带有自然主义色彩的浪漫小说。小说中的两条船均来自旧金山,但船上的中国人却属于不同的帮会,其中多少可算作好人的六个中国人站在其他中国海盗的对立面,但船上的两个白人却不加区分地一概予以敌视。在小说的结尾,华人"黄"挣脱绳索,杀掉莫兰,带着那块珍贵的龙涎香逃往旧金山的中国城。

　　诺里斯的另一部小说《布里克斯》尽管不是以中国人做主人公,但里面有一段对唐人街非常细致的描写。诺里斯对唐人街的描绘细腻生动,当然这和他丰富的知识积累是分不开的。虽然这段对中国城异国情调的渲染与上一部小说中形成很大的反差,但也成为此后美国小说对中国城生活进行描写时所侧重的一个方面。

切斯特·白利·佛纳德(Chester B. Fernald,1869—1938)出生在波士顿,到过包括中国在内的很多国家旅行,1907 年以后移居英国。他的处女作《猫和金童及其他故事》中有六篇写到旧金山的中国城。而他 1900 年在伦敦出版的《中国城故事集》是《猫和金童及其他故事》中的这六篇,外加四篇新写的故事组成的。《猫和金童及其他故事》中,美国读者至今都非常喜爱其中的两个短篇:《猫和金童》与《残忍的一千年》。他对中国城的描述尽管是歪曲的、不真实的,但由于非常逼真,仍然赢得了当时许多读者的赞同。

佛纳德的其他中国城小说,比如《野蛮人的法则》《桶中绅士》《无头男人》,主要描写中国城的暴力、诡计以及近乎愚蠢的天真。但实际上佛纳德的中国城小说中的幻想色彩远远超过了批评家们所称许的写实风格。印度裔美国作家多勒描写的中国城故事比佛纳德的更残忍、更无情。《钟龙的阴影》是他的一部描写中国城的小说集,这部小说是以中国为背景,多勒笔下的中国城充满了暴力和犯罪。总的来看,多勒的小说显露出自然主义的浓重影响,他认为种族决定着人的行为,黄种人血统里面就带有一种劣根性。

在以自然主义视角描写中国城的华人方面,杰克·伦敦(John Griffith London,1876—1916)也是一个重要的作家,他早期的作品对中国人表现出强烈的傲慢与偏见。在美国文学史上留下了无法磨灭的印记,他的作品关注美国社会的现实问题。杰克·伦敦的作品中有不少涉及中国或中国人的题材。《奇文残篇:杰克·伦敦奇幻小说集》中几乎所有的故事都与亚洲人有关。如《白与黄》《黄手帕》《空前的入侵》《陈阿成》《阿金的眼泪》。

二、揭露黑幕小说中的华人再现

"黑幕揭发"是比较常用的一种新闻报道手法。揭发黑幕本旨在唤醒公众的良知,促进社会变革,加速现代美国的确立,是一场社会批判运动,揭露黑幕起到了不可低估的历史推动作用。一些作家、记者将中国城作为美国社会的阴暗面加以揭露,其中较具代表性的作家有威廉·诺尔、哈里·M.约翰逊和海伦·格林等人。

诺尔的短篇小说集《中国城集景》是一部比较独特的描写华人社会的作

品,其中的小说大多从白种女性同中国男性的关系展开描述。诺尔持一种先入为主的批判态度,在他眼里似乎每个中国人都酗酒、赌博、吸鸦片,钱财来路不明。《中国城集景》包括六个各自独立而又互相关联的故事,其最典型的特征是重复手法的运用。

约翰逊的《伊迪丝:中国城故事》并不旨在细致地描写华人的生活,而是关注伊迪丝的命运。在这里,约翰逊并没有将伊迪丝的堕落归咎于中国人,作者指出,像中国城这样的贫民区,政府容易监管不力,像伊迪丝一样,华人移民也是环境的牺牲品。

海伦·格林的短篇小说也涉及中国城。格林的一部重要小说集是《演员公寓及其他故事》,其中有六篇涉及华人。该书出版时格林年仅 26 岁,但她的经历却很丰富,掌握唐人街的第一手资料,这些小说在主题上与诺尔的有些相像,旨在暴露社会的阴暗面。她的短篇小说有很多涉及民间的歌舞杂耍,以中国城为背景的小说也多是白人为主角。我们这里重点看看她的两个短篇。

格林在其短篇小说中描写了中国城,夸大它对美国白人产生的不良影响,其目的是警示美国政府和民众。格林笔下的中国城和华人移民形象并没有多少独创性,旨在证明中国城带给白人的是坏影响。因而格林的作品是在有意揭露中国城的“黑幕”,她对中国城吸毒和暴力的渲染比当时的其他作家都更严重。

揭露黑幕小说很大程度上受到自然主义作家种族歧视的影响。以自然主义者的眼光来揭露华人给美国社会带来的道德污染等种种“黑幕”。海伦·格林与爱德华·汤森德没有从经济危机和政治腐败的角度来揭露社会道德的堕落,还算不上真正的揭露黑幕者。相比之下,哈里·M.约翰逊指出中国城的人们是这一切的无辜受害者,因而哈里·M.约翰逊虽然算不上一个重要的作家,却是一个真正的揭露黑幕者。

三、“中国城”狂想曲

一些欲以耸人听闻的方式描写中国城的美国白人作家创作出了大量的狂想故事,如弗朗西斯·艾玛·马修斯、休·威利和莱缪尔·德·布拉的中国城狂想曲,虽然三人都声称自己是在描写真实的中国城,实际上他们各自发挥其奇特的想象力,比此前的白人作家描绘出更加耸人听闻的故事或背景。

弗朗西斯·艾玛·马修斯的《火中舞者》以想象中纽约和旧金山的中国城为背景。对中国城地下街市的描绘是作者想象力发挥的极致。马修斯在小说中有意提到斯图拉的西方人外貌特征,意在向读者暗示中国文化的难以同化。马修斯想要呈现给读者的是虚构的离奇故事,他不仅逼真地创造了中国城下面的三层地下街道,还向读者展示了中国祭祀仪式的宏大场面。

休·威利描写的中国城狂想曲故事,主要反映在他的两个短篇小说集《玉和其他故事》及《满洲血》当中。在《玉和其他故事》中,为了强化耸人听闻、扑朔迷离的效果,他将故事设置在 1906 年旧金山大地震及唐人街火灾之前。威利的这些小说中不管是将华人塑造成受害者,还是作恶者,都带有耸人听闻的异国情调色彩。在威利笔下,中国城多数时候是犯罪、暴力盛行的场所。威利小说中的主角虽然来自中国城,但由于塑造得缺乏深度和现实感,读者很难对他们产生深刻的印象,威利在塑造这些形象时运用了太多的虚构和想象。

莱缪尔·德·布拉的短篇小说集《步步小心》叙述旧金山中国城的鸦片、犯罪、赌博以及堂会之争。德·布拉在其他的作品中没有一味地描写中国城的阴暗面,而是希望展示中国城的华人值得佩服、品德高尚的方面。德·布拉在一定程度上摒弃了白人读者所熟悉的情节,设置了更富有想象力的情节、背景。美国的文学评论者却认为德·布拉是在描绘现实,认为德·布拉的小说有很强的写实性。但是我们知道德·布拉大多数都是在用耸人听闻的手法讲述中国城故事。

第五节　中国文化视角下的比较文学

一、"比较文学"应改称"国别文学比较学"

"比较文学"虽为舶来品,可是听上去却很像我国的古典文学、现代文学以及所谓西部文学,是文学的一种。

《中国大百科全书·外国文学卷》中的一段说道:"比较文学兴起于20世纪初。不同于各民族文学,也不同于总体文学。"

这个定义告诉我们,比较文学是一门学科,不同于一般的定义,这主要是讲了它不同于什么,不研究什么,定义的文字当为肯定的陈述。所以这本权威性的书做这一不同寻常的解释,理由是什么呢? 只能是因为"比较文学"这一名称本身语焉不详所导致的。

据载,"比较文学"这个词首先出现在法国。英语"比较文学"这一名称中用 comparative 一词。德国把"比较文学"称为"比较的文学科学"。德国人在名称中体现"科学"概念,就比"比较文学"有很大的改进。俄语中用的是 srarnitelnoe literaturovedenie 两个词,意为"比较文艺学"。苏联《大百科全书》称之为"历史——比较文艺学",而《简明文学百科全书》则称比较文学为"比较文艺学"。在汉语作为母语的人看来,几乎没有什么区别。但是如果前者为"文学",后者为"文艺",那么两者就不同了。因为在汉语中,文学和文艺是可以彼此代用的,但有时也不能彼此混同。再者,文艺还用来表示文学和艺术。前者为"科学",后者为"学",它们在汉语言中都各有用场。苏联的"比较文艺学"的缺陷和德国的"比较的文学"的缺陷是一样的。把"比较文艺学"看作"文艺学"的一个分支,就像是把"犯罪心理学"看作"心理学"的一个分支是一样的。

"比较文学"一词的传入中国,都认为是傅东华的译作所为。但早在1920年,章锡深在《新中国》杂志发表的《新文学概念》里就介绍了《比较文学》和《比较文学史》,比傅东华早了十年。后来汪馥泉和宋桂煌的介绍都比傅氏的早,只是影响不大。

无论是在比较文学发展较早的西方国家,还是在东方的中国,对于比较文学,人们还没有一个满意的名称。20 世纪 20 年代时,莱恩·库柏教授拒绝把他领导的系称作"比较文学系",他认为"比较文学"不仅语焉不详,还文理不通。

比较文学研究的是一国与另一国或多国文学之间的相互关系,国内外比较文学专家们在这方面可以说已达成共识。但是比较文学被普遍认为包括三个范畴——西方文学以及各民族文学;东西方文学;世界文学。换言之,比较文学是一种没有语言和政治界限的文学研究。而且比较文学拥有独特的研究方法——比较,它的描绘是分析性的,解说和阐释是辨别性的。我们目前称为"比较文学"的学科,内容是用比较方法研究其他国家的文学。

可以把比较文学改为"国别文学比较学",并采用比较的方法研究文学作品。作为一种手段,它不只隶属于比较文学,国别文学比较学在一定程度上是国别文学相互关系的研究。

比较文学作为一门学科,已有约一个世纪的历史了。这门学科被广为认识,并且其研究成绩斐然。因为现代通信设施,一国的文学被吸收到另一国文学中去,也是不可避免的。一个国家的文学,会程度不同地影响到别的国家,或者被影响。但是各国之间在各个领域都在相互吸收。所以,比较国别文学之间的相互关系,会对丰富人类的文学宝库做出贡献,所以说这是相当必要的。但是该学科没有一个确切的名称,这无疑不是一件憾事。比较文学从根本上来讲,不算是中国的国货。可众所周知的,文学作品一旦问世,就属于全社会了。一个学科一经问世,它就属于社会了。所以既然比较文学是比较地研究国际的文学,它就应该属于世界。我们应当把比较文学当初在大学课堂里用的那块小字招牌,改成"国别文学比较学"的醒目的大字。让全世界致力于比较文学研究的人们,能在这一旗帜下朝着明确的研究目标大步前进。

二、关于建立比较文学研究的中国学派之设想

近年来出现了成立中国学派的呼吁,这是必然的。第一,这说明了学派

是可以先提出一些原则,再依此建立学派,证明了先设想后建立的顺序是合理的。第二,中国学者已经认识到目前已有学派的局限性。找到一个适合中国学者研究的有效的途径,有利于从中国的国情出发进行有效的研究。

建立学派的可行性已经确认,那么将要建立的中国学派应该具有哪些特点的问题是我们需要了解的。应该注意哪几个方面的问题?

首先,根据自己对"比较"的理解去进行研究,因为不同国度有不同的理解。比较文学教授厄尔·迈纳说:"当前比较文学论著不具有严格的比较性。"为什么会有这样的情况呢? 比如巴登斯贝格,他在比较文学方面研究的课题是"外国文学对法国文学的影响"。到了梵·第根,"认为比较文学研究的是一件作品在哪些方面和别的作品有感情上、体裁上的关系。"三人对比较文学有不同的理解。到了梭瓦和卢梭,他们又说道:"比较文学用历史和哲学的方法,对不同语言或文化的文学现象进行分析性的描写,为了更好地理解文学的特有功能。"梭瓦和卢梭比他的前人有了非常大的提高,但仍和中国对"比较"的传统认识不同。《辞海》中为"比较"的定义是这样的:"把确定事物同异关系的思维和方法的这一定义运用到比较文学研究方面同样是可以的。如果想要进行比较研究,那么被比较的对象之间必须存在某种差异。"在中国人看来,只要是竹竿,就是"相同的东西"。这几根竹竿就可作为比较的对象,可以比较它们的颜色、长短、粗细、轻重、坚韧性、抗拉性、生长环境等。还可以比较它们的名称、用途、价格等。虽本质不同,但形状有一定的相似,在用途方面却有相同之处,便可以彼此比较。

在比较文学研究中,首先应对各种国别文学分别进行研究,下一步才能对各个事物的内部矛盾进行比较。就是先"文学"后"比较",这顺序是极为重要的。这表现了中国学者做学问的科学态度,在比较文学研究方面,就是把握几种国别文学在主题、情节、形象、结构等诸多方面的相同、相异之处,再探究其原因所在。

其次,中国学派应提倡并进行几种不同语言文学作品的直接比较研究。国别文学作品的比较,大部分是根据翻译作品进行比较的。翻译也是一门学问,其中可以研究的问题就很多。译者对两种语言的掌握程度、翻译技能以及表达能力都直接影响质量和效果。比较文学若借助译作,不可能达到全部的原作特点,所以翻译中存在着不可译的成分。但是可译部分也会因为译者的不同或多或少有些差异。一种文字的文学作品会有多种不一样的译本,用不同的译本做比较研究,就会出现多种有差异的比较结果。所以中国学派应该进行不同文字的直接比较研究。在这一点上,我国一些著名专家学者都为我们树立了良好的榜样。

再次,中国学派既然表明要根据自己的理解进行研究,那就要确定几种国别文学的相同与相异。可是文学作品的形式与内容都十分复杂,即便是一位杰出的作家,每件作品也肯定具有不同于其他作品的特殊性,所以想要在众多的作品中找到完全一样的地方,恐怕是很难的。这样一来,想要在两位伟大的作家作品中找到相同的内容或者形式,可能性是十分小的。扩大到几种国别文学,要在几种不同语言的作品中挖掘完全相同的内容,这样的机会自然可想而知。每位作家都是在不同的文化背景、生活经历的条件下成长的,对生活的体验与人生观也是不同的。但在众多的不一样的作品中却存在着许多的"相似"。其中的相似点,可能是一小段或几个句子或几个词的用法;其中的相似线,就是某种关系所连接的许多点;还有相似面,那便是作品中的某一章或某一节。通过这些揭示出人类文学的共性,显示出文学发展的主流,便于我们发展和继承。

我们应当阐明"相似"的界定。相似可以分别表现在两种或几种作品的主题、结构、人物形象、语言等诸方面。想要分出作品的相似之处,就需要从各作品产生的社会的历史、文化、政治、经济等各个方面去分析。比如同样一种动、植物在不同国家的文学作品中表示的意义就会不同,同样的动作、话语在不同国家的作品中内涵也会不同。

几种国别文学之间存在的相似,究其原因是它们各自的传统文化中本身就有相似的基因,并且还因为彼此文化的交流而发生影响的关系。但影响与借鉴中往往出现嫁接的现象,两种文化撞击后容易产生新的文化。文学作品同样也是这样的,所以,要确定几种作品之间的相似,就要对各个事物内部矛盾的各个方面进行比较,不能简单地从形式上去寻找。

我们之所以要建立中国学派,只是为了不蹈他人的覆辙。先提出建立中国学派的设想,再形成学派的可行性理由是充分的。希望比较文学研究者早日形成比较文学研究中的中国学派,以此向世界展示中国特色的研究成果,为文学的繁荣做出贡献。

三、再论建立比较文学研究的中国学派

中国比较文学研究者普遍呼吁建立比较文学研究的中国学派。这种呼吁是出于对世界比较文学研究的需要。中国研究者已经认识到世界范围比较文学中各种流派的局限性。中国比较文学研究者如果想进行更为有效的研究,就要在前人的基础上,建立一套属于自己的方法,这就有必要建立中国学派。再从历史的和地域的角度分析,我们也负有这样的使命。比较文学从诞生到现在一直处于不断地改变之中。从法国的一家垄断,到美国的平行研究,开拓了更为广阔的领域,让比较文学的研究方法更加多样化。可美国的平行研究学派并没有让比较文学从诞生起就带有修正,不足之处依旧存在着。但是东方这支拥有世界上也许人数最多的研究队伍,非常有必要建立中国学派,这应当是一个崭新的学派。它应该有一个完整的体系——有自己的名称,一套科学的术语,一套科学的研究方法。

(一)关于名称问题

名称问题是一个带有根本性的问题。而比较文学界早已认识到它的重要性,所以一直争议不休,但是一直没有圆满的结果,所以到现在仍然让不满意的名称依旧保留着。其实不管从中文的构词习惯,还是研究的内容上来看,"比较文学"的名称都是不妥的,应该改称为"国别文学比较学"。在改名称的问题上,中国学派应该表现出气魄,如果认为是正确的,就应率先使用。只要是正确的,那么总会被比较文学研究者接受。新名称从一方面来说标志着研究的深入,标志着其发展进入了一个新的阶段。而且我们还应考虑到新名称的简便性,可以先简称为"文学比较学",再称为"国别文学比较学"。

(二)关于术语的问题

比较文学中的术语有很多是值得研究的。在国际比较文学大会上,就曾对"影响研究"中之"影响"展开了讨论。不过那只是围绕着"影响"的定义进行的,目的就是要使"影响"站住脚。有的人说,"真正的影响,更像是一种精神的存在",认为这是"国家文学的精髓渗透"。这种观点难免显得过于

抽象。"影响"从汉语的角度去看,是指形与影、声与响的关系。如果把两种国别文学的关系视为形影声响,就过分夸张了二者的关系,而且过分简单化了。如果站在"影响的接受者"立场,并且要表现出接受者的正确态度,就只能是"吸收"与"表现"两方面。"吸收"的接受者在吸收时避免不了要"取其精华,去其糟粕"。这也正是对作品所持的正确态度。中国的文学和艺术,十分讲究借鉴。这其中包含了明确的目的和严格的选取标准。所以"借鉴"最能正确表明双方的关系。

"平行研究"从字面无法了解它的内容。从字面上来看,它认为两种国别文学各自沿着各自发展的道路向前推进。那么比较的基础是什么呢? 是针对着影响研究的。平行研究是把两种以上的国别文学的作品分别进行研究,并且也研究作品的作者,然后再分门别类地逐项比较。平行研究认为,参与比较的作品要具有"文学性"和"可比性"。我们看出"平行研究"不是一个完善的术语。所以中国学派应该用"同异研究"来取代"平行研究"。

(三)关于研究方法的问题

我们在思考研究方法这一问题时应当与研究目的这一问题联系起来。

回顾比较文学的历史,在影响的传播者的题目下,做出了"媒介学"的文章;为了证明影响,就得研究两种以上的国别文学中各自的主题学。法国的梵·第根说:"一部书就像一个人一样,在考察它的内容之前,要考察它的形式。这种形式往往是从本国文学的传统而来的,所以比较文学应该研究作家所选的艺术形式来历,如果可能的话,再去解释这种革新的缘由。影响学派用文类学研究来证明影响的存在。主题学的研究也一样是一种方法。在众多的神话和民间故事中必不可免地会出现相同的主题、相近的现象,所以很自然地运用比较来梳理它们之间所存在的关系。"

影响研究学派为达到既定目的而设计研究方法,平行研究学派一样也有方法。平行研究是先分别研究不同国度的文学作品,再将它们进行比较。这就必然会出现比较标准的问题。所以平行研究学派提出了"文学性"和"可比性"两条原则。关于"文学性"的问题,既然是"比较文学",为什么会又没有"文学性"呢? 对于"可比性",指出文学作品间既具有相同性又有相异性,这样才具有可比性。其实,不可能有完全相同的两种作品;两个不同国度的作者,其表达能力是不可能完全一样的,而完全不同的作品也不可能用来比较。所以平行研究学派所提出的两条原则,貌似无关痛痒。

关于中国学派的研究方法,首先从对"比较"的理解去进行研究,因为对比较文学中的"比较"有不同的理解。《辞海》中对"比较"的定义为:"确定事物相同、相异关系的思维和方法。将这个运用到比较文学研究中一样是正确的。对各种国别文学进行研究,要先有较深入的了解,再观察其不同之处。在"把握事物间的内在联系"这一点上,就是把握几种国别文学在主题、题材、人物和结构等方面的相同、相异之处,再研究原因所在。

两种或几种国别文学之间所存在的相似,究其原因是各自的传统文化中本身就有相似的基因。并且还由于彼此文化的交流产生的关系。可是影响与借鉴的因果反映往往出现嫁接的现象,产生一种新的文化。所以比较时要对各个事物的内部矛盾的各个方面进行比较。

中国学派应致力于国别文学的相似研究。每一位作家对生活的体验和表达方式各不相同,所以作品也各不相同。在众多的不相同的作品中其实也存在着大量的"相似"之点、线、面。正是这些揭示了人类文学的共核,所以是我们研究时应该高度重视的。"点"的具体含义决定具体的客体。如果客体是两种不同的国别文学,那么这个点也可能是两位作家;"线"存在于两个"点",或若干个"点"之间。

想要在世界比较文学界取得共识,就需要把中国学派自己的道理讲深、讲透。我们要独立思考,认清其他学派的问题所在,再下功夫去克服。"不破不立"是中国思想界的格言。不过"不破不立"这个理,只有正确的一面诞生了,才会被世人认同。

四、比较文学研究中的影响与借鉴

比较文学研究的第一阶段是以法国为代表的"影响"为主的那一个阶段。所以"影响"研究是比较文学当中一个比较重要的问题。"影响"在比较文学的论文以及译著当中是经常能够见到的,但对"影响"的定义与解释还存在分歧,这已经不仅仅是名称的问题,更是有关影响学派的研究方法和理论的重要问题。通过回顾和分析,我们不但可以对影响学派有比较全面的了解,还能够从中看到中国比较文学研究者在中、西文学比较研究方面,应该怎样进行研究。这也是建立中国学派的一个重要问题。

（一）关于"影响"的概念

很多学者曾经都给"影响"下过定义。比方说法国学者朗松在《试论"影响"的概念》中说:"真正的影响,不仅是用以往的文学传统以及各个作家的独创性来解释文学中所呈现出来的情况。真正的影响,是一种精神存在。"

朗松在对"影响"的界定中提到的问题是需要讨论的:

一、"一国文学中的突变"。从常识角度考虑,突变是与渐变相对的。渐变是量变,突变则是质变。乙国作家因为借鉴了甲国作家的作品进而写出了新形式的作品,这就完全符合借鉴效果,可是不能因此就认为作品能够让一国的文学发生突变;二、关于"各个作家的独创性"问题。朗松为了证明"那种情况"的出现,就必须排除独创性,必须对作家进行全面的研究,这样一来,研究者就需要用相当长的时间,所以实际上是做不到的。但如果不能用事实排除独创性,就不能证明是受外来影响的结果。

约瑟夫只讲"一位作家"的"外来效果",可以理解为是对朗松定义的修正。不过他并没有表明如何从作者的作品中分离出"有机的组成部分"。实际来说,影响研究所采用的方法是不可能做到的。所以,信息是影响的主体,而接受者是影响的客体。

（二）关于"接受"的概念

影响研究学派在初期只强调渗透,不研究接受者。可是随着比较文学研究的渐渐深入,研究"接受者"是势在必行的。康斯坦次学派曾发起了普及"接受"一词的运动,并且直到 1979 年 8 月,影响研究学派才承认了"接受"这个概念。

那么紧接着就需要研究与此有关的一系列问题,于是提出"接受研究"。当时这种研究仍是为落实"影响"服务的。野上丰一郎在《比较文学论要》一书中提出:"比较文学的研究,研究者须居于接受者的侧位,这样才能够探讨某作家采用了这样的体裁,如何受到了这种倾向影响"。所以在影响学派看来,接受者在作品中所表现的"思想",作品的"体裁",都是"影响"的结果。

"接受研究"还是要不断提高的,所以后来在德国就出现了"接受理论"。

特雷·伊格尔顿评论："接受理论考察读者在文学当中所起的作用。"这样的理论并没有把接受者的作用予以重视。这样的理论只是限于在阅读过程中的认识活动，但这种理论还是认识到读者的主体性。

"接受理论"出现后，在接受研究方面又有了长足的进展。接受者对信息影响的研究得到了重视，也就是说存在"信息—接受者"与"接受者—信息"。这明显是认识到了影响研究所存在的严重缺陷，进而提出了补充与修正影响研究的理论。影响研究学派称这种理论是"特殊意义上的接受"，即"既能运用和接受影响，又能使这种影响磨灭"。

影响研究学派必须对接受者进行深入研究。因为只有通过阅读才能够实现接受，所以接受者首先就是读者。影响研究学派把读者分为三种类别：终极的读者；对"文本的解释持另一极端"的读者；非定型的读者。所以不论是哪一种读者，似乎都没有被证明是被渗透者。

由于影响研究学派从根本上摆错了主体和客体的位置，所以不可能取得进展。

（三）关于"借鉴"的概念

比较文学是研究国别文学之间所存在的关系。其实就是研究甲国文学作品与乙国文学作品之间的关系，即是读物与读者的关系，中国人读书一向注重读者的作用，在比较文学方面也是一样的。作为接受者的乙国的作者，对播送者的甲国作品的理解，取决于接受国的作者。读者是积极的汲取者，那么读者对文本需要就要有选择地吸收。"尽信书，则不如无书"，充分表明了主体、客体之间的关系。把中国历史名人有关读书的言论收集起来会形成一部巨著，但其强调的是读者并不是读物。视读者为汲取者，并且认为读者在阅读过程当中有吸收、有摒弃，这是中国传统的阅读观念，中国人把这样的方法称之为"借鉴"。

"借鉴"与"接受"不同，"借鉴"的主动权在借鉴者。乙作者也许能像甲作者期望的，对作品做出恰到好处的理解，或不能。这完全取决于两个作者间差异的多少，有时这种差异会导致乙作者理解出许多不存在的寓意。而这些都是原作者不能决定的，因为阅读是由读者来完成的。

文学作品是反映现实生活的。所以作品产生的历史背景和文化背景是一个重要因素。具体到作品当中，更有许多与作品无关的因素起着重要作用。从阅读过程方面看，帮助我们理解文学作品的因素是有很多方面的。第一，当读者看到标题时，阅读理解已经开始。读者已经开始有目的地进行揣测读物的内容。对于读者，预测起着不容小觑的作用。阅读正文更是这样。这是"揣测—证实—再揣测—再证实"的一个过程。读者根据自己对该类读物进行的推测，依据自己的知识，对题目进行分析、了解，不断地修正自己的预测，直到最后得出结论。在这个过程当中，心理活动和语言能力是不可分割的，心理活动也是建立在读者对这个世界的认识之上的，关系着读者对于生活的理解。而他的悟性，则决定了他的审美取向，或者说是借鉴取向。在理解的过程中，读者是一个主动的参与者，所以这就是为什么同样的读物对不同的读者有不同作用的原因。

对于不同的读者，其借鉴的内容不同，方式也就不同。有时候在 B 作家的作品当中，能够明显地看到 A 作家的痕迹，有时甲作家的作品被加工、改造后，又出现在乙作家的作品中，有时候乙作家从甲作家作品中获得的可能只是启发，或是思想上的升华。在阅读了作品之后，对其中的形象进行了自我改造，然后结合自己民族的传统文化，塑造出一个新的人物形象。《哈姆莱特》的情节则受益于基德的《西班牙的悲剧》。莎剧向我们展示了一个高标准的借鉴范例，《高级喜剧》与莎翁的早期喜剧也有很多相同的地方，同样都是贵族的恋爱。李利表现的是宫廷生活，但莎剧的现实色彩则更浓重。莎士比亚的悲剧就借鉴了马洛和基德二人的悲剧。所以其人物更具有典型性以及代表性。基德的悲剧则过分地夸张了情节的恐怖色彩，而莎剧《哈姆莱特》中的主人公具有重大的社会意义。"借鉴"的方式方法是非常多的。莎翁虽然取材于国外，可是研究家们认识道："尽管许多人物都是王公贵族，但实际上都是当代社会不同阶层不同思想的代表人物。"这就叫作"借鉴"。所以莎士比亚在"借鉴"方面为我们树立了良好的典范。

国外也有人提到过"借鉴"。约瑟夫·J. 肖在《文学借鉴与比较文学研究》文章中虽然没有对"借鉴"下一个定义，但从其中一段文字可以看出他在指什么："似乎没有人把表示文学借鉴的术语——对比、确定并且加以区别。最需要明确的定义就是翻译、模仿、仿效、借用、出源、类同和影响。"从他把七个术语列入文学借鉴的范围内,可以看出他所讲的"借鉴"有着不同的内涵。

区分"借鉴"不是一个单纯的术语界定问题。它的意义在于确定甲国作品怎样作用于乙国作品。了解这个过程,对比较文学研究有十分重要的意义。影响学派把研究对象局限于信息的放送者,这不能正确揭示乙国作品与甲国作品之间的关系,也不能准确地反映是怎样受影响的。比较文学研究的国别文学之间的关系,不是一种生硬的对应关系。应该说作为一个学派,影响研究已经走完了它的全程。所以结论就是:乙国作者和甲国作者之间是一种借鉴关系,只是借鉴的方法因人而异。所以要认真研究乙国作者,即接受者本身。如何对甲国的影响进行某种取舍,而创作出新的作品。又因主动者是乙国作者,乙国作者起决定作用,所以在研究文学之间的关系时,要以研究乙国作者为主。

我们在观念上,理所当然地要对比较文学有所更新。除了纵向差异,比较文学研究范围的横向差异也能与过去相比了。比较文学的研究范围已扩大到中西方之间的比较。先不说如今与一个世纪前的变化,就拿今天的东、西方之间的差异,也并不是西方国家之间的差异可以相比的。作为拥有较庞大的比较文学研究队伍的中国,在新领域中要展示出与其力量相称的成果,就要首先解决问题。中华民族拥有丰富的文化遗产。怎样利用,才能使之在建立比较文学学派中放射新的光芒,是我们所面临的一个重要课题。它将揭示乙国作家如何让甲国作家的作品被改造、升华,进而形成新的文学成果。这就是意义之所在。

下 篇

英美文学经典作品的

主题与特色

第一章　品味经典

第一节　莎士比亚《威尼斯商人》

研究英美文学,不论及莎士比亚不行。运用系统论的新方法与新思维,也许才能触及其深层丰厚的底蕴。莎士比亚的每一个精品佳作,都具有深广的内容。莎士比亚作品是文学艺术的顶峰,也是世界文化遗产的精华与宝库。

一、说不尽的莎士比亚

威廉·莎士比亚是英国文艺复兴时期的诗人和戏剧家。威廉·莎士比亚出生在英国中部的斯特拉福镇。他的父亲是个相当富裕的市民,经营很多生意,在斯特拉福镇上还有几所房屋,在当年约有 2000 名居民的斯特拉福镇曾经担任镇长。少年时代的莎士比亚,就在家乡看过伦敦"王后剧团"来该镇的巡回演出,于是在他那幼小的心灵里埋下了热爱戏剧艺术的种子。他在读中学时,因父亲破产而中途辍学,去当小学的代课老师。1586 年,时年 22 岁的莎士比亚到达伦敦。莎士比亚到达伦敦后起初为到剧院看戏的绅士们看管马匹和车辆。1592 年,当时报纸上刊登了剧作家罗勃特·格林的一篇攻击性文章。罗勃特·格林以轻蔑的口吻,称莎士比亚为低贱的"职业演员",侮称莎氏为"乌鸦",认为莎士比亚从当时戏剧界的"文人雅士"身上偷窃"孔雀的羽毛",从而达到装饰自己的目的。我们可以看出:莎士比亚是从改编他人的剧本开始步入文坛的。在 1592 年时,莎士比亚不仅成为演员,而且已是剧作家了。一经崭露头角,就给戏剧界留下深刻印象。

至此之后,莎士比亚除了从事戏剧创作之外,后来还当了导演。大约在 1599 年,他结识了青年贵族扫桑普顿伯爵,并借助他的影响谋求发展,成了伦敦最大的"环球剧院"的编剧和股东。1613 年,他回到了家乡,直到 1616 年去世。在他逝世后 7 年,由他的朋友出版了第一部《莎士比亚戏剧集》。

莎士比亚的创作生涯是从写诗开始的,共有 154 首十四行诗。《维纳斯与阿都尼》《鲁克丽丝受辱记》是他的两首长篇叙事诗。诗的内容多数为歌颂爱情与友谊,也有揭露现实黑暗的,如第 66 首,被公认为莎士比亚伟大悲剧的题词。

莎士比亚虽然以写诗步入文坛,而最成功的却是他的戏剧。莎士比亚的喜剧成就高于历史剧,影响较大的作品有《皆大欢喜》《第十二夜》《仲夏夜之梦》《威尼斯商人》等。这些作品的基本主题是反抗封建礼教,向往男女平等,歌颂爱情。因此,在喜剧中,莎士比亚成功地塑造了《威尼斯商人》中的鲍西娅、《皆大欢喜》中的罗瑟琳和《仲夏夜之梦》中的赫米亚等这一群敢于反抗礼教和家长制的女性形象,这些女性形象被人们称为一批"可爱而奇特的女性"。

莎士比亚的历史剧,包括《理查二世》《亨利六世》《理查三世》《约翰王》《亨利四世》《亨利五世》等,生动形象地反映了从 13 世纪的约翰王,到 15 世纪末的理查三世的 300 年间的英国历史。《亨利四世》是莎士比亚最具代表性的历史剧。作者描写以往封建统治时代争权夺利、互相残杀的丑剧,是为了推动现实的发展,而不是为了重复历史事件。贯串在历史剧中的基本思想是反对封建割据,要求民族统一。

莎士比亚的传奇剧写于晚年,代表作品有《暴风雨》《冬天的故事》和《辛柏林》这三部,当时他过着安逸的生活,其戏剧创作也走向低潮。这些剧本,富有童话式的想象和浪漫主义的情调,对现存秩序的批判力量大为削弱,情节的发展往往归结为和谐幸福的结局。因此,传奇剧的社会意义又低于喜剧和历史剧。

二、《威尼斯商人》的构建轨迹

喜剧《威尼斯商人》大约写于 1596 年。《威尼斯商人》具有特殊重要的意义,堪称莎士比亚的四大喜剧之一。莎士比亚的编剧才华,在这部喜剧中得到光辉卓著的表现,受到世界各国学者和历代青年人的好评。由三线四点组合而成的戏剧结构,营造出观众喜闻乐见、悲喜交加、雅俗共赏的戏剧氛围。它像前进道路上的一座指路标,指示着作者即将从喜剧创作阶段转向悲剧创作时期,它像一座里程碑,标志着莎士比亚喜剧创作的辉煌成就。

莎士比亚并不是描写这些题材的第一个人,却是把这些题材写得最好的人。从严格的意义上说,莎士比亚是戏剧领域的行家里手,是最出色的编剧。他与当时其他剧作家不同的地方,除了他自己对舞台生活有实际的体验,精通戏剧艺术,还在于他对现实生活有深刻的认识与理解,而且善于革新创造,因而使他的戏剧创作取得了史无前例的辉煌成就。喜剧《威尼斯商人》正是在这样一棵参天大树上结出的一枚硕果。三个匣子择婿的故事借鉴了当时舞台上的其他一些故事,主要源于中世纪的《罗马人的伟绩》中的第 66 个故事。经莎士比亚的开拓创新,交融整合,使之形成三线四点的戏剧结构。

莎士比亚笔下的《威尼斯商人》由三条平行线索、四个完整故事组成。全剧的三条线索穿越四个完整故事,最终在同一个舞台层面上涌动结集,呈现出巧夺天工的戏剧结构样式。最后,巴萨尼奥与鲍西娅、葛莱西安诺与尼莉莎、罗兰佐与杰西卡,这三对青年男女都克服了各自的障碍与困难,如愿以偿,走进婚姻的殿堂,形成喜剧性的幸福结局。

该剧的第四幕《法庭》集中地体现了莎士比亚控制剧情的非凡才华。这场戏属于剧情的主线,又是全剧的高潮,可谓是《威尼斯商人》的喜剧精华。按其事态发展的节奏与轨迹,可分为前后两个半场,前半场主要描写夏洛克执意报复;后半场则写安东尼奥等人的胜利。剧情的突变在后半场,这一转折的关键就是鲍西娅的出场。夏洛克割肉的阴谋诡计最终宣告破产,而安东尼奥却从绝境中得救,转败为胜。鲍西娅女扮男装为律师,要夏洛克严格按约割肉,但是割下的肉既不能超过一磅,或少于一磅,更不能流一滴血,否则财产充公,连生命也要听从发落处置。鲍西娅的这一要求,使得夏洛克目瞪口呆,当场改变态度,开始跪地求饶,终于人财两空,一败涂地。通过鲍西娅与夏洛克之间唇枪舌剑的交锋,使剧情朝着喜剧的方向顺利发展,喜剧氛围顿时升到顶点。夏洛克在法庭的败诉,完全符合群众的心愿。这种情节结构上的艺术处理,不仅很有喜剧特色,而且称得上是世界戏剧史上的绝技。整场戏,紧紧围绕一磅肉的争执,先抑后扬,大开大合,戏剧悬念扣人心弦。

三、从文本角度解读戏剧冲突

戏剧的本质是矛盾冲突,没有矛盾冲突,也就没有戏。《威尼斯商人》中,表面上莎士比亚着眼于表彰安东尼奥的优良品性,但喜剧矛盾冲突发展的过程表明,夏洛克不能不说是剧本的核心人物。夏洛克具有资本原始积累时期高利贷者的性格特征。他家财万贯,待人极为吝啬、刻薄。他专靠放钱债,取重息,盘剥他人,积聚财富,成了威尼斯的"地头蛇"。金钱是他崇拜的上帝,即使晚上做梦,他也梦见钱袋,金钱是他"活命的根本"。他从来不许女儿杰西卡外出玩乐,整天要为他看守钱袋。他对仆人尤为苛刻,没有一餐让仆人吃饱。

表面上夏洛克声称之所以要暗算安东尼奥胸口的一磅肉,那是出于捍卫犹太人的民族大义,但从矛盾冲突的实质上看,主要是缘于自身经济利益上的关系。安东尼奥的行为,阻碍了夏洛克的生财之路,因为安东尼奥借钱给人不收取利息,使得夏洛克蒙受巨大损失,他就施奸计,图谋报复。

安东尼奥是新兴资产者从事大规模海外贸易的现代商业界的实力派。安东尼奥的船舶通向四海,以做海外生意驰名,安东尼奥的处世态度与夏洛克不同。本地人向他借钱,他从不收取利息,因而受人敬仰。他重友谊,轻私利,他想方设法慷慨施助,解决朋友巴萨尼奥因操办婚事遇到的经济困难。为了朋友间的真挚友谊,即使牺牲个人的生命和财产也在所不惜。后来鲍西娅出庭帮了忙,安东尼奥得胜了。获胜后他不乘机报复,反而要求法官对夏洛克从宽发落,免于没收其一半财产,只要求让他接管其中的一半,且日后还将如数交给夏洛克的女儿和女婿。他待人宽厚,多情尚义,具有仁慈善举的精神。

四、看女性形象的魅力

性格决定命运。女人内心世界的复杂性与丰富性,决定着女性生活境遇的戏剧性。《威尼斯商人》中的鲍西娅、尼莉莎、杰西卡等系列女性正是这样。鲍西娅是莎士比亚精心打造的新女性形象系列中最有才智和活力的青春女性,是该剧中最富有光彩的人文主义理想的新女性。她聪明、天生丽质、机智勇敢、果断干练的性格特点,集中地体现在三个匣子选婚、法庭上一磅肉的较量以及两个戒指闹婚这三件事上。戏的开篇,我们看到她郁郁寡欢,正当芳龄却似乎已经厌倦这个人世。这是暂时的一种困惑,并非怨天尤人。她既要遵循当时的社会舆论和父亲的意愿,让求婚者在金、银、铅三个匣子中来决定自己的婚姻命运,又叫侍女设法,不让自己不中意的人中签,敢于施展自身的才智,以实现自己的意愿。一个个门第显赫的亲王公爵相继被拒,唯有使她心动的、"才兼文武"的穷贵族巴萨尼奥一举中的。我们从她择偶的过程中就可看出她那非同寻常的眼力。

随着剧情的发展,鲍西娅性格的光彩更趋耀眼。鲍西娅的可贵之处,在于她的行动。她以战斗的姿态,亲自谋划定计,调兵遣将,挂帅上阵。她执着追求真挚的友谊与爱情,将侍女尼莉莎视为知心朋友。当她得知安东尼奥的商船出事,为了拯救安东尼奥,她才智敏捷,当即采取三大举措:先拿出高出债款20倍的钱,交给巴萨尼奥赶往威尼斯还债;再托人送信给帕度亚的表兄,求助一臂之力;紧接着自身当即与侍女尼莉莎乔扮男装,奔赴威尼斯审案。由于她巧设圈套,才免去了一场无妄之灾。在这一系列行动过程中,表现得坚毅果断,干脆利落。法庭上较量的胜利,表明鲍西娅足智多谋,沉着以待,其智慧和能力是舞台上的任何男性所不及的。

作为文学中的女性,鲍西娅历来为人们所赞赏。当代欧美的许多女性主义者都曾从她身上汲取力量,受到感悟。女性需要才华,更需自信。鲍西娅的成功之路,就是一个有力的明证。

第二节 斯威夫特《格列佛游记》

一、斯威夫特

乔纳森·斯威夫特,在爱尔兰的都柏林出生。其父是一名英国律师,在斯威夫特出生前 7 个月就去世了。母亲体弱多病,在生下他后便回到莱斯特郡,他的伯父葛德汶抚养斯威夫特,他从小就过着一种寄人篱下、没有母爱的生活。斯威夫特 6 岁上学读书,14 岁入都柏林三一学院学习哲学和神学。他对这些科目不感兴趣,只爱好历史和诗歌,学习成绩不佳。1686 年毕业时经人开后门通融,才勉强获得文学学士学位,后又去三一学院攻读硕士。由于 1688 年都柏林的三一学院被迫关闭。无奈之下,斯威夫特回到英国,并在亲戚举荐下到威廉·吞浦尔爵士家当私人秘书。1689—1699 年的 10 年间,斯威夫特住在吞浦尔的庄园里,为这位退休的外交家处理一些文件和信函,工作的关系接触到当时的许多权贵和学者,于是对古典文学和文学创作产生了浓厚的兴趣。他的著名讽刺作品《书的战争》和《木桶的故事》就是在这个时期完成的。

1699 年,吞浦尔爵士去世后,斯威夫特遭受权贵奚落,不得不做了柏克雷伯爵的牧师,并成为圣帕特里克大教堂的祭司。"在朝"和"在野"两派在英国完成"光荣革命"的年代里纷争不休,富有强烈正义感的斯威夫特自然也卷入这场党派之争。大约从 1699—1709 年的 10 年间,斯威夫特为英国的在朝的辉格党撰文,并获得该党头目的赏识。1710—1713 年间,参加了一个非正式的文学俱乐部,斯威夫特在伦敦结识了古典主义诗人蒲柏,并萌生了创作《格列佛游记》的灵感。

1724 年,斯威夫特匿名发表了《德莱比尔的信》,抨击了英国企图将爱尔兰货币贬值的诡计,唤起了爱尔兰人民的爱国热情。英国国王因此恼羞成怒,悬赏 300 英镑要找出该文的真正作者。这件事之后,斯威夫特又连续发表几封信件,抨击了英王情妇肯德尔公爵夫人获得在爱尔兰铸造半便士铜币的特许状的事实,指出问题的实质不单是货币贬值,而是关系到爱尔兰的独立与自由问题。在斯威夫特的引导与带领下,最后爱尔兰人民取得了最终的胜利。因此,人民群众特别崇敬斯威夫特大无畏的反抗精神。随后不久,斯威夫特又到英国出版了讽刺小说《格列佛游记》。斯威夫特的长篇小说《格列佛游记》是18世纪欧洲启蒙时代的产物,历来都以其童话般的神奇、漫画般的醒目、镜子似的清晰明亮而著称。倘若用当代人眼光审视,身为激进民主派的创始人——斯威夫特及其作品,在尊重自然法则,崇尚现代科学精神,倡导运用自然科学理念观照世界等方面尤为引人注目,已成为演绎启蒙时代精神的一大亮点。

斯威夫特曾撰写许多激进的政论文,尖锐辛辣,锋芒毕露,因而树敌甚多,经常遭受这些政敌的骚扰,内心深感痛苦与孤独。但是,斯威夫特一生业绩非凡,足以证明他不愧为英国启蒙运动中激进民主派的创始人,为英国启蒙主义小说的发展做出了巨大的贡献。

二、《格列佛游记》的情节结构

斯威夫特写作这部讽刺小说的目的,用他自己的话说,那是为了"教导世人,而不是取悦于人"。整部小说运用讽喻影射的手法,以外科医生格列佛的四次出海航行冒险的经历为线索,揭露批判了18世纪前半期英国政局的腐败,展现了欧洲资本原始积累时期的重大社会矛盾。全书共分四卷,以主人公格列佛的几度冒险奇遇为线性结构,历经串联组合,呈现出完整的艺术结构。

第一卷为利立浦特(小人国)游记,叙述了格列佛在小人国的游历见闻。这个小岛的世态人情,实际上是当年大英帝国的缩影。这里的小朝廷充斥阴谋诡计,倾轧纷争。谁能在绳索上跳舞,谁就能晋级升官;第二卷布罗卜丁奈格(大人国)游记。这里的居民不仅体力胜过利立浦特人,他们的智慧也超过小人国的臣民。对大人国的风俗人情的描绘,体现了作者对美好社会制度的向往;第三卷勒皮他(飞岛)和格勒大维(巫人岛)游记。这个飞岛上住着奇形怪状的人,他们整天担忧天体会发生突变,会毁灭。这一部分的描写中,作者侧重批判英国伪科学;第四卷慧骃国(智马国)游记,叙述了格列佛在智马国的见闻游历。在这个国度里,处于统治地位的是有理性的公正而诚实的智马。作者通过格列佛与智马的对话,将英国统治集团中的种种腐化堕落的恶习和盘托出,说明当时的英国实质上是一个"衣冠禽兽"的社会。

斯威夫特历经几度探索,最终确认只有过着宗法制的原始公社的生活,才能彻底荡涤社会文明的恶习。但是他明白,不可能让18世纪的英国回到古老的宗法制社会。因而在小说里,或多或少地流露出无可奈何的悲观情绪。然而,启蒙理性、抑恶扬善的态势仍是坚定明确的。斯威夫特所展示的理想社会是极其模糊的。大人国的国家体制,实质上仍然是一种改良之后的开明君主专制政体。由于《格列佛游记》的最后两部是在18世纪20年代中期写成的,那时爱尔兰人民反对英国殖民奴役的斗争日益兴起,这促进了作家对未来社会体制的进一步探求。

大人国的法治体制,正体现了斯威夫特的这一社会理想。《格列佛游记》不仅针砭时弊,反对暴政,而且殷切期望人人享有真正平等的权利,能过着有文化、有教养的理性生活。

三、集英国讽刺艺术之精髓

《格列佛游记》的艺术精髓主要在于讽刺艺术。就其讽刺手法的灵活多样来说,可以称得上是集欧洲数百年来的讽刺艺术精髓。有时作者用反语相讥,悠然成趣。如在小人国,那里的国王出于人道主义精神,在处死政敌时,避免用刀斧杀头的残忍之举,而让犯人舔掉地板上有毒的粉末,最终历经24小时后才毒发致死的情节,来论证国王的仁慈宽厚。这种反语相讥,悠然成趣,正击中了统治者的凶残本质;有时,作者采用直言讥讽,单刀直入,开门见山,利用异邦人的视听感官,直接把英国现实的丑恶点拨出来。在飞岛国中,格列佛在参观伟大的拉格多科学院时,只见教授们正在埋头研究如何使粪便还原为食物,他们正在设计如何利用猪来耕田的方法,这实际上是对当时英国伪科学的有力讽刺;有时,作者迂回曲折,掩映多姿,甚至以兽讥讽人。如小人国的大臣们为了升官发财都争先恐后地参加绳技表演,为此跌伤致残者不计其数。作者借用这类闹剧性情节,讽喻当权者的利欲熏心。

凡此种种风趣滑稽,神情皆备,收到极好的艺术效果。

斯威夫特是驾驭讽刺艺术的能手,他的小说充满神奇莫测和荒诞不经的画面。但是,他的文笔却是朴素而简练的。尽管小人国、大人国、慧骃国的情景各异,主人公的境遇不相同,但整部小说的风格布局浑然一体。格列佛四次出海的前因后果都有详尽的交代,按照时空顺序依次描述,故事性极强,文笔简洁生动,因而成为雅俗共赏、妇孺皆知的一部文学名作,数百年来在世界各国广为流传。

第三节 狄更斯《伟大的期望》

一、英国文学的骄傲

所有英语国家或非英语国家的读者几乎都像熟悉莎士比亚一样,而熟知狄更斯的名字。在英国近代文学史上,就文学功绩和历史地位而论,只有莎士比亚可以与狄更斯相媲美。查尔斯·狄更斯是继莎士比亚之后英国最伟大的文学家。狄更斯的小说创作是丰富多彩的,他将19世纪英国的批判现实主义文学推向巅峰。1870年狄更斯逝世,很快,他逝世的消息传遍世界,狄更斯的名字深入人心,人们都为失去这样一位可敬、可亲的伟大作家而失声痛哭。

狄更斯的作品充满人性关爱和人道主义精神,拥有最广泛的读者群。在英美文学中,狄更斯是最善于汲取传统生活题材,最具平民百姓意识,最擅长于描述青年人命运的小说家。他的小说相继被译成世界各国文字出版,并多次被改编为影视文学。1902年,"狄更斯联谊会"在英国出现了,它是由专家、学者、读者等社会各界人士组成的,专门研究狄更斯的文学创作的组织,如今它的分会遍及世界各地。狄更斯的巨大成就和国际声誉,正是英国文学的骄傲。

二、情节组合的折叠式结构

《伟大的期望》又译《远大前程》或《锦绣前程》。小说由开场篇、伦敦篇和归来篇三大部分合成,步步递进,前后呼应。从题材上说,这部小说既保留着狄更斯前期创作的特色,又具有后期创作的鲜明特征。小说的戏剧性矛盾和结构布局组合都达到极其娴熟完美的艺术境界。小说的情节结构方式,就像一把折叠式的纸扇一样,因此,我们称它为折叠式扇形结构。

主人公匹普是小说的核心人物,就像是手中的扇柄,他在不同地方的三个生活阶段依次整合成完整的扇面。另有铁匠和比蒂,逃犯马格维契、律师贾格斯,郝薇香小姐和艾丝黛拉这三组人物布局其间,他们就像是一根根扇骨,匀称地布局在整个扇面上。《伟大的期望》是严格按照故事的生活时空顺序,时间的前后跨度为 20 年,形成由点散面的折叠式扇形的艺术结构。小说一浪推一浪递进发展,脉络清晰,多层张合,起伏有序,可以称得上是英美小说结构艺术上的精品。

三、特定视角与整体风格

透过《伟大的期望》,我们可以掌握狄更斯小说创作的特定视角与整体风格,也可以勘探到这部小说精湛的艺术特色。狄更斯的小说多数取材于中下层社会的各类小人物,他们的生活、痛苦、命运和愿望,成了狄更斯最关心的问题。各类小人物的个人奋斗的历史,是狄更斯小说创作的核心课题。

《大卫·科波菲尔》同属这类题材的小说。狄更斯通过小人物命运而倡导积极的处世态度。作者用无限的同情描述大卫高尚的情操,来反衬资产者的巧取豪夺和唯利是图。在展示小人物命运的小说中,例如《伟大的期望》和《大卫·科波菲尔》,作者提出了为人处世的若干准则,还抨击了当时社会现实的黑暗。匹普从挫折中认清了"下等人"的可贵,大卫从苦难中感受到自食其力、刻苦奋斗的重要。

重视描写儿童形象,也是狄更斯审视现实的特定视角。在《伟大的期望》中,作者善于运用第一人称来讲故事,给读者以亲切感和真实感。整部小说都是以孤儿匹普的眼光来展示情节的。这种从童心童眼看世界的写作方法,助推着情节的发展,使小说的悬念一个接一个,疑团一串联一串,例如,郝薇香小姐为什么要匹普经常到萨第斯大厦去玩? 逃犯会对他怎么样? 谁是匹普的庇护人? 小船偷渡是否会成功? 逃犯的女儿究竟是否还活着? 等等。这样的一个个疑团在匹普的头脑中涌动翻滚着,直至一一被解开,最后真相大白。

在狄更斯的小说中,都是从童心童眼来感受生活,观察世界的,小说中孤儿、童工比比皆是,如《老古玩店》中的孤儿耐尔,《大卫·科波菲尔》中的童工大卫和《奥列佛·退斯特》中的孤儿奥列佛,等等。狄更斯以深切的同情,描述了儿童的悲惨命运和苦难生活,向社会提出了儿童教育的问题。由于狄更斯对苦难儿童的不幸寄予同情怜悯之心,善于把握儿童的心理感受,因而他的作品具有强烈的艺术感染力和说服力。

四、诙谐幽默的风格

狄更斯是一位幽默大师,善于运用他那诙谐之笔写人叙事。在《伟大的期望》中,作者不仅将像姐夫铁匠、孤儿匹普这样的下层人物描写得十分幽默风趣,而且将上层人士刻画得更是可憎可笑。他善于采用幽默和讽刺的笔调来描述正面人物的天真与糊涂、正直与善良。这些情景,既是幽默与讽刺的交织,又是天真与糊涂的融合。狄更斯的艺术风格是颇具特色的。狄更斯的幽默则是含着笑的眼泪,温和如玉。在他的笔下的小人物,饱含着凄楚的哀感,始终洋溢着作家的爱抚之情,给人以情动人的艺术魅力。

在《伟大的期望》中,随着情节的展开,匹普的父母双亡,两个逃犯相继死去,姐姐病死,郝薇香小姐葬身火海,德鲁默尔死于决斗,小说里的一系列人物相继毁灭。显然,作者宣扬的是一种"善有善报,恶有恶报"的因果报应的思想,其根源仍然是人道主义。亦谐亦趣、幽默讽刺风格的形成,是与狄更斯的人道主义情怀分不开的。贯串他所有小说创作的,均有小资产阶级的人道主义思想这一条内在的主线。作者同情小人物的不幸,谴责各种坏人,主张通过道德感化的手段来改革社会。按狄更斯创作的惯例,他是运用好人和坏人这两组人物的鲜明对比,来表现他的人道主义理想。其间充满了小资产阶级的人道博爱精神和人性互动,流露出劝善说教的成分和改良主义的幻想。

第四节　马克·吐温《哈克贝利·费恩历险记》

一、美国民族传统文学的一座丰碑

马克·吐温原名塞缪尔·朗荷恩·克列门斯,马克·吐温在密苏里州佛罗里德镇出生,他是 19 世纪美国现实主义文学的奠基人之一。他 12 岁丧父,因此幼时上学不多。后来,他曾当过印刷厂学徒、报童、排字工人。青少年时代这段艰苦而丰富的生活经历使他对社会和人民的生活与思想具有广泛而深刻的了解,给他的创作带来了巨大的影响,并且为他以后的文学创作提供了丰富的素材。1863 年开始用"马克·吐温"这一笔名发表作品。1865 年,他发表《卡拉维拉县驰名的跳蛙》,这是根据传说写的短篇幽默小说,文笔轻快、笔调诙谐,顿时一举成名,引起文坛瞩目。《傻子国外旅行记》在 1869 年出版,使得马克·吐温逐渐成为国内外驰名的幽默作家。1870 年,马克·吐温与奥莉薇娅·兰登结婚,稳定的生活和美满的爱情促进了他的文思,从此开始了他创作的黄金时代。1873 年,马克·吐温与查·沃纳合写了《镀金时代》。1876 年发表的作品《汤姆·索亚历险记》,使他由幽默作家一跃成为全国瞩目的大作家。19 世纪 80、90 年代他的主要作品有:《密西西比河上》《亚瑟王朝廷上的康涅狄格州美国人》《王子与贫儿》《哈克贝利·费恩历险记》《圣女贞德传》《傻瓜威尔逊》和《赤道环游记》等。

马克·吐温主张作家要从自己所熟悉的地区开始写作,以此来描写人民的生活、刻画人民的性格,他一直提倡创作具有乡土气息的文学作品。他认为,倘若作家都遵守这一原则进行创作,美国和美国人民生活的全貌便会如实地展现在世人面前。马克·吐温一生著述丰富。他早年文笔清新,作品幽默,充满了对上升时期美国生活的期待;中期以后,他的作品逐渐暗淡低沉,表现出对美国社会的失望;晚年随着他个人生活的悲剧和资产阶级民主思想破灭的影响,作品中明显地流露出绝望与悲观的情绪,颇有宿命论的倾向。他是一位富有创作精神的伟大小说家,他的深刻思想内容和讽刺幽默文风为美国文学乃至语言的发展做出了巨大贡献。他的多部作品已被译成中文,深受我国读者的喜爱和欢迎。马克·吐温的作品不仅已成为美国和西方文化传统中的一个重要组成部分,而且是世界文化宝库里的璀璨明珠。

在马克·吐温的两部杰作《密西西比河上》和《哈克贝利·费恩历险记》中,马克·吐温以幽默的文笔,描写出自己早年在南方的所见所闻。马克·吐温的风格开创了美国小说口语化的先河,对后世作家产生了巨大影响。他的卓尔不群之处在于:他通过描写具体的、局部的人和事,而反映出人类普遍的思想面貌。

二、《哈克贝利·费恩历险记》

1875 年,在《汤姆·索亚历险记》完成后,马克·吐温开始着手《哈克贝利·费恩历险记》的创作。小说的开头进展得比较顺利,不久中道搁浅,难以为继,在历经六年之久的反复构思、酝酿后,马克·吐温重新起笔,最终一气呵成,完成了该作品的创作。1884 年底,《哈克贝利·费恩历险记》最终问世。这部姗姗来迟的小说是马克·吐温所有作品中最成功的作品,是美国现实主义文学的杰作,也是美国文学史上一部划时代的作品。

小说通过哈克和吉姆结伴出逃的故事,淋漓尽致地暴露和批判了 19 世纪中叶的美国社会。摆脱奴役和要求自由的共同理想和命运将一个"野孩子"和一个逃亡黑奴联结起来。这部小说的主题思想是反对蓄奴制,讴歌为自由而斗争。小说通过一系列扣人心弦的故事,生动地描述了哈克和吉姆在患难中形成和发展的、不分肤色的忘年交,赞美和歌颂了这种友谊的纯洁和高贵,从而否定和批判了罪恶的蓄奴制。哈克是小说的中心人物,他是马克·吐温笔下甚至是美国文学史上一个具有可贵叛逆精神的人物形象。他的叛逆精神集中体现在对蓄奴制的否定上。19 世纪 60 年代之前的美国,南方各州普遍实行残酷的蓄奴制度。广大黑奴在白人奴隶主的皮鞭下,过着悲惨的生活,失去了人身自由。哈克也像其他白人孩子那样看不起、戏弄黑奴吉姆。但后来,在与吉姆经历了数十个患难与共的日日夜夜以后,他终于摆脱了对吉姆的成见,下定决心就是"下地狱"也要帮助吉姆获得自由。当他帮助一个黑奴寻求自由时,实际上是在和整个南方蓄奴制唱反调!哈克的这一转变意义重大,通过这一形象的塑造,作者表达了白人应该帮助黑人获得自由和解放,蓄奴制必须被推翻的思想主题。

吉姆形象的塑造,表达了废除蓄奴制的必要性和迫切性的思想主题,着重于揭露蓄奴制的罪恶。吉姆是个富于同情心、聪明忠厚的黑人。然而,吉姆仍然无法摆脱被贩卖处置的厄运,他的命运也就是广大黑奴非人生活的真实写照。在当时的历史条件下,黑奴的反抗只能采取逃亡这种方式。可贵的是,作者笔下的吉姆是一个富于反抗精神的奴隶。他公然违抗主人的旨意,毅然出逃。通过这一形象的塑造,作者一方面在揭露蓄奴制的基础上表达了黑人应该与白人携手团结,为自身的自由和解放而斗争的思想,另一方面,表达了黑人是具有独立人格的真正的人,社会应该尊重他们的思想。

小说深刻、独到的地方,在于描写哈克在帮助吉姆出逃途中的复杂的内心矛盾和斗争。小说精细入微地描写了哈克对"良心"的艰难的斗争过程。一方面,"良心"驱使他同情吉姆的遭遇并尽一切可能协助他寻求自由;但另一方面,"良心"正在警告着他,窝藏和帮助黑奴出逃不仅为道德和上帝所不许,而且触犯美国当时的法律。在美国文学史上这部小说是头一回,从批判"良心"的角度来反对蓄奴制,这是在美国思想史上史无前例的,这表明了马克·吐温过人的胆识。

马克·吐温大量提炼、融合、吸收了方言口语,创造了一种明快、简洁、生动的语言,对于确立和发展美国文学语言建立了卓越功绩。小说《哈克贝利·费恩历险记》作为19世纪美国批判现实主义文学的奠基作品,体现了思想性和艺术性的高度统一。《哈克贝利·费恩历险记》是马克·吐温别出心裁的创造,首先,它与《汤姆·索亚历险记》一样,鞭辟入里、惟妙惟肖地描写儿童心理,这是最大的成功之处。其次,在这部小说中,马克·吐温将犀利语言和轻松的幽默熔于一炉。再次,还表现在他善于在司空见惯的日常生活现象和自然风光的描写中寄寓深刻的思想,并将纷繁复杂的现实生活场面组织成盎然有趣的故事。

三、马克·吐温的艺术风格

《哈克贝利·费恩历险记》在艺术风格上的一大亮点是天真的童心在友谊中闪光。从艺术的方法论上看,这部小说主要有三大特点:一是采用第一人称叙事话语的写法。全书以主人公哈克自述的口气写成,给人以一种真实感和亲切感。哈克讲故事所用的语言完全符合乡村儿童的性格特征,没有人为造作的痕迹;二是鲜明的对比手法。小说中的两个重要人物——哈克和吉姆,在年龄、性格、阅历等方面互为衬托,形成鲜明对照,但都为共同的生活理想而奋斗。哈克是主要人物,其好友汤姆在这部小说中是次要人物。作者用哈克、吉姆的天真淳朴与那些冒称"公爵"和"国王"的江湖骗子的厚颜无耻进行对照,用大自然的自由空间与现实社会的约束窒息进行对照,从而衬托出社会现实的丑恶。三是浪漫主义的抒情性和现实主义的具体性相互交融,浑然一体。在描写密西西比河沿岸的人物的心理状态及风土人情时,它是具体而真实的;而在描述大自然的景色以及主人公对自由的追求与渴望时,则充满了浓厚的抒情气息。

幽默与讽刺是马克·吐温文学创作的主体艺术风格。在他的早期作品中,幽默感是小说的基调。随着作者对现实认知的日益深刻,到了后期,讽刺的艺术风格更为鲜明突出。在1899年完成的中篇小说《败坏了哈德莱堡的人》中,作者通过一袋金币的故事,无情地撕下资产者伪善的外衣,暴露出贪婪的拜金主义的丑恶本质。在这里,尖锐的讽刺就取代了先前的幽默滑稽,成为主要的艺术风格的基调。

马克·吐温的幽默情趣总是在一本正经的笑话中显现出来,他是个讲笑话的行家里手。即使是一些逗趣的故事,经他的改编,就会显现出生机和活力。马克·吐温尤其擅长于以小见大,从童心童趣中,揭示出重大的社会主题。他善于通过不懂事的顽皮的儿童行为,来展现社会的人际关系。作者总是把深奥的哲理,深入浅出地表现出来,通俗易懂。马克·吐温自己也曾在《自传》中谈及幽默的问题。他谈到当年美国有一些幽默作家虽曾盛极一时,但很快就消失了,如过眼云烟。这就是马克·吐温与一般幽默作家的本质区别,也是他享誉全球的根本原因所在。

第五节　福楼拜《包法利夫人》

一、福楼拜

福楼拜是法国优秀的作家,他出生于一个世代行医的家庭(位于法国西北部鲁昂城)。父亲是鲁昂市立医院院长兼外科主任,因此他的童年时光大多是在父亲的医院里度过的。福楼拜从中学时代起就开始尝试文学创作。因此,他以后的文学创作明显带有医生的细致剖析与观察的痕迹。

1841 年,福楼拜就读于巴黎法学院,22 岁时因被怀疑患癫痫病而辍学,于是此后他一直住在鲁昂,专心从事创作,终生未婚。《包法利夫人》于 1857 年完成,这一作品是福楼拜用了将近 5 年的时间创作而成的。这部作品一经出版就成了他的代表作,开创了文学史上的一个新纪元。随后他又创作了《三故事》《情感教育》和《萨朗宝》。

电影作品

上映时间	剧名	扮演角色	导演	主演	担任职务
2015	包法利夫人		苏菲·巴瑟斯	米娅·华希科沃斯卡, 埃兹拉·米勒	编剧
2008	简单的心		玛丽昂·莱娜	桑德里娜·伯奈尔, 帕斯卡·埃尔贝	编剧
2001	每夜		欧仁·格林	亚历谢斯·罗莱特, 阿德里安·米肖	编剧
2000	包法利夫人		蒂姆·费威尔	弗兰西丝·奥康纳, 休·博内威利	编剧
1993	玛雅		科素·查赫塔	沙鲁克·罕, Raj Babbar	编剧
1991	包法利夫人		克劳德·夏布洛尔	伊莎贝尔·于佩尔, 让·弗朗索瓦·巴尔梅	编剧
1989	布瓦与贝居榭		让-丹尼尔·维哈吉	让·卡米特, 让-皮埃尔·马里埃尔	编剧
1989	包法利夫人		亚历山大·索科洛夫	Cécile Zervudacki, Aleksandr Cherednik	编剧
1989	拯救与保护		亚历山大·索科洛夫	Robert Vaap, Tsetsiliya Zervudaki	编剧
1977	简单心灵		Giorgio Ferrara	乔·达里嘉德罗, Adriana Asti	编剧
1974	包法利夫人		Pierre Cardinal	Nicole Courcel, Jean Bouise	编剧
1969	包法利夫人		Hans Schott-Schöbinger	艾德蕻妮·芬娘齐, Gerhard Riedmann	编剧
1968	包法利夫人		Hans-Dieter Schwarze	Elfriede Irrail, Günter Strack	编剧
1962	ducation sentimentale, L'		亚历山大·阿斯楚克	道恩·艾达丝, 米歇尔·奥克莱尔	编剧
1960	The Loves of Salammbo		Sergio Grieco	Jeanne Valérie, Jacques Sernas	编剧
1949	包法利夫人		文森特·明索利	珍妮弗·琼斯, 詹姆斯·梅森	编剧
1947	包法利夫人		Carlos Schlieper	Mecha Ortiz, Roberto Escalada	编剧
1937	包法利夫人		Gerhard Lamprecht	波拉·尼格丽, Aribert Wäscher	编剧
1933	包法利夫人		让·雷诺阿	Max Dearly, Valentine Tessier	编剧

二、解读《包法利夫人》

《包法利夫人》是文学史上的巨著,是福楼拜用了将近五年的时间完成的。1999 年入选"中国读者理想藏书"书目。1986 年法国《读书》杂志推荐为个人理想藏书之一。

《包法利夫人》揭露了庸俗的资产阶级人物,如药剂师奥默。比起他来,夏尔的形象反而显得高大了。夏尔虽然平庸,但是心地善良,为人正直忠厚。奥默却是自私自利的典型:他吹嘘自己一知半解的科学知识,打击神父,抬高自己;他吹嘘自己乐善好施,救济穷人,实际上却剥削药房的小伙计。这样一个小人,最后却得到了他朝思暮想的十字荣誉勋章,这真是对资产阶级的绝妙讽刺。小说描写的是一位小资产阶级妇女因为不满足平庸的生活而逐渐堕落的过程。

在《包法利夫人》中,自爱玛成为包法利夫人之后,作者都没有发表直接的议论来表达过多的想法。而是让读者通过爱玛的耳朵去听,通过爱玛的眼睛去看,通过爱玛的心灵去感受。除此之外,小说文本自始至终也没有对爱玛做过整体的肖像描写,更多的是注重对她的局部描写,于是这就需要依赖于读者的想象。读者在阅读中陷入了困境,读者开始意识到,自己所面对的文本,更像是在逃避阐释。

《包法利夫人》中的主人公爱玛为了追求浪漫和优雅的生活选择与人通奸,最终因为负债累累无力偿还而身败名裂,服毒自杀。无论在生活里还是在文学作品中这里的描写是一个都很常见的桃色事件,但是作者的笔触探及的是旁人尚未涉及的敏感区域。爱玛的死除了是她自身的悲剧外,更是那个时代的悲剧。作者用细腻的言语描写了主人公情感堕落的过程,作者很努力地找寻着造成这种悲剧的社会根源。

如果说《包法利夫人》讲述的是一个不断追寻自己幸福,但以失败而告终的女人的故事。那么,读者对爱玛的追寻同样也是失败的。读者感到了迷茫,这感受如同陷身于暗夜之中,或许唯有艺术本身的光明可以抵御黑暗的侵蚀。

三、关于"包法利夫人就是我"

福楼拜曾对人说:"包法利夫人,就是我!"但是在 1857 年给尚特比女士的信中他却说《包法利夫人》是一个完全虚构的故事,没有他的存在和情感融入。那么福楼拜的话自相矛盾,如何理解"包法利夫人就是我"?

我们知道,《包法利夫人》取材于现实生活。包法利的原型是德拉马尔,包法利夫人爱玛的原型是德尔芬·库蒂丽叶,一个漂亮的农家女。她爱读小说,生活浮华,看不起丈夫,先结识了一个情夫,后来情夫却去了美国,这之后又结识了一个律师的实习生,暗地举债,包养情夫。最后负债累累,实习生和她断绝了关系,最终她服毒而死。福楼拜在当时有很强的创作欲,于是他的朋友杜刚建议他写一个关于资产阶级生活的选题,他的另一位朋友布耶也提醒他采用德拉马尔的故事。福楼拜欣然同意,他给笔下的人物注入了自己的思想、灵性和感情。我们对比包法利夫人和福楼拜,我们发现他们两个人有许多相似的精神世界,因此从一定程度上来说爱玛·包法利是浪漫时期的福楼拜。

第六节　弥尔顿《失乐园》

《失乐园》是 17 世纪英国最伟大的诗人弥尔顿的代表作。作者在长诗中塑造了一位足智多谋,敢于坚韧不拔反抗上帝的反叛者的形象,他就是撒旦。撒旦的形象正是英国资产阶级革命者不屈不挠的形象的体现。撒旦在《圣经》中是个反面角色,他引人作恶,是天庭和人类的敌人。然而,《失乐园》描写的是魔鬼撒旦率领叛逆的众天使与上帝抗争失败最终被打入地狱火湖,在烈火中受罪的故事。在《失乐园》中,作者一反《圣经》中撒旦是魔鬼的形象,而把他描绘成一位惊天地、泣鬼神的反叛者形象。撒旦在史诗中是个敢于反抗上帝、维护自由的英雄。

撒旦勇敢、机智,为了获取自由,不惜与万能的上帝斗争,让人钦佩他的勇气。不成功就会受这沉沦之苦,而一旦成功就将成为自己的主人。历史上的革命者都是具有这种精神的,永不气馁,一次不成再来一次,这样才能推动人类的进步、历史的发展。这里弥尔顿勾画出撒旦的英勇顽强的形象—— 撒旦曾是天宫中天使的首领,他敢于率领天使与上帝做斗争,他气势磅礴,即使斗争失败,仍神采奕奕,毫不气馁;撒旦复仇心切,犹如火山爆发。弥尔顿是革命诗人,之所以他创造出撒旦这样的形象,表现了他痛恨专制、热爱自由的革命性格。这里撒旦不再代表魔鬼,他是众多革命者的化身,他是人民眼中的英雄,代表了一种永不该消失的斗争精神!

1667 年,《失乐园》创作完成,这时诗人生活也正值极度危难重重、颠簸动荡的时刻,也正值英国资产阶级革命前后的狂风暴雨时期,作品的特点是主题突出、思想深沉。《失乐园》的主要情节取材于《旧约·创世记》,《失乐园》被俄国作家别林斯基称为是一部"时代的产物"。在《失乐园》中,诗人塑造了撒旦等气度宏伟的人物形象,诗人描述了壮阔的背景,是一部寓意深刻、洋溢着诗人革命激情和对现实及斗争进行严肃思考的杰作。

第七节 丹尼尔·笛福《鲁滨孙漂流记》

丹尼尔·笛福是一位具有启蒙主义思想的优秀作家,是英国文学史上最重要的小说家之一。1719 年,《鲁滨孙漂流记》出版,这部作品受到了社会的强烈欢迎。笛福的语言风格与当时流行的拘谨与雕琢的文风有所不同,他使用生动活泼的日常语言刻画人物,他的这种语言可以使各种具有中等才能的人准确无误地明白作者的意思。笛福是一位多产作家,他写过不少长篇小说,其中以《摩尔·弗兰德恩》较为出色。

《鲁滨孙漂流记》是根据当时的一个真实事件创作的。作品用第一人称叙述故事。主人公鲁滨孙出身于英国中产阶级家庭,他不愿过舒适安逸的生活,便三次私逃出去,进行航海旅行,最后在巴西买了个小庄园,当上了庄园主。此后,有人建议他一起去非洲贩运黑奴,他欣然答应,再次出航。这一次,他们乘坐的船在南美洲一个岛附近触礁,除了鲁滨孙,全船无一人存活,海浪把鲁滨孙冲到岛上。这个岛荒无人烟,而鲁滨孙就在这个荒岛上孤独、顽强地生活了28年。

若干年后,岛上出了意外。岛上来了一群准备杀食带来的俘虏的食人生番,当他们正要美餐一顿时,一个俘虏拼命向鲁滨孙那儿逃去。鲁滨孙看见后开枪打死了几个追赶的食人生番,救下了这个逃跑的俘虏,于是鲁滨孙给这个俘虏取名为"星期五","星期五"成为了鲁滨孙的朋友与佣人。"星期五"后来告诉鲁滨孙曾有17个遇难的白人乘坐小船来到这个小岛。鲁滨孙很想救这些白人,于是两人便造了一个独木舟。此时,另一批吃人生番又带来了许多俘虏来到此岛,鲁滨孙救了俘虏中的一个白人,又救出了"星期五"的父亲。鲁滨孙派这个西班牙人和"星期五"的父亲去邻岛解救其他白人。正在此时,鲁滨孙发现一只英国船抛锚在这个岛上,原来是闹事的水手把船长和另外两人抛弃在岸。鲁滨孙了解后带"星期五"帮船长夺回了船只,于是他决定乘坐此船回国,不再等西班牙人和"星期五"的父亲,以后再回来找他们,于是鲁滨孙与"星期五"乘船回到了英国。

阔别了35年的祖国已经无人认识他了,鲁滨孙发现父母都已逝世,只有妹妹和侄子在家。他又去巴西看自己的庄园,在他离开的35年内他的朋友已把他应收的地租储起来了,如今他已成了拥有5000英镑的大富翁了。鲁滨孙又一次出海经商,路过原先的荒岛时,他得知那些西班牙人和英国水手都在岛上安了家,人丁兴旺,便满意地离开了那里。

作者通过对鲁滨孙漂流经历的一系列描写,歌颂了个人拼搏奋斗的精神和劳动的伟大。鲁滨孙荒岛遇难后,经历了种种挫折,他不屈不挠,克服了种种难以想象的困难,艰苦劳动,用坚强的意志创造了生存奇迹。鲁滨孙的进取形象是一个资本主义上升时期的正面的资产者的形象。作者通过对这一形象的描写,肯定了资产阶级在资本主义的历史进程中所表现出来的百折不挠、坚韧不拔的实干精神。

恩格斯指出,《鲁滨孙漂流记》中的鲁滨孙是一个真正的"资产者"。这个形象集中体现了处于上升时期的资产阶级的精神面貌及其阶级本质。鲁滨孙的形象反映了资产阶级新的世界观,通过这一形象的塑造,作者否定了坐享其成的贵族的封建生产方式,肯定了资产阶级用冒险和才能获取财富的合理性。因此,具有反封建的启蒙意义和积极作用。应该指出的是,笛福把鲁滨孙这个资产阶级殖民主义者的丑陋的一面也作为正面的东西加以肯定的描写,宣扬了资产阶级殖民掠夺的合理性。这一点反映了作者世界观的阶级局限性。当然,在当时的特定历史阶段,鲁滨孙这一艺术形象的客观意义和价值是进步的,是不容抹杀的。

《鲁滨孙漂流记》就艺术特点而言,给人印象最深刻的是描写的具体、逼真和情节的传奇色彩。主人公曲折的冒险经历,形象的思想内涵完全一致,引人入胜,从而具有较强的艺术效果。作者以第一人称叙述,不厌其烦地描述鲁滨孙为了生存和占有而采取的许多行动的细节,给人如见其人、身临其境的感觉。

第八节　亨利·菲尔丁《汤姆·琼斯》

亨利·菲尔丁是 18 世纪英国启蒙现实主义作家,他的主要成就是戏剧和小说的创作。菲尔丁出生于一个贵族家庭(萨默塞特郡格拉斯顿伯里),早年求学于荷兰顿大学和伊顿公学,后来当过伦敦首任警察厅厅长和律师等职务,还做过杂志主编。菲尔丁的故事大多构思精妙,情节曲折迷离,把读者引入一个变幻错综的世界里,给人提心吊胆的感觉。运筹帷幄的菲尔丁,俨然以造物主俯视世间万物所特有的骄矜的样子,高高在上,把人物指挥得团团转。菲尔丁用一种局外人的口气描述事态的进程,自然就有高出一切被描述的事物之上的心态。这种把作者提高到上帝高度的做法,可以算作是菲尔丁对现代小说的一大杰出贡献。当然,菲尔丁对他刻画的人物和事件,绝不是冷眼旁观的。无论如何,在他的作品中,乐观主义情绪表现得很明显,在他的笔下美和善总要战胜丑和恶。

他的创作大体可以分为三个时期:第一个时期是 1730—1737 年的戏剧创作时期,他的戏剧全部都是喜剧。这些剧本虽然已表现出他的才华,但大多显露出仓促草率的痕迹,其中比较优秀的剧本有 1734 年创作的讽刺英国选举制度的《堂·吉诃德在英国》。但是 1737 年英国国会通过了关于戏剧检查的法令,迫使菲尔丁停止了戏剧创作。第二个时期是 1738—1741 年的散文和诗歌创作时期。这个时期菲尔丁思想感情日渐成熟,他的创作已走上了平稳发展的道路。《亚历山大和讽刺家达奥基尼的谈话》和《论如何医治失去朋友的痛苦》是这一时期的散文代表作。第三个时期是1741—1754年的小说创作时期,也是菲尔丁的写作才能完全成熟、成就最为突出的时期。这一时期以四部内容广泛的现实主义长篇小说为代表:1742年的《约瑟夫·安德鲁斯》,1743年的《大伟人江奈生·魏尔德传》,1749年的《汤姆·琼斯》和1751年的《阿美丽亚》,其中《汤姆·琼斯》是不朽名作。

《汤姆·琼斯》是一部广泛描写英国城乡资产阶级生活的"喜剧史诗"式作品。对等级观念的揭露和抨击资产阶级的虚伪是小说的重要内容。

在这部小说中,反面人物布莱菲尔是富绅奥武绥的外甥,这是一个典型的资产阶级伪善者。为了能继承舅父的财产,他一贯装出非常恭顺谦和的样子,而实际上却时时想着坏主意,打着小算盘。他觉得汤姆受到舅父的器重,会使他的继承权受到威胁,于是经常在奥武绥面前诋毁汤姆,打击汤姆,夸大汤姆的错误,然后表明自己如何正派。他甚至故意扣下母亲的遗书不让舅父看,使汤姆未能得到自己合法的权利,长期蒙受私生子的"恶名"。有一次,舅父病危,他不仅不去安慰病人,反而故意告知自己母亲死去的噩耗,希望舅父受不了打击立刻死去,他好早日独揽家政、独占家产。他不满苏菲亚对汤姆的垂青,故意放跑她的小鸟,还说是还小鸟以自由。直到最后,在"抵赖不得"的情况下,他的阴谋彻底败露,他才假装悔罪,但没过多久,又开始盘算着用怎样的手段娶富家女,进国会。

作者写作的深刻之处,一方面在于揭露了布莱菲尔之流的虚伪面目,另一方面在于指出他们的这种虚伪是立足于资产阶级社会所必需的。虽然作者最后给了我们一个"善有善报、恶有恶报"的完美结局,但从作品的整体描写来看,恐怕连他自己都未必相信最后的完美结局。因此,我们可以说虚伪是资产阶级社会无法割除的宝贝,是资产阶级的本质特征之一。小说所揭露的"等级观念"既有封建因素,也有资产阶级因素。从小说的尾声来看,苏菲亚和汤姆的结合正说明了资产阶级的"金钱至上"胜过了封建阶级的"门第血统"。

在《汤姆·琼斯》这部划时代作品里,展示了一幅18世纪英国社会的现实主义画面。菲尔丁通过汤姆和苏菲亚为了争取婚姻的幸福,与资产阶级社会做斗争的故事,讽刺了上层社会的各种各样的伪君子,并且揭露了英国资产阶级社会的腐朽、虚伪。《汤姆·琼斯》中的主人公汤姆是一个弃儿,但是他淳朴善良,为人忠实诚恳、宽宏大量,他是不同于寻常的年轻人。他经过种种磨难和诱惑,战胜重重艰险和阻碍,最终和苏菲亚结合的过程,也就是作者揭露和批判英国半封建、半资本主义社会性质的过程。与汤姆和苏菲亚形成对比的人物是布莱菲尔,他表面上道貌岸然,实质上为了私利不惜从事任何罪恶勾当,他代表资产阶级原始积累时期凶狠的冒险家形象。此外,作者还写到了其他形形色色、活跃在当时英国社会各阶层的人物,如乡绅奥武绥、苏菲亚的父亲魏思顿、受侮辱的女仆詹尼。这部小说中的场面描写如万花筒般丰富多彩,情节曲折复杂,从中可以看出作者深受塞万提斯的《堂·吉诃德》的影响。对主人公种种冒险经历的描写仅仅是一种手段,作者借助这种手段是为了描写环境对人物性格的影响,以及社会经历如何使人一步步成熟的过程。《汤姆·琼斯》这部小说保存了18世纪传统小说的某些定式,如滑稽幽默的穿插,吵架、打斗场面的渲染和描绘等,但这些在全书仅占次要地位。总之,《汤姆·琼斯》是一部具有划时代意义的杰作。

第九节　凯特·肖邦《觉醒》

19世纪末美国著名女作家凯特·肖邦(Kate Chopin,1851—1901)的代表作是《觉醒》(The Awakening,1899)。小说揭露了家庭观念、传统婚姻对妇女的束缚和压抑,探索了艾德娜从心灵麻木走向心灵觉醒的心路历程,歌颂了她敢于反抗生活种种羁绊的精神。肖邦的一些朋友也因此与她断绝了来往,肖邦的出生地把这部作品列为禁书。作者终于在抑郁之中去世了。

《觉醒》中的女主人公艾德娜是一个富商的妻子。她质朴自然,娴雅妩媚,年轻美丽。她有个富有并"体贴入微"的丈夫,两个活泼可爱的孩子,夫妇俩也可谓"郎才女貌"了,从传统观念来讲艾德娜算是位有福气的女人。

艾德娜是一个感情炽热的女性。年轻时曾迷恋上一位悲剧演员,因为当时的法律不允许女子自由恋爱,她没有机会同他相识。她沉浸在单相思的哀愁中,就在她对爱情的美好向往几度破灭之时,庞蒂里耶走进了她的生活。她是他的"一件昂贵的私有财产"、装潢门面的修饰物,所以他爱他的妻子,这位传统观念浓厚的丈夫从来不把她当成一个需要爱情的女人。可是艾德娜有她自己更高的精神追求,她要从事艺术创作,她不愿把全部精力都花在烦琐的家务上。长期得不到慰藉的感情世界就像一片没有绿色的沙漠,她常常独自一人对月而坐,潸然泪下,感到十分的孤独和痛苦。艾德娜深深意识到琐碎的家庭生活像牢笼一样把她囚禁,她感到无法担当"女人和妻子的光荣职责",她那被埋葬多年的自我逐渐苏醒过来。

自我意识的觉醒促使艾德娜迫切想寻找自己的幸福,冲破婚姻的牢笼。就在这时她遇见了为人热情、年轻潇洒、心地善良的罗伯特,他们经常在一起,形影不离。他给艾德娜读小说,教她游泳,他们无所不谈,谈起来就没完没了。这段共同的生活和思想交流,使他们有了一定的了解,彼此之间产生了爱慕之情。她"郁闷地痛苦"和"感到迷惑"。因为她已不再是少女了,她"无权"再恋爱了。她意识到"强烈的感情从她灵魂中涌出,犹如浪涛日复一日地拍打她的身躯一样",她意识到作为女人应当如何完善自己的感情世界。当面对痛苦至极、面容憔悴的女友生育时凄惨挣扎的场面时,她感到大自然规律的不可抗拒,她对妻子角色和母亲角色有了新的认识:在父权社会里妇女要通过婚姻和两性关系来维持社会的生存和发展。罗伯特的出走打碎了维系她生命的唯一希望,留给她的归宿只有"充满诱惑的永恒的大海"。

艾德娜的悲剧不是偶然的,有其深刻的社会根源。她与庞蒂里耶的矛盾和冲突是两种社会势力、两种思想的尖锐对立和冲突,而不仅仅是个人性格的矛盾与冲突。在他看来,女人的神圣使命就是做个贤妻良母;女人只是男人的附庸,她们根本不能同男人处于同等的地位。艾德娜却要反其道而行之,要求摆脱家庭的拖累,摆脱受男人支配的不平等地位,走向社会,过独立自主的生活。在她的面前是一个强大有力的资产阶级男权社会,所以在当时她的追求是不能实现的。在当时的美国南方,未婚或已婚女子不能随便跟男人接触,若接触男人必须有人陪伴。罗伯特仍然有着大男子主义思想,他认为艾德娜的命运应由其丈夫左右,其实是艾德娜把她心目中的"白马王子"罗伯特理想化了。

艾德娜以"一死了之"的方式来逃避父权社会的方式是不可取的。肖邦没有指出妇女解放的真正途径,而是把这个问题留给读者去思考、去探索。只要她们自尊、自爱、自强、自立,有强烈的社会责任感,勇于进入传统上非女性的事业领域,那么等待她们的必定是和谐美好的世界。

第十节　康拉德《黑暗的心灵》

约瑟夫·康拉德(Joseph Conrad,1857—1924)是 20 世纪英国最杰出的小说家之一。他在英国文学史上是一位特殊的作家。康拉德原籍波兰,早年失去父母,生活颠沛流离。他年轻时曾在法国船上当水手,后加入英国国籍。他的惊世名作《黑暗的心灵》被文学界称为 20 世纪最有力度、最深刻的一部中篇小说,该作品就是根据他自己 1809 年的刚果之行而创作的。

《黑暗的心灵》是一部描写一个欧洲人在 19 世纪末第一次去非洲时的所见所闻及内心感受的小说。康拉德通过对人物的刻画,使用了浓重的象征主义创作手法,以其真挚的感情、扣人心弦的情节向读者展示了一幅欧洲"文明"给非洲大陆带来的令人毛骨悚然的"空前景象"。

康拉德在《黑暗的心灵》中塑造了一个叙事人和大家熟悉的作为自我的化身——马洛。18 世纪 90 年代他受雇于一家贪得无厌的比利时贸易公司,是英国的航海商人,希望找到该公司神秘失踪的干练的代理人和象牙商人库尔兹先生。

马洛初到刚果基地时所见到的外国殖民者掠夺奴役下的非洲丛林阴森恐怖的景象已经告诉大家答案了。马洛看到了饿殍遍野,一栋栋东倒西歪的房舍,锁着铁链的非洲土人发出有节奏的铿锵声,生锈的铁轨,破损的机器,无人照顾奄奄待毙的土人……。

"他们在慢慢地死去,这是显而易见的。他们不是罪犯,不是敌人,但也不像人世间的生灵,只是绿色树荫下一堆杂乱的被疾病和饥饿折磨得失去人形的黑色影子。朝下望去,我看见手边就有一张脸。那副黑骨头伸平躺着,一个肩膀靠在树上,眼睑慢慢抬起,深陷下去的眼睛看着我。这个人很年轻,像个男孩子一样,但他们的年龄很难猜。我不知道做什么好,就把口袋里一块瑞典轮船优质饼干递给他。他的手指慢慢合拢,握住饼干。没有其他的动作,也没有再看一眼……"

这就是殖民主义者,那些献身于"消除野蛮习俗"的"开明"的欧洲人在非洲大陆所营造的人间地狱。马洛目睹历尽苦难死去的黑人的惨状,心灵经受了一次大冲击。在刚果基地,马洛逐渐地听到了许多关于库尔兹的传闻。随着马洛航线的不断深入,他渐渐地看清了库尔兹的真正面目。在马洛看来,库尔兹无法无天的罪行,他的心灵里潜伏着的黑暗的地狱和罪恶的深渊是他最终堕落的原因。几经周折,在死神的门槛上,马洛终于见到了库尔兹。

第十一节　戴维·洛奇《治疗》《作者,作者》

一、创作内外的选择

2002 年,英国作家戴维·洛奇(David Lodge,1935—)在其学术著作《意识和小说》中,对于 19 世纪丹麦哲学家、神学家日兰·克尔凯郭尔(Soren Kierkegaard,1813—1855)思想的"文学创作性"的运用,是以"克尔凯郭尔之特殊运用"的方法为专题分析的。实际上,洛奇本人坦诚地告诉读者,自己没有深入涉及克尔凯郭尔哲学著作的阅读,而且对于克尔凯郭尔的哲学知之甚少。

二、多重关系的再诠释

戴维·洛奇创作的几部小说,包括《治疗》《思索》,一直到 2004 年出版的小说《作者,作者》,都在创作风格上与以往的作品有了相对较大的变化。

在《作者,作者》中,洛奇将《思索》中一直隐藏在引文和典故中的作家亨利·詹姆斯推进到故事的情节之下。在这部看似传记的小说中,洛奇倾注和暴露了他在作品《治疗》之前很少袒露的情感,也动用了他少有的现实主义创作手法,他之所以强调其为小说,除了点明的"小说结构"和"文学想象"因素外,恐怕更多地牵涉了文学生产场中的微妙关系。

第十二节 海明威《老人与海》

《老人与海》是在海明威晚年的文学创作中,唯一显示比较乐观情怀且充满哲理性内涵的小说。1930 年,海明威在一篇新闻报道中曾提到一个在加勒比海捕鱼的古巴人。据说他钓到一条大鱼,他的渔船被这条大鱼拖出60 海里。两天后,其他渔民发现了他,而他所钓到的那条大鱼已被鲨鱼啃掉大半,另有一大群鲨鱼仍继续围着他的船游来游去。《老人与海》描写老渔夫桑提亚哥出海捕鱼的非凡经历。他在捕鱼中连续 84 天空网,到了第 85 天时捕到一条甚至比他的船还要大的马林鱼。他费尽心力,历经了两天两夜的奋战,终于把鱼捕到了。不料在返回途中,却遭到鲨鱼的袭击,虽尽力拼搏,但是仍然敌不过鲨鱼的威力。待返回渔港时,那条拖在船旁的大鱼已被鲨鱼吃得只剩下一副骨架。

从更深层面上说,《老人与海》又是作者执意刻画的一系列硬汉性格的再次升华。超越时空的主体情境,赋予桑提亚哥老人一种人格力量,这种力量可以超越客体时空范畴。在海明威的其他作品中,"硬汉"们总是在具体时空中存在和生活的,其矛盾冲击也是在复杂的人际关系与社会生活中产生的。面对大海的波涛与风暴,桑提亚哥不怕磨难,不畏艰险,时时抓住生存与斗争的主动权。

第十三节 格雷厄姆·斯威夫特

一、格雷厄姆·斯威夫特的个人经历

格雷厄姆·斯威夫特(Graham Swift)1949 年 5 月 4 日生于伦敦。格雷厄姆·斯威夫特在群星灿荧的当代英国小说家中是十分光彩炫目、独树一帜的。斯威夫特攻读英国语言文学,在剑桥大学女王学院获得了学士和硕士学位(1967—1970),在约克大学攻读博士学位(1970—1973)。1996年,他的第六部长篇小说《遗言》终于一举夺得了当年的布克奖,力挫群雄,从而奠定了他在英国当代文坛的重要地位。纵观他的创作生涯,我们不难发现他对探究历史,包括社会史、民族史、自然史等投注了极大的热情,他用如椽之笔对历史时而拷问,时而质疑,时而重新构建,自如地穿行于历史、故事和记忆之间,勾勒出了一幅幅逼真的人类社会众生相和生动的时代画卷。

二、格雷厄姆·斯威夫特《洼地》

格雷厄姆·斯威夫特是英国当代著名的小说家,出版于1983年的作品《洼地》为他赢得了久负盛名的布克奖提名,并一举摘得《卫报》小说奖等奖项。小说情节引人深思、气势恢宏,也一直是小说评论家们十分关注的作品。

弗洛伊德在晚期侧重于对心理活动的动力系统进行研究,在对他的潜意识修正和完善的基础上,提出了新的人格结构模式,该理论提出人格是一个动态的能量系统,由本我、自我、超我三个系统组成,即所谓的“三部人格结构”。

本我处于人格结构系统中的最低层次,是与生俱来的无意识的、最原始、非理性的心理结构。玛丽的母亲在生玛丽时去世,玛丽在父亲的精心呵护下渐渐长大。到了十五六岁时,玛丽在生理上已经成熟,她的本我开始寻求释放的途径,她尝试性的初体验,与弗需迪、汤姆、迪克等男孩一起探索人体的秘密。只是她遵循“快乐原则”才与那些情窦初开的男孩子尝试性的活动。

玛丽在与几个男孩子尝试性奥秘的过程中,与她真正发生性关系的却是汤姆。导致后来玛丽怀孕了,当迪克问她孩子的父亲是谁时,玛丽为了保护汤姆而说孩子是弗需迪的。出于嫉妒,迪克用酒瓶打伤了喝醉的弗需迪,把他推入河中,弗需迪因为不会游泳而溺死了。玛丽人生最大的转折点就在这儿,因为她的谎言导致了弗需迪的死。

在弗需迪死后,玛丽的人格在通过自我调控后发生了转变。超我的"道德原则"使她产生了负罪感、内疚感。因为说谎使迪克错杀了弗需迪,在内疚和自责的折磨下,她和汤姆去了一个偏僻的地方找不懂医术的玛蒂娜把孩子打掉了,之后她和汤姆分手,开始了她三年多的隐居生活,在那里寻求心理的安宁。后来,汤姆从战场回来以后,他们再度结合,但爱也唤不醒她隐藏的本我了。他们接吻,但激活不了消失的好奇心,也不能使曾经和汤姆一起躺在烂磨坊里的那个女孩恢复原样。所以此时的玛丽过于强大的超我已经迫使她不再追求本我的快乐。经过三年的隐居,她走了出来,与汤姆结婚后,她在老人院工作,帮助那些成为子女们负担、快要离开世界的老人。

第十四节　多丽丝·莱辛

一、多丽丝·莱辛的生平

多丽丝·莱辛(Doris Lessing,1919—2013)出生于伊朗,原姓泰勒,父母是英国人。在莱辛5岁时她全家搬迁至罗得西亚,此后20余年中一直处于家境贫困的生活状态。

莱辛是一位多产作家,著有长篇小说、诗歌散文、剧本,短篇小说中也有不少佳作。近年来仍不断有新作问世,像《简·萨默斯日记》(1984)和《好恐怖分子》(1985)一类作品,就题材和风格而言,似是对作者早年写实方法的一种回归。

二、多丽丝·莱辛作品《金色笔记》

全书呈一种刻意安排的万花筒似的混乱。读者既可以依照原书顺序阅读,也可打破原有排列重新加以组合。

书中写着:安娜很鄙薄她的第一部小说,认为这类畅销作品粉饰、歪曲了生活的真相,将有关种族压迫的残酷而又平淡的现实转化成唯美而感伤的浪漫故事。她不能再动笔创作,以至于对语言产生了深刻的不信任。

在最后一节"自由女性"中,安娜和莫莉照例又在厨房会面。直到小说收场,她们只设想出一些权宜的、妥协的做法:莫莉准备和一名"进步的"生意人结婚;她的儿子决定继承资本家父亲的产业,以财产为手段做些有意义的事;安娜拟去夜校为少年犯授课,并参加工党。

第二章 女性书写

第一节 简·奥斯汀《傲慢与偏见》：机智、幽默与优雅

一、简·奥斯汀的生平

简·奥斯汀（Jane Austen，1775—1817）出生在英国汉普郡斯蒂文顿镇的一个牧师家庭，从小过着富足、祥和的乡居生活。她在九岁时被送往姐姐的学校伴读。她的姐姐卡桑德拉是她这一生最好的朋友，然而奥斯汀的启蒙教育却更多地得之于她的父亲。成年后，奥斯汀随全家迁居多次。奥斯汀死后安被葬在温彻斯特大教堂。

二、简·奥斯汀的成就

她多次探索青年女主角从恋爱到结婚中自我发现的过程。这种着力分析人物性格以及女主角与社会之间紧张关系的做法，使她的小说摆脱了18世纪的传统，反而更加接近现代的生活轨迹。到20世纪，人们才认识到她是英国摄政王时期（1810—1820）最敏锐的观察者。她严肃地分析了当时社会的文化和性质，记录了从旧社会转变到现代社会的故事。

三、《傲慢与偏见》

深刻的社会变革是因为经济的迅速发展，社会变化加深了宗教衰退带

来的不良影响,彼时的英伦正经历着一场史无前例的婚姻危机。婚姻也逐渐成为一种商业交易,在国家向个人中心型社会经济秩序转变的过程之中。作者亲身经历了这一变迁带来的婚恋上的苦恼与矛盾,将关注的视点聚焦于女性的婚姻爱情,凸显了她们在面临婚姻时,内心的焦虑与挣扎、矛盾与抉择,《傲慢与偏见》即是这样一篇力作。

(一)金钱与婚姻爱情

作者在作品中展示了几种婚姻关系:首先是班纳特夫妇一见钟情型的婚姻。二是莱蒂娅与韦翰情欲冲动型的婚姻。三是夏洛蒂与柯林斯虚荣功利型的婚姻,作者对此做了讽刺。四是吉英与宾格莱婉约含蓄型的婚姻,以此证明善有善报。最后是伊丽莎白与达西圆满和谐型的婚姻,是作者最为推崇的以情感与理性为基础的婚姻模式。

在《傲慢与偏见》中,奥斯汀还写了伊丽莎白的几个姐妹和女友的婚事,这些都是陪衬,用来与女主人公理想的婚姻形成对比。《傲慢与偏见》开头的第一句话就非常精辟,作者以班纳特一家为典型来印证这条真理。小说看似写的是婚姻和恋爱关系,实则通过各种不同的婚姻关系,反映了人们对婚姻的不同追求和看法。

《傲慢与偏见》以婚姻为其中心议题。小说情节与人物行为萦绕于主题。就书中的人物而言,婚姻并非意味着男女间无法控制的热情,而是双方与社会间的契约产物。小说人物全然融入其社会现实,依循社会规则,谱写出故事情节。就社会女性主义者而言,物质环境为塑造女性婚姻意识的决定因素。对于当时男性阶级与女性地位的探索,将可助于探询为何婚姻为简·奥斯汀小说议题的原因。

(二)美德与婚姻爱情

简·奥斯汀曾被誉为“道德教育家”,这并非偶然。对于道德卫士们来说,引导人们接受、遵守传统的道德规范无疑是当前最重要的事情。他们大声疾呼,号召宗教复兴,重振传统美德。从《女士图书馆》的标题就可以发现,此次道德复兴运动的主要对象是妇女的德行。这些书籍在道德、宗教等方面的观点与当时的小说,尤其是与简·奥斯汀和里查逊的作品可谓相互呼应,这种一致并非巧合,单在题材上,两者讲述的都是女性问题,都关注于妇女的状况。

由于基督教历来将女性肉体视为淫乐与罪过的象征,人们视这些过剩女性为洪水猛兽,道德卫士们的担忧确实也非完全空穴来风。当然,并非只有英国将社会风气的败坏归咎于如女。

平衡、理性与节制是简·奥斯汀对美德的与众不同的定义。她的小说在一些方面承袭了里查逊等人的道德教育传统。在内容上,简·奥斯汀的作品更与18世纪小说一脉相承,讲述的不外乎与名誉、财富和美德等话题相关。她的作品所表现的一系列矛盾正是这些问题的体现。美德于简·奥斯汀不是对社会规范的盲目遵从,而是一种稳重和平衡,具体体现在能否正确处理爱情与责任、激情与理智这两对矛盾上。简·奥斯汀所谓的美德包括以下几大主要成分:自尊、审慎、正义、敏感、宗教德行与谦虚。风靡于18世纪后半叶的舒特体小说沉溺于谋杀、篡位、鬼怪等非现实主义主题,宣扬过度的感伤和对超自然力病态的着迷。小说主人公凯瑟琳·摩兰因受哥特小说《尤多尔佛之谜》影响,整天草木皆兵,疑神疑鬼,结果自食其果。理性,实际上还是她作品中的一大分界线:她的正面女性人物均头脑清醒,并能恰到好处地把握感性与理性之冲突。而那些"问题"角色则多为感情有余,理智不足者。

第二节　乔治·桑与她的作品:文学怪杰

一、一个非凡女性的叛逆人生

乔治·桑(George Sand,1804—1876),法国著名女小说家。她从小由祖母抚养,因为她的父亲早逝,而母亲又有沦落风尘的经历。奥罗尔5岁时随母亲到诺昂小镇居住。母亲因与祖母时常发生口角,便独自回巴黎,让奥罗尔留在祖母身边。这个放荡不羁的少女就这样生活到了14岁,祖母才不得不强迫她到巴黎一家英国人办的女修道院里去,让她学习处世规矩和礼仪。但是修道院里的神秘主义教育,并没有磨砺掉她的野性,她回到诺昂后反而变本加厉,更是野性勃发,难以管束。她不喜欢像一般少女那样浓妆艳抹,而是一身男装,并喜欢与男人为伍,觉得这是天经地义的。显然,奥罗尔喜欢乡野自由不拘的个性,尔后她在田园文学和爱情文学中都塑造了这种个性。18 岁时嫁给杜德望男爵,但最终她那不幸的婚姻也并没有将乔治·桑的命运改变。她很快就不能忍受丈夫的缺乏诗意和平庸,开始了一次又一次红杏出墙的婚外情恋。1831 年,在"离婚"还没出现在社会生活字典中的情况下,她作出了那个时代惊世骇俗的举动:坚决与丈夫分居,与情人到巴黎开辟新的生活。她第一次边抽烟边听肖邦弹钢琴,使肖邦惊愕不已。世俗没有放过这个特立独行的女人,同时代的文化人几乎都是她的情人。在那个年代,才华、灵魂、艺术,只能是男人才可以拥有的,而乔治·桑作为作家,已经不算是一个好女人。

乔治·桑 1831 年到巴黎开始独立生活。从初期的作品中可以看到卢梭、夏多布里昂和拜伦对她的影响。七月革命后不久,她发表了第一部长篇小说《印第安娜》(1832),一举成名,从此一发而不可收。

乔治·桑在 19 世纪 70 年代就与福楼拜有深交,他们经常通过书信交换文艺观点。她晚年仍然不停地写作,尤其是创作童话故事。1876 年 6 月 8 日,乔治·桑在故乡诺昂逝世。她在回忆录《我的一生》中,以"对人慈善,对己自尊,对主虔诚"作为题铭,这可说是她一生为人处世的简洁概括。

二、一个浪漫女性的激情人生

乔治·桑的爱情生活丰富多彩,她的身边总是不乏追求者。她与大文学家缪塞的艳事、与音乐大师肖邦十余年的同居生活,成为法兰西 19 世纪的美谈之一,并留下了一篇篇揭示她内心深处情感世界奥秘的情书佳作,因此,人们对她的私生活极为关注。

乔治·桑的少年、晚年在乡村度过,27 岁离开只图玩乐的丈夫,靠写作过上独立自由、参与社会的生活。1832 年,她第一次以"乔治·桑"这一男性笔名发表两部小说,分别是《安蒂亚娜》和《瓦朗蒂娜》。两部小说都是以作家早年的感情生活为基础写的,表达作者对爱情的感受与观点。1848 年,乔治·桑积极参加政治活动撰写《致人民的信》,甚至为临时政府的公共教育部及内政部撰写公报。1946 年,乔治·桑开始对田园生活感兴趣,并发表了著名的田园小说《魔沼》。

第三节 米契尔《飘》:女性的自我价值观

一、平生只写一部小说的女作家

《飘》的作者玛格丽特·米契尔可谓是一个名不见经传的名字,但米契尔在世界读者群中却是一位知名度极高的作家。米契尔为人谦逊朴实,身材矮小,对南北战争和南方的历史颇感兴趣。小说《飘》是她婚后辞去职务,用 10 年时间写成的长篇小说。

米契尔的小说创作深受美国南方的社会习俗和米契尔家庭的影响。她对北方怀有较多的不满,她的母亲是个争取妇女选举权的积极分子,她对米契尔有过一次非常深刻的教育——米契尔 6 岁时,有一天她不愿上学,母亲就带她去看从前有钱人家破落后的房舍残骸。《飘》中女主人公冒着战火重建家园的章节就是米契尔把这一经历写入其中。

郝思嘉形象是以作者的外祖母为原型的,其中也有本人的影子,小说中的媚兰形象则是她自己的母亲的化身。她 1918 年去纽约上大学,因丧母和身患疾病,一年后退学回家,当时正是美国"歌舞升平"的"爵士时代"。米契尔很快就成了时髦女性。玛格丽特·米契尔先后结过两次婚,据说,男主人公白瑞德就有米契尔第一任丈夫的影子,但生活中的米契尔的丈夫粗暴蛮横,米契尔没有办法,不得不同他离婚,她为防对方骚扰,身备手枪。白瑞德在小说中是理想化的男性,是希斯克里夫。他是以性感演员鲁道夫·凡棱梯诺为原型的,米契尔对他只描述他的阳刚之气和男性魅力,没有过多的心理描写。她和第二任丈夫约翰·马兹将他们的小家庭安在亚特兰大市的月牙街。此时的米契尔不便外出,于是整天待在家里看书。丈夫便劝她拿起笔来创作,她忽然顿悟,兴奋不已。于是她埋头写作,完成初稿,6 年后出版,一鸣惊人。

二、从接受美学视角为《飘》的轰动效应探源

米契尔生活了半个世纪只写了一部长篇小说《飘》。《飘》是美国出版史上堪称销售量最多的一部小说。能像《飘》这样总销量突破 2500 万册大关的文学作品,在世界上更是屈指可数。

1. 读者的参与意识与认同功能。《汤姆叔叔的小屋》在美国国内发行 30 万册,其社会影响之大,实为美国废奴文学的一面旗帜。

2. 通过文学的社会效应。1936 年出版的《押沙龙,押沙龙!》也是一本关于美国南方及南北战争的小说,该书获奖以前的 14 年间,总共销售了大约 7000 册。这样恰巧说明通俗文学与纯文学、传统小说与现代派小说之间社会效应的不同。《时代周刊》称该书为"天下得以印刷出版的作品中最复杂、最难读、最难理解的文字风格",这是自乔伊斯以来西方现代派文学的共同特点。无论颂扬者还是反对者,对于《飘》都只是认为在艺术上缺乏更多的文学个性和创新意识。

3. 影视的传媒推荐作用也是《飘》的社会效应轰动的原因之一。美国好莱坞 1939 年首次将小说改拍为彩色影片——《乱世佳人》。当年在放映这一影片的时候,因为许多人家顾不上去生火烧饭,导致了市里的自来水压普遍上升,影片放完水压立刻下降。由于影片的传播媒介作用,在各国小说的各种译本相继问世,我们现在读到的是最早由傅东华先生译成的中译本。罗兰·费拉米尼在前几年曾叙述了电影《飘》当年的拍摄过程及其影响。文章写道:当时的美国,选择郝思嘉这一角色的演员,就像是竞选总统一样。因为美国妇女理想中的自我形象就是郝思嘉,许多美国妇女认为自己完全可以出演,后来只能选择一个英籍演员费文丽。美国《读者文摘》报道:《飘》首次在电视上播映时,约有 1.1 亿观众,成了"自有电影以来最伟大的电影"。

4. 社会思想根源。我们还应看到《飘》引起轰动实有其深层的社会思想根源。美国资本主义在 30 年代初期卷入了世界性的经济危机,失业、挨饿的困境笼罩着全国,人民群众的不满情绪激增。在这种社会思潮的冲击下《飘》应运而生,作者针对的是当时的社会现实。作家有所感而作,读者有所

思而读,这也是《飘》在美国受人欢迎的重要原因之一。

直到今天,《飘》依然如潮如涛地产生轰动效应,它的社会影响正在不断地扩大。《飘》也曾因歪曲南北战争而屡受指责,可也曾被美国中学界指定为历史辅助教材。随着时间的不断推移,小说的正面效应倍增。1970 年调查时,想成为郝思嘉式的女性占有四分之三,这就是读者效应趋势的一大明证。

三、郝思嘉精神及女性意识

《飘》之所以能够成为一种国际性的文化现象,绝非偶然。郝思嘉形象究其精神内核,都源于她那不甘平庸、力主开拓的倔强自信的女性意识,说明她是一个可以在乱世风云中,按自我需求选择生活方式的现代女性,成了19 世纪美国的"乱世佳人"。

任何一个艺术形象都是可以被解读的。在文学创作领域,即便是欧美后现代主义的实验性作品,也是可以破译的,更何况郝思嘉是个思维轨迹清晰、轮廓分明的形象。

郝思嘉的生活道路大体可分为战前、战时和战后三大阶段。1861 年,那些靠黑奴种植棉花致富的种植园主们,只有郝思嘉讨厌这种话题。当她向艾希礼求爱碰壁后,转眼工夫从小姐就变为人妻,可不到两个月的时间又再次从人妻变为寡妇。她生活的主宰是爱情。婚前,目无一切,她骄奢淫逸;守寡后,她摆脱了礼法对孀居的寡妇的约束——她永远不愿结束爱,宁可结束婚姻与情欲。

面对陶乐庄园的田园荒芜,奴隶的逃跑,父亲的发疯,母亲的去世,两个妹妹病在床上的种种困境,郝思嘉满身污脏,驾着马车,辗转在荒野上,最终沦为年仅 19 岁芳龄的小寡妇。

郝思嘉在战后重建时期凭借机遇转化为资产者,她把自己的注意力集中在金钱的交易上。她忍辱向白瑞德借钱,买下木厂;她雇佣囚犯干活;一手操纵财权。她再次守寡后,便将自己转嫁给了白瑞德,而且将两个惨淡经营多年的木厂,转卖给了日思暮爱的艾希礼。郝思嘉后来发现一直心爱的艾希礼,远非想象当中的完人,白瑞德才是真正的安全地带。

她以顽强炽烈的自主意识支撑起了自己的精神大厦,以明晰透彻的女性意识,去追求实现女性的自我价值,这就构成了郝思嘉精神的内核。

当代美国的许多女性都把郝思嘉看成了理想中的自我形象,在她的身上汲取前进的勇气以及力量。卡特在竞选总统时,选民中就有人高举起"卡特爱郝思嘉"的标语。文学作品其美学价值常常存在于阅读本身,是形象思维的产物,人们在文艺批评方法和思维模式不断更新的今天,对郝思嘉形象获得了更为深邃、有益的共识。

第四节　霍桑《红字》:西方女性主义的代表

一、美国新殖民时期的一部心理罗曼史

《红字》作为一部历史题材的小说,描写了一个背叛了教规的女性白兰的爱情悲剧,展现了 17 世纪北美新英格兰清教社会的生活风貌。小说使"现实"和"想象"的因素和谐地融为一体。霍桑通过刻画疯狂报复的齐灵渥斯、"私通"行为的白兰、虚伪的狄梅斯代尔,作品的主题从较深的层次上探讨了清教社会的本质,特别是人类的善恶与社会环境的关系。

二、小说探索的哲理命题——罪在何方

原籍英国的乡村姑娘海丝特·白兰嫁给老学者罗格·齐灵渥斯。他们决定移居北美,她动身启程后,就一直没有见到丈夫的行踪。白兰在波士顿期间与狄梅斯代尔产生了爱情,并生了个女孩。根据加尔文的教规她不仅要下狱坐牢,还要在胸前的衣服上绣上红色的 A 字。她要佩戴着这 A 形字母,不定期地在教民的面前示众,以及接受州长、牧师的审讯。教会统治者无休止地凌辱她,终于使她萌生了女性的反抗意识。她的反抗意识在审视黑暗现实的过程中觉醒起来。

她在这之后顽强地度过多年的受辱生活,她胸前的红字,变成德行的标志。白兰用自己的行为洗刷了 A 字上面的一切尘埃。罪恶虽然存在于白兰

的身上,在霍桑看来,她不是真正的罪人。

青年牧师狄梅斯代尔因私情与圣职产生了强烈的内心冲突。他心理发展的三个阶段,是他内心世界中"情人"和"牧师"所进行的三次较量。在大庭广众之下,公开承认罪行之后,狄梅斯代尔当即垂死在示众台上。青年牧师以一死求其解脱痛苦之磨难,在上帝与爱情、屈从与叛逆的抉择中,他进退维谷。

青年牧师早已尝到了自己种下的爱情苦果。身为牧师的狄梅斯代尔,承受着肉体疾病的痛苦和心灵烦恼的双重折磨,驱使他将自己锁在密室里,一直站到双膝发抖,将绝食作为悔罪自省的方式。他通宵不眠,并在自己的胸口烙出一个火红的 A 字。狄梅斯代尔的身心具有双重的属性,在宗教法庭前,他是有罪的;但在道义法庭前,他是无罪的。

罗格·齐灵渥斯。在婚姻法律上,作为丈夫,他是受害者,但在神圣的道义上,他罪大恶极。这个复仇者面目丑陋,体态畸形,变得如同魔鬼一般,他内心怀着刻骨的仇恨,外表不露声色。凡是齐灵渥斯走过的地方,生机勃勃的草木立刻变得有毒了,初春的嫩草也会枯萎发黄。

三、红字 A 的象征功能及其现代演绎

全书用红字一线串起,首尾呼应,其象征性之醒目、重要由此可见。

当 A 字首次出现在人们面前时,仅仅是一个耻辱的标志,并不神秘。白兰因犯"通奸罪"而下狱,还要绣一个红色的 A 字不定期地示众。狄梅斯代尔从 A 字中看出"一个女性的心居然有惊人的力量和宽大";"训诫罪恶的一个标本"则是在老学者罗格·齐灵渥斯的眼里显现的。于是红色 A 字的形象内涵,顿时呈现出多维度的状态。

红字 A 的审美功能跟随着情节的发展和人物性格,进一步展现出来。白兰出狱后,她失去了女性生活的个性。她在一间茅屋里住下来,面对着如此艰难困惑的生存环境,借助着自己拥有一手精美的针线活手艺维持生活。一些人看到她的不堪孤寂,仿佛从 A 字中看出她是个"弱女子"。她的针线活闻名乡里,名流之辈都想要她的一手好技艺。周围的人们慢慢地从歧视、远避她转为近亲、称赞她。海丝特洗刷了 A 字上面的一切尘埃,呈现一种出

从外形美向心灵美递进的演绎过程。女性德行的徽章从审美层面上使 A 的象征值再度升华。

白兰带着女儿小珍珠儿离开了波士顿,她仍然佩戴那个鲜艳的红字 A,尽管她有许多考究的奢侈品。这时的红字已不再是引起世人轻蔑和嘲笑的烙印。当地的许多妇女都前来求教于她,因为她并没有自私的目的。在那些前来求教的女性群体意识中,火红的 A 字不正是"和睦友好的女人"进而升华为"可尊敬的妇女"的象征吗?

小说中最后一个 A 字给读者留下无限的遐想。海丝特数年之后离开人世,她的墓碑上刻有"在一片黑地上,刻着血红的 A 字",象征着生命和力量。墓地上的 A 字的象征内涵是双重的。

通过不同层面的解读,作品的客观效果显然已大大地超越了作者的主观意图,A 字的运行轨迹还在此种变幻中,由贬义转向褒义,由具体趋向抽象,由有限通向无限,构建成一种开放性的象征体系,这就是霍桑笔下象征载体所独具的艺术魅力。

第五节 盖斯凯尔夫人《玛丽·巴顿》:女性视野的激情

一、以社会历史美学解读《玛丽·巴顿》

《玛丽·巴顿》是英国文学史上第一部正面描写劳资矛盾的长篇小说。小说一问世,相继被译成欧洲各国的多种文字,震撼着整个西方世界。

这部小说之所以引人注目,不仅在于它以超越女性视野的政治激情,按照"忠于事实"的现实主义创作原则,提供了大量深刻动人的传奇材料,还在于它直接以工人的生活和斗争为题材,正面描述无产者的政治觉悟、英雄主义和道德情操。

在 19 世纪西方的社会现实中,描写工人生活和斗争的题材是鉴别作家政治视野和作品时代色彩的重要准绳。在 19 世纪,描写得最为成功的是深受各种压迫的小人物、小市民、小职员、破落户子弟和贫穷的家庭教师,等等。小说往往以小人物的个人悲欢离合的境遇为主线,很少涉及阶级的对抗和时代的主要矛盾。盖斯凯尔夫人在作品题材的选择上就匠心独运,她的作品是以自己深切的体会作为创作出发点的。

英国经济萧条时期是小说中故事发生的时期。英国纺织工业的腹地曼彻斯特生意极不景气,工厂停产,棉布滞销,大批工人流落街头,相继失业。对于被压迫的广大工人来说,只有大哭小喊,啼饥号寒,他们不仅找不到工作,更借不到钱买面包。然而,家财万贯的资产者却过着纸醉金迷的奢侈生活。经济的萧条,给工人带来无尽的苦难,资本家却不时地在家里举办盛大的宴会。

从贫富悬殊的强烈对照中人们不难发现,资产者的奢侈正是建立在劳动者的血汗之上。贫富的落差,势必激化阶级之间的冲突,进而转化为推动英国宪章运动蓬勃发展的巨大力量。不论这场斗争的实际效果和最终结局如何,无产阶级都应该为自己的权利进行斗争。

资本家卡逊父子因工厂遭受火灾而意外地获得了一笔巨额的保险金。他们既能名正言顺地解雇工人,又可用保险金来重新装备机器,客观上导致了劳资冲突的激化。老工人约翰·巴顿作为宪章运动的积极战士,和请愿团一起代表工人群众上伦敦请愿,提出摆脱贫困的有效方法。但请愿遭遇了失败,约翰·巴顿落得了解雇的厄运。日益觉醒起来的工人终于在工会的领导下举行了大罢工。

无产者在这场惊心动魄的斗争中是一个坚强的战斗集体,不再是蛮干的散兵游勇。这斗争中形成的团结,必然会转化为摧毁旧世界的强大的精神力量。尽管这次请愿和罢工均以失败而告终,但女作家告诉读者——“人民觉醒了”。

盖斯凯尔夫人就这样以艺术家特有的眼力和勇气,将曼彻斯特纺织工厂的这场斗争写得如此真实可信、有声有色。《玛丽·巴顿》不愧是无产者英勇斗争的瑰丽画卷,也是英国工人运动史上光辉灿烂的艺术篇章。

二、前所未见的人物素描

塑造正面的光辉形象,并不是 19 世纪批判现实主义作家的历史使命。

约翰·巴顿是英国现实生活中的工人形象,从消极沉沦走向积极抗争,他为人正直,敢于斗争。作为小说的主人公,作者相对准确地反映出英国产业工人觉醒的形式和觉悟的程度,着意刻画他的觉醒过程。

老工人约翰为资本家干了大半辈子,一家人依旧贫困地在死亡线上挣扎。他的周围:老朋友乔治的一对孪生子死于贫病,自身也倒毙街头;工友戴文保为资本家辛苦一生,到头来病死在一张破草垫上……同伴的悲惨命运,自身的不幸境遇,促使他去思考现实问题。历经种种思索之后,他意识到要填平阶级的鸿沟,铲除人间的不幸,只有依靠紧密的团结,才能消除贫困的根源,单纯诅咒是无济于事的。他从自发的诅咒转化为自觉的抗争,投身到火热的全民族的革命洪流中去。他加入工会,积极地参加互助组,热情地帮助贫困工人渡过难关,把周围的工人群众团结起来。他成为一个坚定的宪章主义者,被群众推选为代表,前往伦敦参加请愿活动。

在新兴的滚滚工潮的推动下,约翰·巴顿及时地组织曼彻斯特纺织工人展开声势浩大的罢工运动。当这一斗争再次受挫后,他与同伴们不得不采取那种最原始、最没有效果的反抗。这是工人阶级在面对强敌时所采取的最为勇敢的反抗形式,也是约翰·巴顿抗争精神和英雄主义的具体体现。

作家思想的时代局限性深刻烙印在约翰·巴顿身上。小说结尾时,他企图从博爱和宽恕中得到谅解,并向老板自首。尽管如此,我们仍不得不惊服女作家的非凡眼力,镂刻出前所未见的"无产者的素描",这不能不说是现实主义的重大胜利。

第六节　哈代《德伯家的苔丝》:多向度的审美视角

一、威塞克斯农家姑娘的坎坷历程

农家少女苔丝,是一个端庄秀丽得像一幅画似的乡下姑娘。她无时不遭到伪善与邪恶的袭击,但又时刻向往着人生的真善美。苔丝的父亲约翰·德伯在严寒的冬夜,却做起权贵厚礼来访的春梦,竟然忘记了自己清贫的家境。一次偶然的机会,发现自己原是德伯贵族的嫡系后裔,就飘飘然起来。17 岁的苔丝以农民出身而自豪,并不以贵裔为荣耀,她认为自己勤劳的双手、美貌与系出名门的世袭无关。

德伯的儿子是个轻浮浪荡的纨绔子弟,母亲生性怪僻,暴富的父亲也早已去世,亚雷·德伯成为主持家业的独子。德伯有一次把苔丝骗到林深月黑的围场里并且奸污了她,村里人议论纷纷,苔丝的怀孕说明她是个"失节的女人",她受人欺凌的原因,或者说是命中注定。她回到家乡,既没有村民的帮助,也没有亲人的同情,只得凭借自身的意志和毅力。她忍受着精神上的巨大压力,照常抛头露面到田地里劳动,向世俗成见挑战。教会不给她生下的小孩进行婴儿洗礼,苔丝不顾教徒的礼节,自己为小孩洗礼。后来,她断然地斩断了与教会的联系。

苔丝第二次离家出走,为了逃避村里人们的世俗成见,也为了重整旗鼓,走向新生活。她在新环境中同牧师的儿子安杰·克莱相爱。这个不愿像父辈那样"为上帝服务"的学农牧的大学生,再三追求她,虽然苔丝心里爱着他,但不幸的旧事使苔丝难过。她觉得没有权利跟他结合,因自己曾被人玷污;克莱的多次求婚,均被苔丝拒绝,可是爱情的火焰一旦点燃就难以扑灭。苔丝在一段时间里处于极度矛盾的痛苦之中,她渴望自己能答应克莱的求婚,又害怕克莱的求婚,最后她接受克莱的求爱,超越了对旧事的悔恨和疑虑。但她更为深重的第二次灾难开始了。

苔丝生命史上第一次出现发自内心的真诚爱情,但结果却变成了生活道路上另一次更为重大的灾难。被遗弃的苔丝,又一次被人们视为"坏女人",她多么期望有朝一日能与克莱重归于好。苔丝怀着沉痛的心情到富农葛露卑农场干活,孤苦伶仃的苔丝做的是超出体力极限的繁重劳动,受尽虐待,是为了不向克莱的父亲要钱度日。苔丝第二次离家出走所遭到的重大打击,使她不得不重返娘家。

全家的彻底破产导致苔丝的第三次离家出走。弟妹失学,父亲去世,他们被地主赶出自己赖以生存的巢穴,母亲走投无路,沦落在街头野外。有一次,她又在路上碰到亚雷·德伯,这时亚雷·德伯已成为一个身披牧师外衣的宗教家。苔丝出于对生活前程的绝望,也为了拯救母亲和弟妹,她只好与德伯同居,跟随他聊以糊口。

此时,克莱悔恨自己当初的残忍,于是他本着破镜重圆的愿望从巴西回国,萌生和好的念头。但见苔丝已与德伯同居,于是失望离去。苔丝顿时进退两难,思想斗争异常激烈。苔丝她始终挚爱着自己合法的丈夫克莱,但眼前她又感到难堪和愤恨,她在这种悔恨交集之中觉醒了。她下定决心报复造成自己一生不幸的德伯,于是她在晚上持刀杀死德伯,奔向克莱。

资产阶级法律最后以杀人罪判处苔丝死刑。她在与克莱的逃跑夜宿之后,怀着一颗被侮辱、被损害的心,迎着曙光走向她的归宿。在她被捕时,她要求克莱在她死后娶她的妹妹丽沙·露娜为妻,苔丝以这样的遗言对宗教信条和社会法律发起挑战。从跟随德伯到杀死德伯,再到自身被捕并被绞死,这是苔丝的生命史上遭受到的第三次致命打击。

二、苔丝形象的审美涵盖力

苔丝对舆论的指责是以勇敢的忍受来表现的。为逃避世俗成见的责难第二次出走,又因被克莱遗弃,逃避舆论转到农场干重活。这个能蔑视资产阶级的道德法律,平时连一只小鸟关在笼子里都要伤心落泪的苔丝,在第三次出走后却持刀杀死德伯,这是她顿悟人生苦难,追求理想爱情,反抗性迸发的重要标志。苔丝对德伯所采取的报复行动绝非偶然:第一次她恨不得将德伯从马上摔下去;第二次她甚至去用手套打他;而最后一次,她杀了德伯,报了一生的仇恨。苔丝是社会恶势力的反抗者,不仅是时代的牺牲者。这也是读者理解她、爱怜她的缘由所在,是作者以柔情之笔,对她赋予深切的同情和赞叹。

苔丝的形象,首先体现了19世纪末期维多利亚时代个体农民在英国的悲剧命运。第一次出走时,还是一个小农经济者。第二次出走时,却成了出卖苦力的雇佣劳动者。第三次出走,她居然成了居无定所的流浪者,一贫如洗。这是严酷现实的真实写照,也是整个时代农民生活境遇的缩影,真实地反映出19世纪末期英国农村资本主义的发展,个体小农经济被吞噬,并走向破产的历史进程。

苔丝的身上还反映了英国农村下层妇女的无权地位。地主的儿子可以随意侮辱欺凌她;失身怀孕后,还要遭受着世俗成见的非议和冷眼。在苔丝与克莱的新婚之夜,苔丝可以宽恕自己的丈夫,克莱却以男女道德的双重标准而遗弃她。在19世纪末期的西方,广大的农村妇女依然是受压迫最为深重的人,她们仍旧是以被出卖的奴隶的身份出现的。"一个纯洁的女人",既是作者对苔丝的称呼,也是对西方资本主义社会道德文明的大胆挑战。

从苔丝身上也再次展示了女性教徒从虔信宗教,最终与之决裂的觉醒过程,突出地表现了苔丝对宗教的认识:一是女主人公是一个虔诚的教徒,但她从切身的感受中识破了教会的伪善,立誓不再上教堂。二是两年后苔丝第二次遇见德伯时,她深化了对德伯的认识,当德伯以牧师身份,又来纠缠她时,苔丝对德伯玩弄宗教把戏的谴责,是对宗教的鄙视与讽刺。三是在她被处死前,再次表现了她对宗教陈规陋习的反抗与背叛。苔丝大胆地与教规分庭抗礼,与教会一刀两断,进而展示下层女性冲破宗教藩篱而渐趋觉醒的过程,其审美属性是很有启迪意义的。

我们洞察到苔丝这一女性形象所具有的高度的概括意义和审美价值,窥见了这一艺术形象所蕴藏着的多层面的社会涵盖力。哈代塑造的苔丝形象,也为19世纪末期英美文学的女性画廊增添了绚丽夺目的光彩。

第七节 斯托夫人《汤姆叔叔的小屋》:感性与戏剧性

《汤姆叔叔的小屋》揭露和控诉了南方蓄奴制度的罪恶。汤姆原是种植园主谢比尔家的奴隶,他是虔诚的基督徒,忠厚老实、干活卖力。乔治称他"汤姆叔叔",从小和汤姆建立了真挚的感情。汤姆的妻子克洛是厨娘,他们一家都住在一间小木屋中。主人谢比尔在股票市场上投机失败,便要将汤姆和伊莱扎的儿子拿去抵债。之后汤姆被卖往新奥尔良,在船上救了落水的白人女孩伊娃,伊娃的父亲从哈利手里买下汤姆。汤姆在伊娃家当马车夫,他请小伊娃帮他写了一封信,希望主人能将他赎回去。克洛收到信后,去恳求女主人,愿意将自己每星期挣来的钱全部攒起来,女主人答应了。不幸的是汤姆的命运要由小伊娃的母亲圣克莱尔太太决定,而圣克莱尔太太竟然将汤姆卖给了一个残忍的种植园主勒格里,汤姆在勒格里的折磨下奄奄一息。谢比尔去世后,乔治赶来赎回汤姆,但他还是来迟了,汤姆得知自己已被赎出后便合上了双眼。乔治狠揍了勒格里一顿,怒不可遏。

斯托夫人在这部小说中描写了不同类型的黑奴形象,最突出的便是塑造汤姆这一人物形象,使南方奴隶制的残暴一目了然。黑奴们被剥夺了做人的基本权利,经常受到奴隶主惨无人道的虐待。尽管忠实肯干,汤姆还是逃不了被卖掉的厄运,最后他惨死于种植园奴隶主的皮鞭之下。

通过不同类型的奴隶主的形象,揭露了蓄奴制度的残酷和反动性。汤姆能舍己救人,有极强烈的正义感,对于不义的事,他坚决不干,对主人忠心耿耿、安于奴隶地位。他从不阻挠其他黑奴逃走,甚至鼓励他们去寻求自由。在奴隶制度下,在汤姆这个复杂的人物身上,既有不抵抗主义的影响,有宗教的烙印,又有对邪恶宁死不屈的一面,但是这样的人物是不可能有其他结局的。作者还描写了一些比较善良的白人种植园主,这些白人主要是恐惧宗教,所以对黑奴比较人道,这表现了斯托夫人的现实主义创作态度。斯托夫人使汤姆具有一种悲剧的感召力,通过这一形象所发出的对奴隶制度的控诉,不能不说是感人至深的。

《汤姆叔叔的小屋》这部小说还揭露了南方奴隶主道德上寡廉鲜耻,广大黑奴的苦难和不幸与奴隶主的腐败生活形成鲜明对照,进而深化了小说控诉奴隶制罪恶的思想主题。

这部小说在思想性和艺术性上都存在一些缺点:小说作者赋予主人公汤姆以一种虚假的光圈,具有浓厚的宗教色彩,对于黑人反抗白人种植园主的暴政来说,用自己的逆来顺受来感动白人,尤其是小说的最后部分近似说教,这应该说是一种空想。从汤姆这条线索写得比较清楚,从乔治·哈里斯那条线索写得就很单薄,特别是后半部分也显得颇为含糊,作品中两条平行的故事线索写得有失平衡。

《汤姆叔叔的小屋》由于它真实而生动的人物形象和真挚而感人的内在情感,强烈地反对奴隶制度的立场,至今仍然是一部值得世人重视的文学名著。

第八节　勃朗特三姐妹的个性艺术魅力

一、勃朗特姐妹的时代与传奇

(一)时代

勃朗特姐妹出生于伟大的政治和社会变革时代。从 1793 年到 1815 年大概 20 年间,英格兰与法国正处于交战状态。拿破仑颁布的一系列法令封锁了英国的出口商品,这对整个国家是个破坏性的打击。

这场战争结束后的几年内,勃朗特家的孩子出生了。

欧洲接下来迎来了 40 年的和平,但平民百姓的生活并没有因之而有很大的改善。他们的生活在很多方面变得更加糟糕,人们涌入城镇,也许会得到经济利益,但他们的生活环境通常比他们放弃的家园缺少吸引力。而且他们看着富人变得更富,自己却依旧贫困,会非常不满。

因工业产量的增加和战争的结束,贸易量随之增加,政府修建了大量道路。铁路不仅改革了工业原材料的运输方式,也改革了乘客旅行的方式。对勃朗特姐妹来说,这意味着她们只花比乘汽车少得多的时间就可以到利兹和曼彻斯特、约克、斯卡布罗和伦敦。

勃朗特家所在的英格兰,是人们一直充满兴趣的新世界,认为那里是一个充满机会的地方,越来越多的人认为门是开在世界的另一面的。

(二)传奇

勃朗特姐妹如果没有在这世上活过会是什么样子?《简·爱》和《呼啸山庄》紧紧地抓住了好几代读者的想象力,作品中的人物和事件会一直活在他们的心中。

勃朗特姐妹有使读者卷入她们的想象世界里的能力。人们读过 20 种译文版本的《简·爱》和《呼啸山庄》,他们用各自的多种多样的文化背景来理解这两部作品,很多人都好奇这对他们到底有怎样的吸引力。

勃朗特姐妹为何能吸引大众读者的感悟还源于她们的生活,她们本身就是一个动人的故事。如果没有她们写的书,我们不会知道,在 19 世纪的上半叶有这样一个家庭在默默无闻地生活;否则她们就和许多人一样已经被遗忘了。就是因为文学作品才记得她们,她们的著作就是不朽名声。世界各地的学生阅读她们的作品,并撰写出有关她们的学术论文。传记家考察她们的生平,文学评论家研究她们的作品。

在 1893 年,艾米莉去世 45 周年的前 3 天,布拉德福德市政厅召开了一个会议,"考虑成立勃朗特协会和博物馆的明智性"。他们"特此决定成立勃朗特协会",它的目标之一是"成立一个博物馆"。

今天,这个博物馆不像其他的文学协会,勃朗特协会一直都蒸蒸日上,它在全世界各地有许多分支——从哈沃斯到澳大利亚,从爱尔兰到日本。

二、夏洛蒂·勃朗特的激情世界

在三姐妹中,夏洛蒂·勃朗特不仅是长姐,也可谓是文学创作上的领军人物。《简·爱》——她的成名作在世界文学史上是令人瞩目的。她一度成为人们关注和评论的焦点,她的作品也比两个妹妹的作品得到的评价高而且多。

（一）与众不同的爱情:激情与诗意的结合

夏洛蒂·勃朗特的《维莱特》《谢利》《简·爱》的艺术魅力,来源于激情与诗意的结合。无论一个作家的作品有多大自传性,作者往往注入了自己的美学理想和艺术原则。夏洛蒂的小说体现的激情或诗意,与作者之间有所联系,如果一个作家的作品只有真实性,是不能够打动读者的。作者的理想写作境界是她的宣泄以及在叙事的过程中所建构出的浪漫空间,作者的激情、理想、郁闷、缺憾都得到了充分的张扬和宣泄。夏洛蒂所描写的爱情是与众不同的,简·爱与罗切斯特的爱情模式具有灰姑娘式的特质。一个贫穷、其貌不扬、无依无靠的孤女——简·爱,却有着人格上的独立平等和自尊意识。罗切斯特粗糙丑陋,也不是传统意义上的白马王子,他选择简·爱是出于精神层面的考虑。这就是夏洛蒂·勃朗特笔下女性人物的制胜法宝,她们脱离了世俗的限制,她们具有精神上的美丽,成为令人敬佩的人物。

简·爱与罗切斯特的爱情在《简·爱》中荡气回肠、令人向往。简·爱在经过了寄宿学校的封闭的、刻板的生活之后,邂逅了罗切斯特。面对高贵、富有、美丽的英格拉姆小姐,简·爱隐瞒自己的强烈情感和高傲,采取掩饰的方式。当罗切斯特向她求爱时,她把压抑很久的绝望情绪倾泻、爆发出米,她没有谦卑地接受。

这一段是人类情感的大胆表露,既毫不掩饰自己的真情实感,又无自卑之感,展现了简·爱是一个敢爱敢恨的女性。这也是人类自由平等的宣言书,宣告了财富不是衡量人的唯一标准。从来没有人在作品中这样表现,这也正是让罗切斯特感动和让读者感动之处。简·爱的人格魅力由此而顽强地表现出来。

作者没有自己的爱情,她的激情来自她的生活中的不满足,所以在小说中,作者让简·爱体味爱情的快乐和幸福,表现了自己的全部激情和对爱情的向往。《简·爱》主人公的这种真情告白,既激情澎湃、亲切直接,又富有盎然的诗意。

在真实的爱情面前人物是义无反顾的。但人物的这种真实、勇敢的情绪是有原则的。如在婚礼上,当简·爱知道了罗切斯特的妻子还在时,她便离开了罗切斯特。这一行为让人肃然起敬,这说明她不是一个贪图钱财的女性。夏洛蒂始终保持着一种既激情澎湃又昂扬向上的情绪,特别是当简·爱在流浪途中一无所有的时候,夏洛蒂描写简·爱的想法是:

我但愿能够生活在阳光里,并且靠着阳光为生。我是一个人,有人的需要;……我得挣扎着前进;努力像别人一样生活和劳动。

这段文字的描写,把简·爱的自强不息、自尊自爱的人格魅力彰显无遗。夏洛蒂在她的小说中展示的是人情的真、人性的善、人类的美,她赞美美好的爱情和幸福美满的生活,她向读者昭示了人应该具有的勇气和力量。在她的大篇幅的抒情和直白叙述中,既满足了读者的阅读期待,又给读者展示了作品主人公美好的心灵和圆满的结局。

有人认为因为夏洛蒂感情泛滥而没有艺术技巧,但正是由于她的作品中爱情描写的高雅脱俗,才使她的作品高于一般浪漫情节剧。夏洛蒂小说使一些崇尚理性的人承受不住,同时情感的汪洋恣肆又让读者感动。夏洛蒂的作品张扬的是人类社会的进步精神,以人性的真、善、美以及为了自由、平等与幸福而不懈努力的行动为内容,以激情和令人心中摇曳的爱情为轴心。

夏洛蒂作品中所描写的情感世界是健全、纯洁的,特别在女主人公的身上彰显了人类本质上的真、善、美。狄更斯所展示的工业化、机械化、功利化、物质化的世界与夏洛蒂在小说中演绎的世界是不同的。夏洛蒂作品中的女性主人公,就算在城市,人的情感往往至真至纯地自然流露,也是生活在自己的自然世界中。

(二)公众事务与私人感受的交叠写作

众多的评论常常认为夏洛蒂的作品是典型的自传体的作品,具有女性作家自我发泄的文本特点。夏洛蒂的作品折射出19世纪维多利亚社会公众事务中的诸多社会问题,尽管夏洛蒂的小说来自个人生活经历,具有很大的亲历性。但是,我们仍需注意到她生活的时代并不是真空状态,虽然她的作品具有浪漫的传奇性。在夏洛蒂的作品当中,那些源自公众生活的、残酷的、写实的现实信息,全部聚集到女主人公的心灵窗口中,折射出来,实现了从个人小天地向广阔社会公共领域的推进。这也许是夏洛蒂姐妹信息的主要来源之一。

其次,就像《谢利》中的内容,表现了夏洛蒂也十分关注英国社会问题。作品虽然只是从侧面描写了英国工业革命进程中的劳资矛盾和纺织工人的生活状况,可是再现了19世纪早期英国的劳资问题、约克郡的风俗人情。工厂主罗伯特·穆尔在作品中正是新型工厂主的典型,经历了工厂主保护新机器和工人要保住自己饭碗的斗争。

《简·爱》用很多篇幅描写了家庭教师的生活,揭示出教育状况的落后,通过对罗沃德慈善学校的描写,学校环境的恶劣以及艰苦都给读者留下了一个深刻印象。最后,由婚姻与财产的关系折射出许多的社会问题。

从夏洛蒂的小说可以看出,其中反映了潜隐的各种社会问题,较好地呈现了维多利亚时代的社会风貌,广阔的社会背景和公众空间也为其写作提供了有效的信息素材。

三、艾米莉·勃朗特的神秘而狂暴的世界

（一）艾米莉的"斯芬克斯之谜"

艾米莉曾被人们称为"我们文学中的人首狮身怪"。据研究，艾米莉·勃朗特几乎没有任何可以称之为丰富的生活体验：她没有恋爱过，最多可能暗恋过某位在 30 岁时过早去世的副牧师，这就是艾米莉·勃朗特创作的奇特之处。她在染上肺结核后拒绝治疗，固执地等待死亡。没有爱情生活的艾米莉，住在霍握斯牧师的住宅，与世隔绝，可她却写出了惊世骇俗的爱情故事。《呼啸山庄》出版后，最初遭到了冷遇。经过 20 年的时间检验，艾米莉·勃朗特的声誉在英国日益高过夏洛蒂。

艾米莉与其家人生活在交通不便，常年刮着北风的霍握斯地区，周围是墓地，凄凉且恐怖。艾米莉是孤独的，她生活在暴烈性格的父亲以及没有母亲的牧师家庭中，她的生活环境很阴郁。她不愿意像姐姐夏洛蒂一样去别人家做家庭教师，不愉快的家庭教师经历，让她特别喜欢待在家里。后来艾米莉必须住在霍握斯的家，她能够在那孤寂的荒凉中找到自由，艾米莉没有自由就不能生活。

艾米莉比较孤僻、腼腆、内敛，她生活的一部分就是阅读作品、小说。在小说中，她性格上的冷僻与情感上的狂暴形成反差，转化为强烈的情感和景物的描写。

艾米莉的生活如此封闭却写出了惊天地的爱情故事，所以《呼啸山庄》引发了读者的无限想象，作家如何能写出这样的作品？在夏洛蒂的书信和盖斯凯尔夫人的传记中，没有任何关于艾米莉爱情方面的信息披露。《艾米莉·勃朗特：一种见解》揭示了一个鲜为人知的情况：艾米莉在夏洛蒂离家做家庭教师期间，结识了罗伯特·克莱顿，并与之相爱，他们的社会地位都极不相配。文章认为，艾米莉与罗伯特·克莱顿的关系类似凯瑟琳与希斯克利夫的爱情，说明《呼啸山庄》之谜尽管过去了 100 多年，人们依旧试图揭开。

（二）《呼啸山庄》的悲剧精神

《呼啸山庄》中贯串了艾米莉的悲剧精神，景物与人物性格都是残酷、狂

暴、神秘的。与世隔绝的山庄,野蛮神秘的主人,粗鲁的仆人,都透露着悲剧气氛。人物的矛盾冲突是悲剧精神的具体体现,这是不可逆转的,是狂暴而不可调和的。性格上的悲剧,导致了希斯克利夫的悲剧,希斯克利夫希望与凯瑟琳能够永远相爱,可性格狂暴的特质,使爱情理想没能实现,导致他对人生和世界看法的根本改变。希斯克利夫从一个向往美好爱情的青年变成了魔鬼般的人物,并逐渐步入死亡之路,昭示了艾米莉对爱情和人生的理性思考。希斯克利夫拥有凯尔特人的桀骜不驯、倔强的特质,铸就了他对爱的热烈和复仇的执着。可复仇使他变成了恶魔式的人物,也使他身上的良好人性被泯灭。

凯瑟琳失去了自己纯真的爱情,使自己陷于不能自拔的境地。她天真地想通过婚姻拯救希斯克利夫,但却将希斯克利夫推入了万劫不复的深渊。凯瑟琳最后离开了令她留恋而痛苦的世界,令人同情、惋惜。

如果与夏洛蒂比较,夏洛蒂小说是人物之间的矛盾,激情仍在,但悲剧成分逐渐消解,所以,夏洛蒂的小说具有情景剧的成分,而《呼啸山庄》的悲剧冲突是不可解释与逆转的,符合亚里士多德以来的悲剧观念。

我们并不需要去甄别哪种是希斯克利夫的,哪种是凯瑟琳的情绪,我们能看到的诗一般的《呼啸山庄》,是因为艾米莉的人生感悟和诗意情怀已经化入小说的点点滴滴之中。

无论是希斯克利夫还是其他人物,《呼啸山庄》的人物形象是惊世骇俗的,是天使与魔鬼的结合体。她似迷宫般的多视角的第一人称叙述和间离手法的运用,让小说具有了戏剧化的特点。她的冷酷、狂暴而又理性的叙述风格给读者留下了深刻的印象。

四、安妮·勃朗特的温情世界

安妮的创作风格最具 19 世纪英国的维多利亚文学风格,安妮的创作体现出平等意识与对现实的关注。她的小说故事情节平实,又充满悬念,细节描写准确、细腻,风格温暖,充满关爱又具讽刺意味。

(一)强烈的现实主义和平等意识视点

勃朗特姐妹在各自的作品中都表现了男女平等的意识。《简·爱》给读者留下的深刻印象是简·爱的自尊独立,安妮的小说中,平等意识更加强烈,在老年妇女的性格中也彰显出来。在《阿格尼斯·格雷》中,母亲一人孤苦伶仃,拒绝了去大女儿家里住的提议。这拒绝表示母亲对当年行为的不弃不悔。

安妮的阿格尼斯不像夏洛蒂的简·爱那样继承遗产,嫁给贵族;也没有像勃朗特的希斯克利夫那样出去闯荡,发财而归。阿格尼斯的人生道路更平凡,这是与两个姐姐在构思人物命运时的最大不同之处。

《女房客》也体现了强烈的平等的女性意识。如"我"提醒母亲要多关注自我,要母亲更多地考虑自己的舒适和便利。

在"我"的选择中,平等意识也充分体现出来。不顾世俗偏见的吉尔伯特去寻找海伦,他在斯坦宁利听到人们说,海伦拥有了巨大的财产。在这个突然的消息面前,"我"得立即忍痛离去。吉尔伯特犹豫的是怕被人将自己看成是觊觎财产的人。在三姐妹的作品中,她们都蔑视财富,虽然都有关于财产的描写,但在她们看来真诚的爱情更加重要。

(二)安妮小说的维多利亚之风

安妮的小说类似于简·奥斯汀的风格,注重细节的描写,平实又有悬念,有很强的论辩性;同时安妮的作品还具有婉约、道德感强的个性特点。

1. 安妮的作品故事情节平实,又充满悬念

安妮的小说节奏一般较平缓,却又有一定的悬念。布鲁姆菲尔德先生是一个偏袒孩子的父亲,布鲁姆菲尔德夫人是一个自私的主妇。布鲁姆菲尔德家的孩子都难以管教,导致阿格尼斯的家庭教师的工作以失败告终。第二次做家庭教师期间她去拜访了南希太太,认识了牧师韦斯顿。后来阿格尼斯与母亲办起了学校,自食其力。她与韦斯顿再次相逢,两人终成眷属。

第二部小说《女房客》的结构也比较复杂,用了一些具有悬念的手法,使小说更加吸引人。写给朋友的一封信,是小说的开始。第1—15章,描写当地人们对海伦身份的猜测,引起读者的兴趣。第16—45章以第一人称角度,通过写日记,讲述海伦的不幸婚姻,小说描述她为躲避荒唐的丈夫而隐居,和婚后的痛苦生活等。从第46章开始,讲述吉尔伯特追求海伦,并最终结合

的故事。小说中的神秘身份成为悬念,带着小男孩,过着隐居般生活的她是什么人？海伦的身份一直是当地人猜测的中心。在吉尔伯特的追求和再三追问下,明白了她为了躲避酗酒丈夫的迫害才带儿子离家出走,过隐姓埋名的生活。整部作品虽然是由两个人的日记和书信构成,但情节上衔接紧密。

2. 安妮的小说细节描写生动、准确、细腻

安妮很注重细节描写。《阿格尼斯·格雷》中对布鲁姆·菲尔德夫人的外貌进行了描写,她给阿格尼斯的第一印象是冷淡。可想而知与这样的女主人相处,是很难忍受的。对于汤姆的恶作剧,小说描写得很生动、形象,汤姆的爸爸并没有阻止汤姆对小鸟的做法。作品详细而生动地描写了6岁的小女孩,她为了逃避学习而进行的"抵抗"。家庭没有家教,教育的失败和家长的无理,通过对孩子们行为惟妙惟肖的描写体现出来。《女房客》中,具有伏笔作用的细节描写,是海伦带小阿瑟礼节性地拜访马卡姆太太时：

阿瑟拼命地避开那玫瑰红的美酒,尽管女主人频频相劝。他几乎要哭了,当主人劝他喝下时。

由于酒鬼父亲亨廷顿的放荡和酗酒,海伦和小阿瑟对酒是极度厌恶的,这个细节为后面描写亨廷顿和海伦的故事埋下了伏笔。

小说还有一个细节是吉尔伯特送书给海伦,遭到海伦的拒绝："我不喜欢接受我绝对无法报答的恩惠……"

这一细节把她的强烈自尊的性格真实地展现出来。从当时的处境来说,她为躲避丈夫的迫害在当地秘密隐居。如果这期间与吉尔伯特发生情感纠葛的话,反而违背她做人的道德准则。

安妮的小说通过细节描写,较好地刻画出人物性格,真实地再现了人物的生存环境。

3. 安妮的小说具有较强的教诲性和论辩性

安妮的小说的教诲性、论辩性是很强的,虽是平缓的节奏和宁静的氛围,但议论比较多。她喜欢随时对一人一事做道德和伦理的评价。

《维莱特》用的是挪揄的语气和很宽容的态度来写,没有提升到道德的高度来批评其行为。《呼啸山庄》是用"隐含的作者"的语气在说话,几个人物轮流叙述故事。安妮不同,可以看出她的勇气和她的写作宗旨。

《女房客》在关于酗酒的讨论上,展现了极强的论辩性。如海伦与小阿瑟去拜访吉尔伯特、马卡姆太太时,更像是道德家之间的辩论。还有一段海伦的叙述,像两个人物间在对话、辩论。

关于丈夫和妻子关系的描述,揭示了 19 世纪社会中男女不平等现象的存在。安妮的小说中,物质主义的腐败通过家庭观念显现出来,家庭是检验社会价值是否腐化的标志。

第九节 托尼·莫里森

一、小说主题的象征意象

《最蓝的眼睛》完美地体现了莫里森运用象征意象来阐释主题的这个特点。拥有了一双蓝眼睛,她才能得到人们的喜爱,生活才会有改变。她早产了一个死婴,在遭受了生父的强奸后,最终陷入了疯狂状态。

故事视野宽阔、寓意深刻。她确定社会身份的依据便是白人的眼神,雅格勃斯先生的眼神的确透露着种族优越感,原有的自我厌恶发展成彻底的自我否定,与此同时完全丧失了自己民族的审美意识。

二、小说结构的象征意象

莫里森通过独特的小说结构,表现了黑人自身文化传统的断裂所造成的自我异化。暗示了在白人文化的冲击下黑人自身文化传统已经被扭曲以及断裂。小说的文本以一年四季为故事主线叙述,但是与众不同的是它是以秋季开始,这样的安排与象征意象的运用都颇具深意。

莫里森小说的结构形式不一,他希望人们能看到其中所蕴藏的东西,作为一名非洲裔黑人女作家,强调的是作品中的黑人民族之根。

第十节　路易斯·厄德里克

一、千面人物重构与主流权力话语

厄德里克(Louise Erdrich,1954—)的创作涉及小说、诗歌、儿童文学等,在小说《爱药》中,她选择女性千面人物为故事的主要角色,体现出厄德里克对主导意识形态中性别政治的颠覆,这源于作家特别是统治权力话语规范与内在,自我之间的缝隙,当颠覆的力量被控制在一个许可的范围之内,这种颠覆便产生于主流话语,这种控制力量就是"抑制"。

二、敬畏生命的文化精神

自然宗教是美国印第安人对自然的敬畏之情的原因,宇宙中的万物合一,是土著人的观念体现。动物有与人一样的精神实质,同为赋有神性的存在者,蚂蚁甚至也有神秘的力量。众生一体的观点让印第安人"犹如对待亲人一般,以敬仰之情对待环境中的各个方面。"如果人类残害了其他生灵,就会破坏自然的整体平衡,会遭到惩罚。

图腾崇拜是印第安人敬畏动物灵性的体现。《痕迹》中当弗勒失去家园的时候,她带着象征着祖先的熊图腾悲伤地离去。在印第安文化传统当中,熊有着非常重要的神圣地位,是能量的来源。小说中有一段描写,一只喝醉了的母熊突然闯进了屋中——当时的弗勒正难产,"一股强大的力量让她从毯子上站了起来,当弗勒看到熊的时候,生下了孩子。"熊是一个部落的保护神,熊赋予了弗勒力量生下了孩子。印第安文化从精神层面上强化了人类与动物之间的关联,人们甚至能够去向动物求助,动物也同样具有值得人类效仿的智慧和品质。

厄德里克在小说中使用了大量的动物意象,消解人与动物之间的异化结构,如露露在《爱药》中被描述为猫一般的女人。

厄德里克在"四部曲"中,揭露了现代文化中的功利主义特质。动物杀戮在屠宰场当中没有神圣性与仪式,动物失去了原有的尊严,现代人也丧失了土著居民所拥有的那份对动物的感恩与敬畏之情。以商业利益为主的现代文化消解了人们对动物的敬畏,贬损了动物内在所有的独特天性,动物变成了现代文化的人工制品。在人类的暴政下,动物面临种群灭绝的危机。厄德里克在小说中为动物伸张正义,表达对人类中心主义的谴责。

参考文献

[1]高继海．英国小说史［M］．北京：中国社会科学出版社,2002.

[2]丁芸．英美文学研究新视野［M］．杭州：浙江大学出版社,2005.

[3]F. R. 利维斯．伟大的传统［M］．袁伟译．北京：三联书店,2002.

[4]张琼．文本、文质、语境 英美文学探究［M］．上海：复旦大学出版社,2012.

[5]杜隽．乔治·爱略特小说的伦理批评［M］．上海：学林出版社,2006.

[6]郑茗元,岳丽萍．英美文学经典作品赏析与导读［M］．广州：世界图书出版广州有限公司,2015.

[7]郑野,李雯．英美文学经典作品赏析与导读［M］．广州：世界图书出版广州有限公司,2015.

[8]侯维瑞,李维屏．英国小说史［M］．南京：译林出版社,2003.

[9]李维屏．英国小说人物史［M］．上海：上海外语教学出版社,2008.

[10]刘象愚．外国文论简史［M］．北京：北京大学出版社,2005.

[11]宫玉波．沧海桑田 本源依旧 英美文学经典作品主题及特色研究［M］．济南：山东大学出版社,2011.

[12]马建军．乔治·爱略特研究［M］．武汉：武汉大学出版社,2007.